筇廊偶笔 二笔
在园杂志

[清] 宋荦 刘廷玑 撰　蒋文仙 吴法源 校点

图书在版编目(CIP)数据

筠廊偶笔 二笔　在园杂志／（清）宋荦 刘廷玑撰；
蒋文仙 吴法源校点. —上海：上海古籍出版
社，2012.12(2023.8 重印)
（历代笔记小说大观）
ISBN 978‐7‐5325‐6383‐8

Ⅰ.①筠… ②在… Ⅱ.①宋… ②刘… ③蒋…
④吴… Ⅲ.①笔记小说－小说集－中国－清代
Ⅳ.①I242.1

中国版本图书馆 CIP 数据核字(2012)第 045477 号

历代笔记小说大观

筠廊偶笔 二笔　在园杂志

[清] 宋　荦　刘廷玑　撰

蒋文仙　吴法源　校点

上海古籍出版社出版发行

（上海市闵行区号景路 159 弄 1‐5 号 A 座 5F　邮政编码 201101）

（1）网址：www.guji.com.cn

（2）E‐mail：guji1@guji.com.cn

（3）易文网网址：www.ewen.co

常熟文化印刷有限公司印刷

开本 635×965　1/16　印张 11.25　插页 2　字数 150,000

2012 年 12 月第 1 版　2023 年 8 月第 2 次印刷

印数：2,101—3,200

ISBN 978‐7‐5325‐6383‐8

I·2537　定价：28.00 元

如有质量问题，请与承印公司联系

总　目

筠廊偶笔　二笔

［清］宋　荦　撰
蒋文仙　校点

校 点 说 明

《筠廊偶笔》二卷,《筠廊二笔》二卷,清宋荦撰。

宋荦(1634—1713),字牧仲,号漫堂,又号绵津山人、西陂。河南商丘人,大学士宋权之子。少年时从贾静子、侯朝宗游,立学园六子社。年十四应诏以大臣子列侍卫,后授为黄州通判,历任江西、江苏巡抚,政绩颇佳,得到康熙称赞。官至吏部尚书。卒于康熙五十二年,享年八十。宋荦擅长诗文,诗与王士禛齐名,也精于鉴赏。除《筠廊偶笔》、《筠廊二笔》外,还著有《西陂类稿》、《绵津山人诗集》、《沧浪小志》、《漫堂墨品》等。

据宋荦自撰年谱记载,他从小跟随父亲宦游各地,喜好搜集奇闻逸事。后出判黄州,虚己向学,与四方贤士大夫相交结,日肆游江湖山谷之间,增长了不少见识,这些经历都成为他日后撰写《筠廊偶笔》的材料。书中杂记宋荦平日耳目见闻之事,内容丰富,鬼怪奇闻,乡野趣事,野史考证,无不涉及。由于所记大多为身边之事,所以关涉宋荦朋友的事情较多,如卷下《贾静子传》,对于考证这些人的生平不失为很好的补充资料。《筠廊二笔》是宋荦晚年之作,体例与《偶笔》相类,内容上少了灵怪之事,多记晚明与前清贤哲之遗文轶事,尤富于史料价值。

《筠廊偶笔》成于康熙十一年(1672),《筠廊二笔》成于康熙四十五年(1706)。有单刻本行世。现存宋荦《西陂类稿》、《绵津山人诗集》均收录《偶笔》和《二笔》。又有民国六年重刻本。此次校点,以

《四库存目丛书》所收内府藏康熙间刻本为底本,校以《西陂类稿》本、《绵津山人诗集》本及民国六年重刻本。遇有异文,择善而从。《西陂类稿》本《偶笔》卷上"周栎园先生好墨"条所附《墨品》,各本俱无,兹据以补入。不当之处,敬请读者批评指正。

目　录

筠 廊 偶 笔 序

　　《筠廊偶笔》若干则，分上下二卷，雪苑宋子牧仲所撰。著事皆幽奇瑰丽，上补辖轩册府所未备，下亦可征得失、稽谣俗焉。语则遒峭整洁，不名一体，大约在裴松之《三国志注》、郦道元《水经注》伯仲间，非余子能仿佛也。维崧性嗜典籍，即至丛言胜史，往往有所津逮。见夫虞初、诸皋者流，非算博士，即鬼董狐耳。既骷骸不足道，间有裨于国家大掌故。如《辍耕录》、《金陀粹编》诸书，则又腕力孱弱，文采不足以发之。甚矣，纪载之难也！向惟秋浦吴次尾先生《觚不觚录》议论绝有根据，近则汪钝庵户部《说铃》叙述不苟，点染复自斐然。吾目中所见说部，仅此二种，今又得牧仲是编相鼎足矣。嗟乎，古今事理何常之有。秦碑汉碣，纪事编年，考亭、涑水之褒讥，夹漈、贵与之荟蕞，其所大书特书不一书者，自后人视之，以为大非偶然之故也。至于珠囊既熸，玉册安在，庸知不偶者之非偶，而偶者之大为不偶也哉？今观宋子是书，核万物之源流，贯三才之同异，称名迩而寄意远，是书也，而讵偶然乎？嘛为"偶笔"，其犹宋子之谦辞也夫。阳羡陈维崧序。

筠廊偶笔序

筠廊者,余兄牧仲读书处也。此地旧有小室,四壁陡峻,竹石环绕,暑月每苦烝湿,人鲜至者。庚戌,余兄自楚黄归,读礼之暇,因撤去垣墙,易以梁构,而廊始成。剪其蒙茸,洗其苔藓,而怪石露,修竹显,对之翛翛有远况焉。廊之下可以蔽风雨,其上可以望云物。以其地多竹,故曰"筠廊"云。时方溽暑,门无客扰,余兄偃仰其下,凉风四至,爽如清秋。偶追思其生平所见所闻,笔而成帙,名曰《筠廊偶笔》。或志怪如《齐谐》,或滑稽如曼倩,或广征物类,或附载奇文,其足以益人神智、发人深省者不少。博物君子,宁可以裨官小史视之耶?弟炘谨序。

筠廊偶笔卷上

　　吾宋城南有幸山堂，宋高宗南渡驻跸之所。明崇祯中，沈氏浚池得片石如墨玉，有镌字数行，乃《淳化帖》九卷第一版，王献之书也。此石失去始末，曹士冕《法帖谱系》载之颇详，其为襄州原刻无疑。董文敏尝欲以百金购之，主人益大珍惜，别刻一石以应求者。明末寇变，并瘗两石蔬圃中，后觅不可得。数年前，余见此石原拓一纸于友人处，精光炯炯，果异他本。

　　明正德时，河南产麒麟，贮郯郡库中。莱阳某公为郡守，割取麟之一臂藏于家，余宗玉叔兄琬亲见之。方鳞黄色，光润如蜡珀，鳞四周五彩环绕如月华状，为从来传说所未及。

　　黄冈王太史泽弘题吴圣符世睿画册云："世间凡事当略存画意。"

　　曹蜂仪持异云："闯贼陷京师，有中州士人被掠者言昔破某邑，与一士人共住一大家楼下。时当暮春，雨中对酒联句，其人首倡云：'风风雨雨送春归。'忽闻楼上续一句：'无雨无风春亦归。'两人默然拱听，徐云：'蜀鸟啼残花影瘦，吴蚕食罢柘阴稀。嘴边黄浅莺儿嫩，颔下红深燕子肥。独有道人归不得，杖头长挂一蓑衣。'两人登楼视之，绝无人踪，惟飞尘盈寸而已。"《列朝诗》亦载是作，与此小异。

　　顺治二年，余随先文康寓长安，见大内所藏龙盘贮一箧中，一角五爪，鳞甲如铁，长丈余，俨然所翁图画也。

　　黄冈王子云孝廉一翥，负狂名五十年。余判黄时，子云已七十余矣。一日见市上小儿食粉䬰，辄持一枚走郡守听事急呼，太守何公应珏抚其背曰："此物大是中吃。"

　　杜诗云："秦州城北寺，传是隗嚣宫。"家玉叔兄分巡秦州，时地震，城北寺裂开丈余，得古瓷一窖，年来散去殆尽，仅余碗二杯一。康熙癸卯冬，玉叔示予于长安。体质厚重，仿佛龙泉窑，古色陆离如汉玉，酌酒土香可爱。一碗面阔五寸，内外纯素。一碗差小，内波纹拱起，似吴道子画水。杯贮水可一合，有鱼四头，亦拱起，游泳宛然，真异物也。又玉叔于秦州建杜工部祠,祠内刻工部《秦州杂诗》,字皆从《陕帖》中钩出,各体具备,时人目为二绝。

吴门徐亦史籀《吾丘集》中载"马卵"、"大卵"二事最奇。

附《吾丘纪轶》:甲申七月,偶至崇明,闻北门外季家马生卵三枚,相传以为怪,因同王韬生往观之。大者如升,质色如雀卵,红白相间,重三斤,二小者斤许。考之书,盖凡兽皆有之,名曰"砟答",治奇疾难名者,生牛马腹中者良。由是言之,盖不关灾祥也。又先叔曾祖质庵公读书乙云山中,见所芟墓木积一室中有年矣,念木久生火,迁之以疏其气。至中间,忽有物坠下如白,就观之,乃一卵也,坚白无瑕。周视窗楞大不逾寸,不知何物得入生此,窃意惟龙能变化,殆龙所生也。里中有悍者举入大锅煮熟,椎碎之,中黄白宛然,唯作硫黄气,后亦无他。

先文康公过蒲州,谒关侯庙,见一联云:"怒同文武,道即圣贤。"先公以对句不工,思有以易之。偶午睡,梦侯告之曰:"何不云'志在春秋'。"公醒而书送侯庙。

广济张长人仁熙于他处见集唐一联云:"三分割据纡筹策,万国衣冠拜冕旒。"亦佳。

明神宗时,楚中一孝廉自山村入城,因有虎患,以两猎户持铁叉随行。日暮向邮亭小憩,忽一虎咆哮而来,两人致孝廉亭前树上,以行縢系之,挺叉迎虎而斗,虎毙,一人足伤。方诣孝廉共慰之,又一虎偕二小虎至,两人力尽死,孝廉于树上惊悸几绝。俄见一物似狗而小,白毛红发,眼金色,走如飞,直前啮三虎,三虎不敢动,皆死。各食脑少许,先死者嗅而不食。须臾至树下,望孝廉大叫,耸身一跃,忽堕崖下藤蔓中罥之,空曲不能脱。孝廉惶骇,自念待死甚愚,不如先杀之。遂下树取叉,一击而毙,持送县令张某。令取其皮为领,雪不沾衣,后为一直指索去。张之孙御医名其政者亲为余言。

雍丘刘文烈理顺传胪时,同乡兰阳梁康僖云构以御史侍班,印绶忽开花飞起,良久乃落。余过雍丘谒文烈公祠,见明怀宗所赐宫花鹤补,精致异常,云出自田妃手制。

董文敏云:"李北海《云麾将军碑》有二本,世所传者为思训书,又有为昭道书者，然皆似王献之。"

康熙丁未冬，余代觐如都，谒相国柏乡魏公。公饮以荷兰酒，色红如琥珀，气类貂鼠，味醇美。又于坐间见小鹿一只，长二寸许，双角崭然，与大鹿无异。王阮亭云："余备员典客时，见荷兰贡小白牛四，大仅如犬，斑衣，有肉峰如橐驼。"

归州香溪清流湍激，多五色石子。曩有宦其地者于溪中得大石如斗，内隐然有物，剖之得石鸳鸯雌者一枚。三年后，又渡此溪，随手取一石，与前石略相似，剖之则雄鸳鸯在焉，因琢双杯，宝用之。

米友石先生万钟，明万历中为六合令，好石，六合文石得名自公始。曩晤公子吉士先生寿都，言公珍藏六合石甚多。第一枚如柿而扁，彩翠错杂，千丝万缕，即锦绣不及也。一日，舟泊燕子矶，月下把玩，失手堕江中，多方捞取不得。明年复系缆于其处，忽见江面五色光，萦回不散，公曰："此必吾石所在。"命篙师没水取出，果前石也。后此石与七十二芙蓉研山同殉公葬。

齐安聚宝山多怪石。明世庙中王梦泽廷陈之侄得红石如钱，上有"万历通宝"四白字。余判黄时得十六枚，作《怪石赞》，为雪堂小品之一。

江南人于京师卖一锦、一罽。锦阔三尺，长百尺，色深红，文彩如画。罽长阔与锦等，红黄白碧各一段，大类今世剪绒，鲜丽夺目，价千金。大宗伯王公崇简以五百金购之，不能得。又桐城某氏有大红火浣布一匹，亦长百尺，为邑令取去。

余从悯忠寺僧洞明处见唐人贯休画阿罗汉十六轴，最为奇古。衣履皆粗笔画成，细绘锦文，其内如毫发。洞明云："世祖时吴人持此进御，值鼎湖之变，遂卖寺中，价七百。"武昌某氏藏吴道子《水墨普贤像》，骑白象，天王龙女持幢幡导从，衣皆流水纹，毛发飘动，令人肃然起敬，颇胜余家旧藏《钟馗小妹图》。阮亭云："平阳普庵堂有吴道子画水陆百余轴，先兄西樵曾记其事。"

袁箨庵于令以《西楼传奇》得盛名，与人谈及辄有喜色。一日出饮归，月下肩舆过一大姓门，其家方燕客，演《霸王夜宴》。舆人云："如此良夜，何不唱'绣户传娇语'，乃演《千金记》耶？"箨庵狂喜几堕舆。

顺治三年七月二日，上出大内历代珍藏书画赐廷臣。先文康以大学士蒙赐。明年，临洺李台辰芳莎侍先文康夜饮，先公以谢表相委，李挥毫座上如风雨，脱稿时才二鼓耳，一时辇下侈为美谈。

附表：伏以奎壁星辉，摘抉尽图书之秘；风云道合，缄题生史册之光。扬言庆切弹冠，拜赐荣于锡衮。臣等云云。窃惟六书创始，象龟龙草木之形；九鼎告成，绘魑魅山林之变。自风吹去垢，感为占梦神经；而版筑披图，继有中兴盛事。周制：礼在瞽宗，书在上庠，一年视离经辨志，三年视敬业乐群。汉朝前有画室，后有云台。首重者孝子忠臣，次重者元勋循吏。讵意变唐宋为骚雅，君臣笑辞辇登床；浸假改右相为丹青，父子叹含丹吮粉。元魏皇舆失驭，移石经于兴和武定年间；萧梁职贡题诗，侈金版于合浦交河境上。文武尽于斯夜，不堪重罹秦灾；变化或亦通灵，此后尤为顾悼。兰亭丝竹曾闻，久破陵苔；青冢琵琶饮恨，空归月露。扼腕僧虔秃笔，方从孝建图存；伤心昏德翎毛，竟致宣和内禅。盖牙签锦褾，止供玩好之资；而墨精笔华，莫救危亡之衅。覆车可鉴，纳牖宜宏。兹盖伏遇皇帝陛下，虎水钟灵，龙刍得瑞。功成制定，当为政于天下之年；德盛教尊，合殷祭于明堂之数。九州既画，兜离咸识同文；四海攸同，休烈难施绘事。考上都始制文字，谷神游龙独创，则折衷于宋契之间；迨中原久诺声名，海陵立马登高，遂隐括乎江山之秀。二者原关大典，但争奇竞巧，镂冰虚掷，流阴历代，遂至滥觞，夸玄赏清谈，玩宝何殊丧志。此在诸臣末技，临摹为一节之长；未应大内深藏，委弃喂千年之蠹。爱宣三吏，下帘声在青云；并及群寮，拂楮神生墨雾。以班定赉，均如汉署分香；量力携归，不类贪人折股。清心盥读，如李斯篆，程邈隶，蔡邕飞，史游草，羲之楷，一室中泄雨崩云；极手编翻，即韩幹马，戴嵩牛，包鼎虎，黄荃兔，道子狮，尺幅内神工鬼斧。挥毫电掣，依稀落翮飞升；设色霞明，想见解衣礴裸。细勿蜂腰，巨无鹤膝，总由步三折于机先；夜观蚌泪，午视猫睛，亦可访万形于物始。密修小韣，无王涯重宝之装；作戒多藏，惩桓氏轻舟之陋。锡宠仍多蕴藉，珍于瑟瑟三盆；承恩欲进讴吟，孰负堂堂八斗。翰札峰颓岸绝，上动天台；潇湘木落霜高，畤回地轴。难窥海若，但有嵩呼。臣等数马神惊，图麟识短。君仁臣直，有公权正笔之心；忧盛危明，切郑侠传书之惧。比情思于鸩毒，临池洛水兴波；知稼穑为艰难，展卷齮风涤圃。将仰溯汉唐标坶，见古人谐声转注之心；岂暗求险易山川，为行兵拉朽摧枯之便。邛竹将遗尊老，礼不遗年；荔枝写赠乡人，廉宁耻陋。因蒙膏泽，并献刍荛。伏愿书虎同文，画龙莫好。仁流吴会，仿孙权宣示之章；惨极江州，抵曹翰言功之袄。滇黔拜橄，两阶干羽婆娑；海峤趋风，九译衣冠僻诡。无耽曲艺，在朝皆休休奠鼎之臣；加慎祥刑，当宁扩磊磊如天之庆。寰瀛乐业，烟霞并荐贤书；比屋堪封，民物重游画象。寿齐紫极，宏章燕翼之勋；历过苍姬，永御光华之旦。

今上御极之四年，鹿邑中翰梁公邃以诏使过洞庭。风雨中见一人长髯，蓝衣纱帽，气度闲雅，乘一物似马，半没水内。侍者持杖狰狞随其后，与波涛上下。舟中数十人共见之，相距才数武耳。逆风而行，良久迷离不见。其年八月，公返棹过齐安，与余杯酒间细言之。或曰此洞庭君迎诏使，理或然也。

梁宋间取蚱蜢烹而食之。有人剖其腹，得红线数尺，蠕蠕而动，投之池中，俄顷化巨蛇，蜿蜒数丈，观者千余人。盖明崇祯十三年事也。

青州花之寺，名甚异，见周栎园先生亮工集中。

顺治四年，燕赵鸡生四翼，人不敢食，鸡多自死。

余性喜射猎。十岁时随先文康于喜峰口飞骑逐黑白兔，至塞外得兔而返。判黄时率健卒出猎，一日得三虎。皆快举也。后连捕十余虎，黄州之害几除。

水晶枕一，长三尺，内桃花一枝。水晶马一，大如鼠，前足连小盆。盆即水中丞，内碧藻澄明可摘。又水晶马一，大相等，黑毛遍体，为镇纸。三物皆周栎园先生从闽中见之。

楚之黄安县野塘荷叶数百为暴风卷起，插三里外稻畦中，一叶不乱。

扬州水月庵杉木上俨然白衣大士像,鹦鹉、竹树、善财皆具。

周栎园先生好墨,作祭墨诗。广济张长人仁熙在余齐安署中,每早盥洗罢,辄取古研磨佳墨就而食之,口常黑。为余作《雪堂义墨说》(按即《雪堂墨品》)及《墨论》,皆佳。

附《墨品》:方正牛舌墨有"极品清烟"四字,论墨家多推方氏,几与小华道人等,殆世庙前人也。宋牧仲使君一日谓余曰:"吾藏墨有方正者。"余急呼曰:"得非牛舌墨乎?"发视果然。盖诸家推方氏以牛舌为最耳。　邵青丘瓜墨有"青门遗"三字,亦世庙前人,此绝无仅有者矣。倍价购于舒氏。舒氏以余为知墨人也,而复售之。　程君房寥天一,万历庚戌。余家世藏,经兵火仅存者。所谓有墨气无香气,与于鲁反者也。　君房墨最玄元灵气,而有时寥天一反踞其上,盖所值工料偶胜耳,识者别之。　程孟阳古松煤墨,阴有铭,阳有孟阳像。昔沈珪,嘉禾人。往来黄山,取古松煤,杂脂漆滓烧之,云按韦仲将法,孟阳本此。唐宋以来多松烟墨,少油烟墨,故苏子瞻得油烟墨而宝之。今油烟胜而松烟遂少,即有之,质轻善颒,昏糗耳。此独佳绝。孟阳者,松圆诗老程嘉燧也。钱牧斋《列朝诗集》中极推为嘉定高士,其墨固足传也。　又松圆阁墨一截,上大书程孟阳字。　程君房陈玄墨制极大。今存其碎余,坚光射人,如小儿目睛可爱。君房玄元灵气墨,阿胶墨,万历庚戌。薄甚,重不满钱余。其制一而厚者,余往往见之。包以绫文,画牡丹其上,始入匣中,匣亦异今时也。　余端蒙墨精,不知何年制。有《墨精缘起》载明皇所见甚悉,极香,亦非近时物。　汪仲嘉公孙合造李法墨,有"百年如石"、"一点如漆"二语。"李法"二字,近墨家多用之。　汪仲嘉山灶轻烟复古墨,万历丙午。　方于鲁青麟髓小墨,有"世宝"字,近程凤池,遂以"世宝"名第一墨。　于鲁寥天一墨一截,青麟髓,为于鲁第一墨。余见其数十种,制各不一。有方者,正画一麟,多用熊胆,舐之甚苦。舌形者,横作龙形者,龙缠身而衔珠于其口者,有云于鲁超世之墨者。余有于鲁九玄三极墨,亦与君房墨并藏。兵火中先人手泽也,已赠使君矣。再索视之,云为好事者夺去,惜哉! 按:于鲁初执事君房家,已自为墨,遂狎主齐盟不相下,至讼于官。尝以赝者应郡守古公重购,古公怒,请验于汪左司马,逮而笞之。邢子愿号知墨,每云于鲁规模色泽胜耳。左司马差愧太玄董狐。或别有秘合,为司马出一瓣香,未可知也。要之,幼博君房侠于墨意,专在名。于鲁多为利,利则真赝杂出无疑矣。君房墨有次第而烟皆佳,至最下为妙品,亦足当上乘。此两氏之别乎?　潘方凯开天容墨,万历庚戌,如韦轩宝藏。余旧有数种,方圆不同,皆漱金,亦检以赠使君。使君所自藏金退矣,殆藏之未得其道也。　汪季常一茎草墨,万历庚戌。　叶环源玉髓墨形小圆,阴书"环源"、阳书"玉髓"四字耳。又一种形方,上画奎像,亦精绝。董玄宰先生生平好用环源墨,环源遂大知名。　吴斡古秋叶墨。　吴玄象紫雪墨亦数种,有玄枵之精、原始之液、九转百炼、神明紫雪铭,兹所列乃栎社居士家藏者。紫雪形模皆质古,当熹庙时,百昌以富巨万贾祸,宜不惜物力为墨,其真者不在程、方下,近所拟乃俗甚。　吴去尘墨一截,不知何制。去尘在启、祯时始为博古,新样品目至六十余种,炫耀光景,较之君房土羹而象箸,大抵效法世庙时邵格之所为者。然形式既殊,物料绝胜,其床头捉刀,遂复寥寥不可多遘,久索乃得此以奉使君。去尘,先孝廉执友也。向所藏颇侈,今乃若海上三山,世变使然耶!　黄宾王龙文双脊墨,万历辛亥。有铭,自书放言居士,东林所称黄正宾者是也。亦与先君子游,犹见其扇上诗字。云"龙文双脊",廷珪旧墨名也,放言仿之。　紫云阁藏墨,上书"壬寅春制"。不知姓名,亦精甚。　吴君章太紫重玄墨,守玄居监制。世传其天峰神物,佳。余见之,亦松烟之颏焉者。　方滰玄非烟墨,万历癸丑。旧见其《墨说》,公安珂雪先生笔也。歙太常吴先生防兵于蕲,曾出以赠先孝廉,佳甚,今亡矣。此盖舒氏赠予者。　吴乔年知止堂柔翰斋墨,万历戊午,圭形。　詹云鹏金盘露墨,作落花流水制,漱金。舒小康以寿余,今赠使君。　德藻堂水苍玉,上书"季园墨"。　吴苍卿写经墨,小不盈寸,上书《心经》一卷,此等殊不异。近见叶柏叟辈亦仿此,所刻《心经》更楷。　群玉册府大圆墨,不知何人制。　朱一涵双渟化光墨,凤文漱金,铭曰:"日中黑帝澄玄渟,月中墨帝渟蜀金,是曰双渟。双渟之精,淡漠无形,宰万物而天下文明。"此一涵第一墨。向余多藏之,顷亦难索。一涵时人耳,遂珍如此哉!　汪美中一茎草墨,天启甲子。　吴叔大天琛,仿古箸小墨。　软剂天琛,仿承晏墨。　新安上色墨,亦天琛,此玄粟斋第一墨。其所仿雪堂义墨,皆以天琛行。　涂伯经龙宾墨。吴鸿渐漱金青麟髓墨。　吴鸿渐玄虬脂,桑林里第一墨。　自朱一涵至此八墨,皆时制,所谓郐以下无讥者也。然时墨中亦有绝佳者,如凤池、世宝、叶玄卿、太乙、玄灵、柏叟最上乘,不可胜数,亦当旁搜以资著书之用。若小华道人、中山翰史诸公,余间见之,然未易得也。　昔苏子瞻在黄,于雪堂试墨三十六丸,抡其佳者合为一品,名曰"雪堂义墨"。歙人吴叔大遂仿其意,作义墨三十六丸,虽不免时制,而肖形取象,物料精工,余昔珍藏之。今墨皆散去,而雪堂墨匣犹存。暇日搜使君所藏及余家所藏旧墨赠使君者,亦得三十六丸,因以其匣并遗使君贮之,亦雪堂遗意也。又按:王朗守会稽,子肃随之东斋。忽夜有女子从地出,称玉女。晓别,赠墨一丸。肃方欲注《周易》,因此才思开悟。使君守黄五年,构东斋于雪堂之左,著书吟讽其中,今将毋楼诗往往称东斋者是也。亦与古人偶合,因附识之。康熙九年人日,书于藕湾精舍。

　　附《墨论》:宋牧仲使君问于张子曰:"墨有说乎?"张子曰:"然,有之。古称'绛人陈玄',文房艺一耳,然其道可大焉。由其道者可以隐,可以癖,可以博物,可以文,可以悟为文之理,可以教孝,可以佐礼,可以垂训于后裔而戒天下之侈也。《释名》曰:'墨,晦也。'言似物晦黑也。宋潘谷制墨精妙而价不二,士或不持钱求墨,不计多少与之。苏子瞻赠以诗曰:'布衫漆黑手如龟,未害冰壶贮秋月。'谷殆韩伯休之流乎!陈惟达之墨与麝并藏一匣,十年而麝气不入,自作松香耳。盖肤理坚密,不受外薰,人如此者,何患世俗之靡耶?故曰可以隐。吕行甫好藏墨而不能书，时磨而小啜之。石昌言藏墨不许人磨。李公择见人墨辄夺。苏子瞻蓄墨至七千梃，遇天气晴霁辄出品玩。而潘谷见秦少游所藏廷珪墨即下拜，曰：'真李氏物，我生再见矣！'王四学士有之，与此为二也。此与杜左秾锻嗜石而拜、好书而发冢以求、呕血以思者无异也，故曰可以癖。墨有经、有书、有史、有苑、有辩。有临帖之墨，有画墨，有楷书墨，有写经墨，而程氏《墨苑》自玄工舆图、人官物华、儒藏缁黄、建纬授词种种胪列，故曰可以博物。吴元中起草，令婢远山磨隃糜墨，文即佳，故曰可以文。奚超入新都，语刺史陶雅曰：'始公岁取墨不过十梃，今数百梃未已也，何精焉？'以超之能，多则不精，故曰可以悟为文之理。初虞世，名士也。善医，好夺人藏墨，人至以'男旱魃'名之。然每得佳墨，必以遗黄山谷，曰：'山谷孝于其亲，吾最厚爱。'故曰可以教孝。'九子之墨，藏于松烟，本姓长生，孙子图边。'郑氏《昏礼谒文赞》也，故曰可以佐礼。洪觉范禅师云：'司马温公无所嗜好，独蓄墨数百斤。'或以为言，公曰：'吾欲子孙知吾用此物何为者也。'呜呼，司马公岂玩物丧志者耶？独垂训于后世如此。金章宗用苏合油烟墨，后人以黄金倍易无觅处。唐明皇好墨，墨精化为人，如蝇大，行砚间酬对言语。人主以好墨名，墨卒不可得。明皇墨精不过与梨园妖姬等，君如此，又何称焉。故曰可以戒侈。若夫地有墨山，天有墨泉，韦仲将制必以时，捣三万杵乃发坚光。王迪用远烟鹿角胶而自生龙麝，穷神尽思，妙不可追。此殆未易一二为俗人言也。牧仲使君好墨，与予有同嗜者，因举其大者以告之，作《墨论》。"

金陵禁中有五谷树，前朝缙绅往往见之。

少宰孙北海先生承泽家藏古玉剑一，鱼肠剑一，又小剑一，上刻"延陵季子之子"。剑以黄金嵌之，宜兴陈其年维崧有《看剑歌》。

　　附歌：秋星帘前大如斗，看剑斋中夜命酒。先生八十杯在手，酒酣跌宕无不有。须臾叱咤平头奴，跽捧三剑当阶趋。众宾目摄不敢动，列缺闪烁翔天吴。其一首锐不盈咫，款云吴季子之子。其一屈曲如绕指，古之鱼肠毋乃是？其一煅炼非五兵，玉枪堕地啼玎玎。截犀刬兕不足怪，拂钟立断蒲牢鸣。吾闻洛阳街、铜驼里，中有三河轻侠子，醉余乱舞剑花紫，模糊照见春坊字，往往胸多不平事。先生老矣夫何求，一生自问无恩仇。胡为龙性驯不得，夜夜神物悬床头。先生大笑一拍手，剑色淋漓着胸走。头白摩挲万卷书，此书与剑吾老友。出如脱兔处静女，夜阑抚剑相尔汝，哀角一声断行旅。

麻城刘同人侗著《南京景物略》未成。余宦黄时求其遗稿不可得，或曰为好事者窃去。叶慕庐云："王敬哉宗伯撰《于奕正传》。于生南行，将著《南京景物略》，竟以友夏不果，惜哉。《帝京景物略》奕正《略例述》云：'《帝京》编成，适与刘子薄游白下，朝游夕述，不揆固陋，将续著《南京景物略》，已属草矣。'则此稿当在于氏处。"

余家古竹圃生竖节竹，傍根数寸类鹅颈，截为小瓶。后七年，友人园中生竹极相肖，亦截为瓶，今俱在。

闽中朱竹，房山蓝鱼，曹州黄绿牡丹，与余家北生黄芙蓉，皆奇观也，然芙蓉止一见耳。近闻濮州刘刺史养绿鸠一双类鹦鹉，亦奇。

遵化温泉可熟物。其源涌出，投以钱，摇摇如蝴蝶，久之始下。月夜遥望，气如白虹。余童年随先文康往游，见正德宫人题诗，有"溶溶一脉流千古，不为人间洗冷肠"之句。

八月初，一妓从士人会饮，临风举酒，属诸公曰："如此云物高爽，可称诗天。"即日其妓声名顿起。

一年老令君大书县治之前曰"三不要"。注之曰："一不要钱，二不要官，三不要命。"次早视之，每行下添二字："不要钱"曰"嫌少"，"不要官"曰"嫌小"，"不要命"曰"嫌老"。

大同左卫玄帝庙铁炉可容一石香灰，中生榆树，大如碗，四时青翠，然根下火常不绝。

延陵陈颉仙土本，明怀宗时以中书奉诏入禁中，见中宫翼善冠嵌珠一颗，大于芡实，紫光灿烂如莲花，至晚则五彩缤纷如琉璃灯焰，即夜光也。东宫束发冠缨前一珠差小，碧焰照耀如盘，似铜青投火中，绿烟郁勃，不知何名。又见汉、唐、宋以来宝琴三百六十二张，皆有赞有铭，惜未录出。

春花落瓣，秋花落朵，盖气候使然也，前人无道及者。

沁水王石幢同春宦蜀中，言火井初无所见，以火投之则赤焰腾腾直上，竟日不熄。以石盖之，少顷渐灭。又雨中野烧甚烈，尝且延数里，草木翁蔚无恙，日当中则倏然息矣。

康熙己酉夏，余同玉叔兄及华亭周广庵襄、京口谭长益允谦游焦山，宿海云堂，观周鼎及宋真宗赐《焦处士敕》、杨文襄一清玉带，赋诗纪事，勒石"瘗鹤铭"之旁。鼎之始末，详王吏部西樵、仪部阮亭两诗中。

　　附西樵歌并序：焦山古鼎一，高可二尺许，腹有铭，韩吏部如石为余言：鼎故京口某公家物，当分宜枋国时，某公官于朝，分宜闻此鼎，欲之，某公不即献，因嫁祸焉，鼎竟入严氏。严氏败，鼎复归江南某公，以祸由鼎作，谓鼎不祥，舍之寺中。郡乘、山志皆载"山有周鼎一，而不详所自也"。作歌备掌故焉。　海云堂中暮相索，古鼎照人光驳荦。龙文独许吾丘知，篆铭略辨周京作。宛同石鼓出陈仓，那数铜狄传西洛。韩公摩挲指向余，曾入秦家格天阁。云烟过眼已成墟，剑去珠还事堪愕。安得飞龙亦英主，玄修晚慕轩辕乐。一德何人曰相嵩，金铉只用青词博。朝廷仍收养士报，杨沈蹇蹇如雕鹗。鼎铏有耳岂不闻，耻向回风作秋铎。荦山先生厮养耳，纷纷冠盖多酬酢。嵩家奴严年者，士大夫多与往还，呼为荦山先生。当时不鄙赵师奎，于今谁怜贾秋壑。从来铸鼎戒饕餮，此物胡为亦遭攫。山头尚有椒山诗，山顶有椒山先生《过焦山访唐应德》诗石刻。所云杨子，怀人渡扬子者也。三尺古碑墨光错。只字重于神禹金，犹向山林辟不若。老奴真欲愧欧阳，廿载钤山空寂寞。史言嵩妻欧阳氏见嵩势盛，曰："不记钤山堂二十年清寂耶？"嵩甚愧之。培垒已拉冰山摧，有铁谁能铸此错。裴回三叹轩几旁，极目江天莽寥廓。

　　阮亭诗：晓入枯木堂，怪禽惊翩翻。清露滴松杪，下见古鼎蹲。宝光耀昆吾，中有飞廉魂。上文为雷回，下文为云纷。狞状饕餮伏，兵气蚩尤昏。辛壬与丁甲，世次迷夏殷。初疑周虎彝，复惑虞蜼敦。尊从不可辨，牛豕谁能论。瑰怪压缫鼎，谲诡旅纪甗。蛟龙杂蝌蚪，五指不敢扪。在昨想颢颅，识字惊蜓蚖。月黑鬼神泣，峡束波涛奔。籀书失趦趄，斯篆摧窥軏。《爰历》迈府令，《凡将》骇文园。史游久已没，皇象不复存。甄丰与董逌，抉剔穷本根。不遇博雅流，孰为洗烦冤。谅比岐阳狩，或同泗水沦。山僧与道右，感激声还吞。分宜昔枋国，气势倾昆仑。斯鼎出京口，上烛光细缊。役使万指众，负载千蹄犍。大哉宗庙器，讵屑豪贵门。威力镇禅窟，寂寞归祇洹。午夜鸣钟鱼，清昼啼林猿。阅人恒沙劫，如彼虮在裈。我昔访焦先，望气弆不言。五年隔扬子，无翮思腾骞。吾兄癖好古，八书探河源。三日松寥游，坐卧忘嚣喧。扁列析螺书，卷尾搜蜑纹。作为奇伟辞，大海挎鹏鲲。春江壮风霆，响激云涛浑。三叹继高唱，海门上朝暾。

嘉禾曹秋岳先生溶尝至昭君墓，墓无草木，远而望之，冥蒙作黛色，古云"青冢"，良然。墓前石案刻"某阏氏之墓"，为蒙古书，先生考绎最详，拓数纸归。

常熟窑变罗汉在方塔寺内，高五六寸，瘦甚，跣足趺坐，顶上骨缝隐然，两齿出唇外如生人，慈悲之意可掬。长安慈仁寺窑变观音以庄严妙丽胜，此以奇古胜。寺内青魈菩萨即睢阳张公巡，赤发蓝面，口衔巨蛇，如夜叉状。余视之不可解。或曰公自矢死为厉鬼杀贼，此盖厉鬼像云。

楚江富池镇有吴王庙，祀甘将军宁也。宋时以神风助漕运封为王，灵显异常，舟过庙前必报祀。有鸦数百，飞集庙旁林木，往来迎舟数里，舞噪帆樯上下，舟人恒投肉空中喂之，百不一堕。其送舟亦然，云是"吴王神鸦"。洞庭君山亦有之，传为柳毅使者。阮亭云："巫峡神女庙亦有神鸦送客，予曾见之。得食辄入峡半石洞中，不栖林木。"

大内有"寿亭侯印"，方一寸，瓦钮连环，四刻"寿亭侯印"朱文四字，翡翠灿然，旁有痕，似嵌宝玉取去者。先文康尝印取一纸宝玩之。此印流传不一，详《容斋四笔》中。

曩见水晶一块，内有物如粟，仿佛太极图，转侧视之，必上行如蜘蛛，虽千回不易。又高脚瓷碗一，外画西番莲，淡青色，内"永乐年制"篆书四暗字，日午始见。其边甚薄，以手摩之，依稀丝竹声，可以和歌，声闻里许，惜不久为贵官触破。慕庐云："余家旧有缅磬一，以杉木离口半寸许绕市二三转,则有声自远而至,良久乃止,必铜性使然也。瓷经锻炼能出声,更奇矣。"

麻城刘百年_{淑颐}善集唐,赠余诗云:"曾入甘泉侍武皇_{李郢},暂随红斾佐藩方_{韦庄}。长承密旨归家少_{王建},出使星轺满路光_{钱起}。谋略久参花府盛_{韦渠牟},风流三接令公香_{李顾}。共言东阁招贤地_{孙逖},肯为诗篇问楚狂_{周贺}。"又《郊行》云:"闻钟投野寺_{李端},看竹到贫家_{王维}。"《春日闲居》云:"小男方嗜栗_{李商隐},稚女学擎茶_{李咸用}。"《过毛来仪郊居》云:"四邻因野竹_{杨颜},一室向青山_{耿沣}。"《学圃初成》云:"静时疑水近_{许浑},高处见山多_{元稹}。"《游龟峰宿能仁寺》云:"怪石尽含千古秀_{罗邺},异花长占四时天_{沈传师}。"《候槁木大师》云:"烟凝积水龙蛇蛰_{卢纶},锡响空山虎豹惊_{许浑}。"《寄周示素》云:"万事无成空过日_{戎昱},百年多病独登台_{杜甫}。"《寄李子旻》云:"千回消息千回梦_{赵象},一度思量一度吟_{戎昱}。"《晓霁即事》云:"蒲生岸脚青刀利_{韦庄},云锁峰头玉叶寒_{刘兼}。"《坐中忆刘仲夏》云:"美人美酒长相逐_{刘禹锡},犹恨樽前欠老刘_{白居易}。"《过别业》云:"高杉自欲生龙脑_{陆龟蒙},浅草才能没马蹄_{白居易}。"《赠歌妓》云:"弦弦掩抑声声思_{白居易},字字清新句句奇_{韦庄}。"此类甚多,其《四时词》尤妙。

附《四时词》:云母空窗晓烟薄_{温庭筠},池边雨过飘帷幕_{许浑}。日长风暖柳青青_{贾至},银线千条度虚阁_{韩偓}。卷帘巢燕羡双飞_{罗隐},芳草王孙归不归_{韦庄}。曾寄锦书无限意_{刘兼},箧香消尽别时衣_{钱翊}。右春。　午醉醒来愁未醒_{张子野},烦襟乍触冰台冷_{韩偓}。白莲知卧送清香_{皮日休},楼角渐移当路影_{白居易}。临风兴叹落花频_{鱼玄机},又喜幽亭蕙草新_{杜牧}。永日迢迢无一事_{韦庄},双双斗雀动阶尘_{元稹}。右夏。　水映轻苔犹隐绿_{马怀素},夜窗飒飒摇寒竹_{刘惠}。井边疏影落高梧_{罗隐},鸟啄风筝弄珠玉_{元稹}。觉来红树背银屏_{韦庄},露湿丛兰月满庭_{孙氏}。扃闭朱门人不到_{鱼玄机},轻罗小扇扑流萤_{杜牧}。右秋。　城上暮云凝鼓角_{许浑},狐裘不暖锦衾薄_{岑参}。楼寒院冷接平明_{李商隐},檐外霜华染罗幕_{陆龟蒙}。烟生密竹早归雅_{郎士元},向镜轻匀衬脸霞_{韩偓}。迟日未能消野雪_{皇甫冉},故穿庭树作飞花_{韩愈}。右冬。

宁陵白日陨星,形类砚砖而粗,仿佛太学石鼓。陨时声如雷,入地数尺，掘出犹热甚，不能取也。抚军奏闻，赍送礼部。

京师琉璃厂有卖倒披气者，刘公勇秋部体仁买得一枚于马上弄之，笑谓汪茗文民部琬曰："此事可入弹章。"

侯大司徒恂南园芍药数万本，有名"丹山凤"者，花开一茎四朵。

余弟子昭为司勋郎，冢宰黄公机问曰："淇园之竹自古称之。余数过其地，绝无一竹，何也？"子昭对曰："淇竹自汉已无之矣。"公曰："有据乎？"曰："有。昔汉武时河决瓠子，令群臣自将军以下皆负薪置决河，以薪柴少，下淇园之竹以为楗。歌曰：'薪不属兮卫人罪，烧萧条兮噫乎何以御水，颓林竹兮楗石菑。'盖明验也。"公为叹服。

汴梁相国寺大雄殿相传建自北齐，明末没于河。顺治中抚军贾公重建，见梁木精坚，色深绿，遂易以他木，而取为长几，俨然青玉案也。又寺内旧有葡萄一株，没地下二十余年，近发生原处，蔓延数丈，结实累累，往来游人赋诗纪异者甚众。

城武西二十里有九女祠，相传汉和帝时人。九女以父母无子，终身不嫁，死同穴。

曹蜂仪尝于天津道上日薄暮见一人，高尺许，金甲挟弓矢，骑小白马行野田中，叱之不见。

余于城武见一小儿四五岁，手足似螳螂，头高起作两歧，见人念"阿弥陀佛"，惟索钱无厌耳。

孝感夏孝廉振叔炜见一儿六七岁，浴水中，势与谷道各二。后不知所终。

砀山刘贞甫造铜器精巧绝伦，尝为彭城万年少寿祺造准提。像高二寸许，三年而成，臂十八，手中各有所持。一手擎七级浮图，每级四面，各佛一尊，法象庄严，无毫发遗憾，所谓神工鬼斧也。昔王梦泽称施生雨能于方寸之楮作小楷数千，点画不淆。于粒麻之上宛转书之，成五言诗一绝，即有炯眸，非极视专瞪、数拭屡翕蓄而后张，不可得其仿佛。诚文苑之绝技，生平所未睹也。以较贞甫，恐又有难易之别。贞甫曾为余造图章二，一龟钮，一天鸡钮，俱精妙可玩，后为人盗去。

万年少尝僧服行淮阴市上，有日者他出，万即其寓代为卜筮，得钱二千,留之而去。日者归,茫然不知所以。

大梁林宗张公_{民表},先大父同年友也。负才磊落不偶,作书擅颜鲁公、黄山谷之长。天启中以公车至长安,崔呈秀持吴绫求书,公磨墨升余,大书"侍生张某拜"六字。呈秀大怒,几陷公不测,然公名自此远矣。凡四方宾客造公者,禁不作寒温语,狂谈纵饮三日后始通姓名。

明正统丙辰状元周旋,弘治丙辰状元朱希周,正德甲戌状元唐皋,万历甲戌状元孙继皋,科目、姓名皆相照应。近同安刘望龄先举本省乡试三十四名,后革去,顺治辛卯复举本省乡试三十四名。武进巢震林于顺治壬辰中会试一百六十二名,磨勘革去,复于乙未中会试一百六十二名。

嘉靖中,颍上人见地有奇光,发得古井函一石,上刻"兰亭黄庭",前有"思古斋石刻"五篆字,下有"唐临绢本"四楷字。复有"墨妙笔精"小印,印细而匀。疑是元人物,识者定为褚河南笔,因唐以诸臣临本颁赐天下学宫,事或然也。初拓不数张,纸恶而字甚完好,次拓纸墨皆精,"兰亭"类字遂尔残缺,最后为一俗令妄补,大可憎,且拓皆竹纸,草略殊甚,仅存形似耳。今此石碎已久,即竹纸者亦不易得,余游金斗时得一本,犹是次拓,固足宝也。

樵人于王屋山得茯苓如屋,送济源某公,服之十年不尽。

广济刘千里_{醇骥}吊何大复先生一联:"名齐北地空同子,家近南阳淮蔡碑。"佳句也。

嘉禾计甫草_东游京师,戏谓人曰:"遍京师皆官,无我做处;遍京师皆货,无我买处;遍京师皆粪,无我便处。"闻之可发一噱。甫草与余为忘形交,尝从河北寄一书,甚佳。

　　附书:仆久在两河间依人,无一善状可为宋子道者,惟八月中在邺城遍寻谢茂秦葬处,得之南门外二十里。见小冢颓堕荒草中,为赋试吊之。求其子孙不可得,因固请邺中当事为封土三尺余,禁里人樵牧。其上立石碣,志之曰"明诗人谢茂秦之墓"。此一事也。九月杪过顺德,日晡矣,仆夫望逆旅求憩甚亟。忽念归震川先生昔佐此郡,有厅记二篇,记中所称"时独步空庭,槐花黄落,遍满阶砌,殊欢然自得"及"衙内一土室而户西向,寒风烈日,霖雨飞霜,无地可避"者,迄今不过百数十年,遗址必有可考。入城徒步遍求,莫知所在,裴回不能去,乃于郡署旁废圃中西向设瓣香,流涕再拜而去。道旁儿童观者皆大笑,以为病狂人,即仆夫亦匿笑不止。至逆旅,主人怪,其后几不得眠食。此又一事也。九月浪游,赖有此二事,庶几不虚此行,可为知己告。度宋子亦必以计生为可与言者也,幸为作纪事诗相赠。伫望,伫望,东再拜。_{王阮亭书后。}二事皆可传。施愚山在济南时,拜沧溟先生墓下,重为立石,梦先生绯衣报谢。与此可以并传,勿谓前世人精神不相感也。

杨职方鄂州_{北杰}使日南回,赠余香蜡一瓶,云是树上膏,可润妇人鬒发,殆即苏合油也。

马嵬坡有杨妃冢,冢生白石,可为粉,名"贵妃粉"。

康熙七年,京师正阳门挑浚御河,得玉印如升,篆文,人不能识,礼部出榜访问,并原印印其后,数十日无辨之者。少宰孙北海先生家居闻之,曰:"此元顺帝祈雨时所刻'龙神印'也,各门俱有之。盖雨后即埋地下耳。"因取一书送礼部,上刻印文,注释甚详,一时叹为博物。

一闽人山居,门前忽现宫阙数重,巍焕插天,须臾不见,盖山市也。

合肥许太史_{孙荃}家藏画鹑一轴,陈章侯题曰:"此北宋人笔也,不知出谁氏之手。"余览之,定为崔白画,座间有窃笑者,以余姑妄言之耳。少顷持画向日中曝之,于背面一角映出图章,文曰"子西","子西"即白号,众始叹服。后此事传至黄州司理王俟斋_丝,犹未深信。一日宴客,听事悬一画,余从门外舆上辨为林良画,迨下舆视之,果然,即俟斋亦为心折。

同里太常侯公_{执蒲}秋夜坐村中树下,忽风吹落叶由耳边飞过,公随手取一片就灯视之,乃古钱也。公子辅之_忭道其事。

黄梅破额山,四祖大医禅师道场也。四祖生于隋大业间,至明嘉靖中肉身犹在。一日楚王梦四祖造访,云:"我将去矣,幸为留一像。"醒而铸铜像,遣人送山中,过浴佛井,井水涌出,盖四祖初生时曾浴此井也。像至而身为火焚矣。冯茂山为五祖大满禅师道场。肉身现在，自唐贞观至今未坏。破额有碧玉流、石渔矶诸胜，余尝两游之。冯茂则望而未至，云山顶白莲甚盛，为五祖手种，亦可异也。又《黄梅志》载邑有西流水三十余里，故历代以来笃生五祖十三仙云。王西樵云："莱子水皆西流，故余《忆莱诗》有'溪水尽西流'之句，金、元间丘、刘等七真皆生其地。"

渭南渔父于渭水中得秦阿房宫香奁一具，色如鹦哥羽毛。好事者争购之，近闻已入京师。

余从楚中见飞虎皮，两前足有皮尺许，向后张之如蝙蝠状。

周元亮先生云：黄山五里松架板其巅，车马往来如行路上。又闽中一溪，桃花最盛，舟行三十里尽在花片中。

先文康于京口市上见宋瓷碗，可容二升，索价甚高。先公戏之曰："此碗却无用处，盛茶大，盛酒小。"卖者异之，取以相赠。

同里安舜庭先生世凤童子时向郡守求试，郡守指路旁"此房实卖"四字令为破题，安云："旷安宅而弗居，求善价而沽诸。"郡守首拔之。

友人沈仁伯明仁于永平食石鱼甚肥美，云大才盈寸，产石中，破石取之。又桐城麦鱼亦佳，形与麦粒无异，可糟食。西樵云："即墨县近劳山有溪，溪中产仙胎鱼，是溪边柳叶所化，长二寸许，形如柳叶也。"

华亭周宿来秋部茂源以恤刑驻节雪苑，有山人得罪别驾者，别驾盛怒，欲加以刑，山人仓卒中托言"我秋部执友"，冀缓其责，实未尝谋面也。别驾诣秋部问之，秋部曰："此余生平好友，幸君相谅。"山人得无恙。一时推秋部为长者。秋部曰："昔余乡钱鹤滩先生福传胪后名噪海内，一老学究冒称先生业师，教授旁邑富翁家，富翁以先生故，大敬重之，五年致资颇丰。一日先生假归，道过旁邑，富翁代学究治具甚恭，曰：'钱先生至矣必谒君，幸以贱子为言。'学究佯应之而惴惴恐事泄，乃乘夜迎先生数十里于道旁，叩首流涕而言曰：'某不才，托公二天，感且不朽，但罪有难逭，特来请死。'先生备问其故，笑曰：'此易事，君急返勿使人知，当有以处此。'学究潜归，怂恿富翁扫径以待。先生至，造学究门，执币请谒拜座下，委曲尽礼，曰：'某远涉京邸，不获晨夕杖履，负罪良多，赖贤主人代为周旋，谊最高。'急请富翁出，再拜称谢。富翁狂喜，事学究倍加恭谨。先生之雅量高致传于今,百余年未衰也,区区向别驾脱山人,敢夸忠厚哉?"

宋郡高辛集有异人,不自言名字,年可五十余,乡人与游者自高曾以来所见皆然。每夏月汲水饮人,逢人即呼曰:"吃水,吃水。"赤日中被裘无汗,即冬月卧雪中又汗流浃背也。人饮以酒,可一石不醉。

郑民部司直端于京邸午睡,见壁上人面如轮,须臾面化为穴,望之洞然,往来人马如织,俄传贵人经过,旌旗导从如王公。忽有青衣二人持简请民部公宴,简为"侍生胡某",民部坚拒不可得,随之而往。至则当世名贤半在座间,民部问之不一答,独贵人意甚厚,献酬无失礼,云"慕公久,特请一晤耳"。良久,民部家人惊怪,为夫人大呼而醒。后每向穴中望之,即昏然与贵人接见如初。意必为狐妖也,移居而绝。

麻城医士赵时雍生子,自言为同里故人刘泰宁。泰宁死燕市久矣,言魂魄南返,每为狂风吹回,遇大树可借以少避,故迟至三载始至里中转生耳。言前生事最悉,妻子相见流涕,为好语解之曰:"已隔世矣,何用悲悼为耶?"后远近观者尝数十百人,时雍惧祸,以狗血喷之,遂不复言。黄州司理王俟斋与时雍善,问之果然。其子名默,字弱言,时已二十余,为诸生矣。

欧阳文忠公《泷冈阡碑》为龙神借观事甚奇,黄鲁直《檄龙文》云:"臣黄鲁直谨言:臣闻天子诏修,永叔以三月三日趋朝,钦承皇上深宠,锡以重爵,推以峻位,加恩三世,著其褒辞以赠。修命石氏镌之,故刻《泷冈阡表世次碑》,乃雇舟载回。五月十三日至鄱阳湖,泊舟庐山之下。是夜,一叟同五人,青衣大带,来舟揖而言曰:'闻公之文章盖世,水府愿借一观。'自谓龙也,请碑入水,遂不见焉。惟阴风怒号,淡月映空。修惊悼不已,坐以待旦,黎明起谕直。时知泰和令,以同邦之谊命直为文以檄。'恭惟洞天水府之宫震泽主者润济王阙下:福地阴阳,龙池岁月。星斗芒寒,受穹质于上界;云津变化,膺显号于人间。庙食吴中,官民均赖。兹有河神之玩法,敢将表石以沉沦。妙画雄文,自应呵护;琼章玉册,孰敢谁何?虽龙宫之幽玄,而雷神之慧彻,巽风震雷,骇虬奔鲸,地裂水竭,渊泉俱灭。既已各司其职,胡不永保其身。以汝上天功也,骧首云霄,德配亭毒,乾道之性,厥位六焉。鼎成以升，实汝之神。下地利也，渊源潭洞，养身遁性，坤绝妖尘，其德玄焉。禹舟之负，实汝之功。今汝不然，乃罹兹禁，万一株连，五龙尽灭。'书毕投檄湖中，忽空中语云：'吾乃天丁也，押服骊龙往而送至永丰沙溪，敕赐文儒读书堂之南龙泉坑而交也。'文忠公归家扫墓，但见坑中云雾濛蔽，虹光烁空。往视一大龟负碑而出，倏忽不见，惟碑上龙涎宛然在焉。乃起置于崇国公墓前，俾垂不朽。呜呼，文能动龙，孝足感天。公之文章德业，至矣，极矣。天下万世，谁不翕然而宗师之。时熙宁三年庚戌七月望日，黄鲁直谨识。"

黄州阳逻江上生黑鼠鱼尾，一戍卒得之，越二日死。又白鼠霜毛火眼，甚可爱，余数见之。

兰阳梁康僖公初名某，为孝廉时梦人告之曰："公举进士名云构，今名安得济？"又曰："王融《三月三日曲水诗序》久列公名矣。"盖序有"虚檐云构"语也。公改名登第。尝梁上生三芝，公子太常公羽明因号芝三。

明末余亲见人面豆，豆黄色，须髯眉目如生，大是怪异。

余寓黄时自制笔用之。一黑帝矩，一写潇湘，一赋梅，一宣州使者，一五岳摇，名曰"东斋五色笔"。

衡州回雁峰因峰势取名耳，世传谬甚，胡循蜚贞开《游记》一篇辩之甚详。

> 附《记》略：世传"衡阳雁断"，其说有二：一曰山高雁不能过；一曰江有毒，雁饮水死耳。浅人耳食，奉为信史，可笑也。衡高不过岱、华，其间未尝无雁。即峻不能度，岂无径可通？若水毒杀雁，则衡人之饮于江者靡有孑遗矣。且水既杀雁，亦当杀鱼，是真湘浦鱼沉已。盖衡之七十二峰，从洞庭叠翠南来，如飞如翰，奔八百里至湘江，而一峰夭矫回伏若雁之落，而乘风迅折，复起项领，羽翼翩翩欲动者，势使然也。山距城二百步，高二十仞，凡宴集辄至其地。顺治己丑九日，余与寮友采茱山阿。南望潇水微茫若带，忽闻空中嘹呖声横江西过，余笑谓左右曰："雁今破例，遇峰何以不回？"客有不省者，余乃理前说为记，以质稗史之诬。

子昭弟过伊阙，见山上石佛数万，体皆不全，询之为狄梁公所毁。慕庐云："此灵太后所凿也。"

应州木塔甚奇，冯讷生主政云骧有登塔诗一帙，序略曰："塔建自辽，叠木为之，七级八面，高见数十里，朱栏碧瓦，玲珑飞竦。登之河水一杯，孤城如弹也。"

唐太原王知敬书《洛川长史贾公德政碑》，在修行寺东南角，极峻利丰秀，至今路人识者驻马往观。见唐窦臮《述书赋》。余家旧拓一本出自大内，后有元翰林国史院印。

唐顾况《题石上藤》云："委曲结绳文，离披草书字。"黄山谷《题萧子云宅》云："风流扫地无寻处，只有寒藤学草书。"白乐天《池上绝句》云："小娃撑小艇，偷采白莲回。不解藏踪迹，浮萍一道开。"元张仲举词云："吴娃小艇应偷采，一道绿萍犹碎。"即此见古人措语必有所本也。

筠廊偶笔卷下

府谷李玉衡国瑾,古君子也。为国学典簿,贫不能买书,日取国学经史板摩挲读之,手爪尽黑。久而淹贯,为世名儒。尝与余共居萧寺,日惟炊俸米一饭,冬夜无火,与一老仆共被敝裘而坐,洵近世所罕闻也。著有《石花鱼赋》,甚佳。曾书一纸寄余,为友人携去。

根梅出均州太和山。相传真武折梅枝插根树,誓曰:"吾道若成,开花结实。"后果如其言。今树在五龙宫北。根木梅实,杏形桃核,道士每岁采而蜜渍,充贡献焉。黄州郡丞张秀升登举前为其郡司李,收根梅最多,曾以馈余,味甚甘美。

京师鹫峰寺在城隍庙南,有旃檀佛像。《帝京景物略》云:"像为旃檀香木所造,鹄立上视,前瞻若俯,后瞻若仰,衣纹水波,骨法见衣表。左手舒而植,右手舒而垂,肘掌皆微弓,指微张而肤合,三十二相中鹅王掌也。勇猛慈悲,精进自在,以意求之皆备。"按《瑞像记》云:"释迦如来初为太子,诞七日,母摩耶弃世生忉利天。佛既成道,思念母恩,遂升忉利为母说法。优阗国王欲见无从,乃刻旃檀为像,目犍连尊者以神力摄三十二匠升忉利天谛观相好,三返乃成。及佛返人间,王率臣庶自往迎佛,此像腾步空中向佛稽首,佛为摩顶受偈曰:'我灭度千年,汝从震旦利人天。'像由是飞历西土一千二百八十五年,龟兹六十八年,凉州一十四年,长安一十七年,江左一百七十三年,淮安三百一十七年,复至江南二十一年,至汴京一百七十七年,北至燕京十二年,北至上京二十年,南还燕京内殿五十四年,燕宫火,迎还圣安寺一十九年。元世祖迎入仁智殿十五年,迁于万安寺一百四十余年。以上元学士程钜夫记。复居庆寿寺一百二十余年,嘉靖戊戌庆寿寺灾,奉迎鹫峰,迄天启丁卯共居八十八年。计优阗造像当周穆王辛卯,至熹宗丁卯凡二千六百一十余年。以上蜀僧绍乾续记。万历己未寺僧济舟在殿诵经,一士人礼拜墀下,僧睹仪观有异,乃迎上殿,士固不可,僧固迎不已。士自通曰:'城隍也,殿有戒神呵护,我小神,不敢轻入。'语罢不见。"余康熙癸卯秋偕米紫来汉雯同往瞻拜,三日后奉太皇太后旨,请像入大内矣。

同里杨沧屿先生镐奉使高丽,得玛瑙桃一枚,上红点如丹砂者七,以锦袱裹之,袱上织成六字云:"此桃原现七星。"

黄安马医某治马如神,人有以病马来者,骨骼硉兀,左胁下肿起如斗。某云:"此马无病,偶饮水吞蛭耳。"以脚向肿处踢之,下蛭数升而愈。

楚人有信卜者,云必遭虎伤,遂住武昌江中龙蟠矶寺以避之。偶早起,见一虎蹲寺门外,遂惊堕矶下,虎随而啮之,立死。寺僧呼渔人共擒虎,虎从容乘流东下,正遇大船迎之而来,船上人投一布被盖虎头,以篙橹乱击杀之,捞取载去。

明神宗时日本僭称帝,由朝鲜入犯,杨沧屿先生奉命经理,战功甚著。旋被谗罢归,朝鲜人思之,为建祠立碑,赋诗歌咏其事。

附碑铭并诗:明有天下二百五十年,政刑修明,薄海内外,无有远迩,悉主悉臣。惟是日本一域,负其险远,不奉声教。秀吉篡其君自立,专用暴力,虎吞诸岛为雄,既穷凶积悖,乃恫疑虚喝,靡所不为。岁辛卯,遣使致书,诇我虚实,将欲假途入犯,胁以逆语。我昭敬王据义斥绝,具奏驰闻。越明年,贼遂倾国而来。属久安备弛,民不知兵,猝遇狂寇,剪焉倾覆。皇帝以为小丑抗天纪,无故入人国,悖逆当诛;属国弱不支,守义罹祸当援;东民亦吾赤子,垫水火当救。乃命文武大臣发兵讨之。天威远畅,海内震动。盖一蹴浿水而三都底定,诸路之贼次第逃遁,退据南边十余郡,筑巢窟、坚砦栅为久计,环寇之师数年不解。兵部以为不可究武,用沈惟敬计,宜诏许封。秀吉奉诏甚倨,丁酉益调兵渡海,袭破闲山,放兵四劫。奏闻,群议盈廷,久而靡定,皇帝赫怒雄断,命选文武全才,委以兵事。时辽东布政司参政杨公镐居忧将释位,廷议以为非公不可,有诏特起公为都察院右佥都御史,经理朝鲜军务。是年七月,公提偏师渡江到平壤,闻贼陷南原直上,先锋已迫畿南。公移咨我昭敬王,令修缮京城,固守毋动。即日兼程疾驰,军吏谏勿轻进,不听,遂于九月初三日入王京。与提督麻贵以下诸将上国都南山，张军乐，布号令，夜挑选精壮，募各营骁将，前往剪贼。又令二千骑为后援。公与我昭敬王渡铜雀津，审守御形便。初七日诸将遇贼于稷山，一战大捷，斩首累百级，鏖杀先锋贼将。诸贼大挫，直走海边。巢幕行长屯顺天，清正据蔚山，东西列郡尽为贼屯。公遗书邢总督，定议先攻清以断贼左臂。遣麻提督以下诸将拥兵而南，选兵凡四万，乃以十二月初八日，公只率勇兵数百，轻衮战巾，驰过鸟岭。赞成臣李德馨傍公迎自界上，至是随公常在军。到义城，公与德馨谋，先遣降贼吕余文潜入贼营，尽得其形势。是月二十日进到庆州，军声大振。风迅电掣，诸将不意公卒至，震慄益用命，都元帅权慄率本国诸将官水陆兵一万余亦听公节制。二十二日，公遂进，阵贼垒十里外。少出兵诱贼，贼悉锐追之，公与麻提督督诸将合击，大败之。斩一千余级，获其勇将，僵尸布野。日暮，扎营休军。翌晓，公亲上阵薄战，炮烟晦天，旗彩耀日，各兵乘胜奋呼，海岳皆振。用飞炮火箭乱烧贼幕，遂拔伴鸥亭、太和江两栅，贼焚死者无算，尽获其器仗辎重，清正仅以身免，走保岛山，悉力死拒。城峭险，士皆蚁附仰攻。壁坚未易拔，公令各营分兵迭休，围守数匝，贼众渴馁多毙。清正闭壁不出，屡乞降求缓师。公虑其诈，不听，攻之益急，期歼尽乃已。贼每夜出樵汲，公令本国将金应瑞伺捕无遗类，日不可胜计。如是十三日，贼益穷蹙。军吏竞贺，谓清正就缚在即。会天寒大雨，泥没膝，人堕指，士马多饥冻死。贼援大至，将绕出军后，公密察事机，麾诸将退，舍身自为殿。贼欲追蹑，公反骑突击，斩累十级，贼披靡不敢近，遂按兵还王京，休师蓄粮以图再举。军校有得罪于公者诉赞画主事丁应泰，应泰雅不善于公，因上奏劾之。国中大夫士咸合词颂公冤，我昭敬王据实驰奏，请留公。奏三上，冠盖络属于道。天子以公名臣重任，义不苟其进退，乃命廷臣会勘而且听公还。戊戌夏，公罢归。公河南人，号沧屿。天资豪爽慷慨，有大节，临机料敌若执左契而决江河。军中肃然，不闻急走疾呼。公之还也，都中男妇老少莫不啼呼攀挽，为立石以思之。至于深山穷谷亦皆怅然相吊，若无所依。信乎，仁人之泽入人也深矣！虽天时不助，大功未完，而威振海上，老贼气死，此近古以来所未尝有也。贼中亦相歆叹。至画《天兵攻岛山图》，传看于日本，可见军容之盛、用兵之壮，能使敌人心畏而诚服。南边诸阵莫不鼓气张胆，恃以无恐，是其一战之功，实我东韩再造之基。不幸为人所构，遭诬而归，此东民之所以悲咤扼腕愈久而愈不能忘也。我昭敬王慕公深，命求公像于燕京，阅岁不能得。今我王嗣位，购募益切，岁庚戌始得，遂为生祠以祀之，乃命太史臣廷龟书其事于右。臣承命悸恐，上阁门辞谢不获命，遂叙公东征事迹如左而系之以铭。铭曰：噫噫前岁，岛贼狂狷，乘我不戒。朵颐辽燕，逆锋滔天，目已无鲜。赫怒我皇，天伐用张，止乱存亡。胜之平壤，贼乃大创，皇威远畅。渠魁逋诛，窟彼南隅，再肆凶图。师老而疲，告功不时，贼反乘之。悉众四抢，尽锐北上，声生势长。公时受命，义先急病，一新戎政。都人怆惧，望公来抚，若大旱雨。谓公于于，公疾其驱，风霆载途。谈笑危城，决败算成，胸万甲兵。蛇豕其奔，怵威退屯，国命再存。岛山之贼，曰宜先击，灭此朝食。麻、刘与李，三路元帅，桓桓虎视。公惟咸领，绣钺是秉，堂堂整整。分兵齐举，落其角距，莫敢龃龉。亲冒矢石，火其二栅，血酾骸积。凶贼褫魄，乞命穷麈，狐鼠窜伏。威振扶桑，势巩关防，我武维扬。功实在斯，将大有为，坏之者谁？公归不复，公绩益白，彼谗罔极。天子曰咨，惟予汝知，汝功可思。何以旌功，玉节总戎，大纛崇崇。猗欤我公，再造吾东，伟烈英风。公之治军，不宽不烦，令肃恩敦。公之制敌，得人死力，忠义所激。公之束下，躬约以化，不威而怕。云胡不思，公实生之，攀慕莫追。汉城之阳，有祠辉煌，公像在堂。白羽纶巾，立发嚼龂，含噫未伸。英姿飒爽，镇我保障，没世瞻想。勒此贞珉，事与名新，万古精神。崇禄大夫行礼曹判书兼弘文馆大提学艺文馆大提学知书筵春秋馆成均馆事世子左宾客李廷龟撰。

青社缠妖氛，沧溟沸腥血。假途类豕奔，问鼎非鼠窃。三都尽土崩，八路更幅裂。黎侯在泥露，晋臣负羁绁。越寝火方抱，齐俎肉且辍。告急谁怜楚,乞灵终救薛。天子按玉剑,将军佩金玦。三千组练明,十万貔貅列。鹤野烟尘昏,鸭水笳鼓咽。经理委戎务,畴咨简俊杰。禁中得颇牧,关西擅阀阅。华藻文星朗,清规白云洁。鹭车建牙旗,绣衣换墨绖。指日邓艾愁,饮冰叶公热。解纷奋高义,急病任大节。雄剑白猿术,阴符玄女诀。威声山岳动,妙算江河决。神兵集隼墉,穷寇守蚁垤。三匝月晕成,九攻云梯设。羊角徒触藩,螳背难拒辙。宵遁先邀厄,朝食姑待灭。只抵臧宫掌,何掉郦生舌。萧斧菌未诛,洪炉毛自爇。八水仁涛散,四垒期雾彻。天时虽失误,贼势已摧折。高名固所忌,大成还若缺。乐羊谤书盈,班超归思切。朝廷果洞烛,正直诇媒蘖。鲽域方愿留,鸿渚遽告别。柳营祖席开,玉帐云垒凸。仙踪凡界分,离想情源竭。诸公奉成规,新府遵旧臬。丑类感忠信,盟书戒诈谲。四裔化初渐,三韩耻既雪。卫国乃忘亡,宋祀赖不绝。君子辞猿鹤,万姓免鱼鳖。丹浦征何让,白登功可秩。画梁建生祠,黄绢记新碣。弦管奏雅颂,大斗祝耆耋。未睹霄汉姿,几叹光阴瞥。千金募典刑,什袭费提挈。六法巧安排,一点不蹇拙。粉壁垂宝轴,霜绡生彩缬。燕颔异表著,犀脑奇文结。缓带蔼神采,纶巾凛风烈。玄豹出雾壑,文凤戏丹穴。符德容宜敬,形义色岂涅。英盼讶回电,佳诲悦霏屑。今昔复去来,色相自相迭。享祀供芬苾,瞻望争怢悦。范相尚铸金,卫公犹挂铁。甘棠咏遗爱,大树思英哲。况此再造恩,难与一饭说。图报骨仍镂,省患心每噎。先王承馨欸,寡君增仁渴。泰运逢尧舜,勋业迈稷契。霓旌驻辽城,蛮种戢妖孽。惠泽兰芷浴,号令雷霆掣。荫芘固无外,往从恨有截。盛德欲模写,痴语困搜抉。司宪府大司宪李尔瞻撰。

明末蓟州难妇题诗野店壁上,不著姓名。曰:"俯首漫凭几,难将旧日题。夫君镇紫塞,妾命落黄泥。风惨尘为粉,天寒革作衣。何日归桑梓,心酸只暗啼。"味其诗,必守边将帅之妻也。

一仆姓李,矮甚,先文康名之曰"射"。客曰:"公殆用李广故事耶?"公笑曰:"因此仆寸身耳。"客为失笑。

前朝大内猫犬皆有官名、食俸,中贵养者常呼猫为"老爷"。

黄州洗墨池蛙，口食墨而黑，其说见《楚故》，老友张长人为予具说之如此。池为东坡遗迹，废且久。予判黄时重加疏凿，更建竹楼、雪堂于池旁，祀王、苏诸公，合名曰"宋贤祠"。祠成作记，陷雪堂壁，亦及此语。余寻以忧去，时当初春，池无蛙，竟未验其口何如也。

附祠记：仕宦而至黄者，每艳称子瞻雪堂、元之竹楼。子瞻故有洗墨池在黄，人罕知者。予判黄之二年，梅川张子长人过余，言曰："吾黄涉离兵燹以来，名胜悉委榛莽，墨池一洼亦就湮，独赵文敏手书三字犹存瓦砾中，使君得无意乎？"予闻大喜，命舆人移置东斋。又三年为康熙己酉，余董漕自淮归，簿书多暇，念先贤故迹久就芜，不亟思表章，亦守土者责也。始从坡里坊求墨池旧址，得之颓垣败础间。于是芟榛莽，剔朽壤，决淤涂，甃以文石，周以栏槛，俯视一匊，泓然泓然。池故无桥，今则跨池为桥，翼桥为亭，而取文敏字揭之楣。既而曰："池复矣，无堂曷祠？"乃建堂池东，祠子瞻，以张文潜、秦少游配。两先生固尝游黄，又苏门士也。仍其名曰"雪堂"。堂成有余材，建楼池西，祠元之，仍其名曰"竹楼"。墨池因故址，雪堂、竹楼非其地而仍之者，从名也，合之为"宋贤祠"。祠既成，移余书之复者置楼上，移余东斋花木自中州来者植池侧，而旁为数楹，招僧末子住其内以供朝夕。于是黄之人若忘其为旧有，而焕然新出于耳目之前也。未几张子复来，予与之周视池上，欣然曰："甚矣，先贤之赖有使君也！是乌可不记？"予唯唯，乃镌石置雪堂壁间以记月日。张子又语予："昔尝读《楚故》，载东坡墨池蛙口食墨而黑。"予未之见也。

广济多云山，余两过其下，皆晴霁中望见轻云罩峰顶，信山之得名非虚也。岩间有微泉滴出，竟日可得升许。山中人欲凿而大之，方去片石如钱大，泉顿枯。此理殊不可解，或疑于泉脉有伤云。

世传王介甫咏菊有"黄昏风雨过园林，吹得黄花满地金"之句，苏子瞻续之曰："秋花不比春花落，为报诗人仔细吟。"因得罪介甫，谪子瞻黄州。菊惟黄州落瓣，子瞻见之，始大愧服。按《黄州志》及诸书绝不载此事。余寓黄数载，种菊最多，亦不见黄花落地，后惟盆中紫菊才落数瓣耳,心窃疑之。因考史正志《菊谱后序》云:"花有落者、有不落者。盖花瓣结密者不落,盛开之后浅黄者转白,而白色者渐转红,枯于枝上。花瓣扶疏者多落,盛开之后渐觉离披,遇风雨撼之则飘散满地矣。"又尝考之王介甫作《残菊》诗曰:"黄昏风雨打园林,残菊飘零满地金。"欧阳永叔见之,戏介甫曰:"秋花不比春花落,为报诗人仔细看。"介甫闻之笑曰:"欧阳九不学之过也。岂不见《楚词》云'夕餐秋菊之落英'。"东坡,欧公之门人也,其诗亦有"欲伴诗人赋落英",与夫"却绕东篱赋落英",亦《楚词》语耳。余谓欧、王二公文章擅一世而左右佩剑,彼此相笑,岂非于草木之名犹未尽识而不知有落、不落者耶? 若夫可餐者,乃菊之初开芳馨之可爱者耳,若衰谢而后,岂复有可餐之味哉? 或云《诗》之"访落",以"落"训"始"也,"落英"之"落"盖谓始开之花耳。然则介甫之引证殆亦未之思欤。按此则菊原有落、不落二种,赋诗相笑乃欧、王二公事,与子瞻无涉,更无黄州菊落之事。何世人笃信不疑,纷纷引为口实耶? 又前代名公咏菊亦有"落英惟有黄州菊,博物荆公服子瞻"之句,岂非惑于俗说而未加考证之过耶? 宾客相见,辄以此事来问,为辩之如此。

康熙己酉秋,光、黄间起蛟以千百数,伤人甚众。有人从山上望之,但见黄黑牛乘流而过耳,然山谷居民无恙。望山巅波涛汹涌,如云烟蔽空,过则峰际穴隙叠叠,皆蛟所从出焉。又众人立桥上,见一牛没水中,微露双角,曰:"此牛何处漂来?"忽角动水涌,转瞬高数丈,石桥里许皆碎,伤十五六人。按《庐山志》言:"蛇雉蚯蚓之类,穴山而伏,三十年则化而为蛟。常以夏月乘雷雨去之江湖,三数年一次。"盖凡山中皆有蛟患也。

一人于鄗通墓旁营葬,梦通衣冠甚伟,揖而言曰:"我是公前辈,何尺寸地不相让耶?"其人改葬,又梦通来谢。

世祖皇帝御马有遍身虎文者,有鹿头鹿蹄者,盘旋阶墀如风,余亲见之。

先文康公于京师买碧璞如升,厮养卒见而笑之曰:"吾家厕中便有,何买为?"先公命向厕中取之,果得碧璞,长二尺,圆一尺有半。洗涤之,光莹动人,因置石床上为玉枕,题曰:"龟兹国有琥珀枕,枕之则十洲三岛五湖四海尽入梦中,此枕无乃是?"盖所居乃前朝中贵旧业,闯贼陷长安,其家藏珍玩遂流落厕中尘埋也。

夏振叔《借山随笔》云:"李自成,陕西米脂县双泉都人。幼自沙弥还俗,名黄来,鬻为姬氏牧羊奴。崇祯三年流入西川贼不沾泥营,渐为帅领。九年自号'闯将',统步骑千余归米脂,椎牛上冢而去。祖海,父守忠,坟俱在三峰子乱山中,距县城二百里,山势环拱,气象狞狰。海乃其里人李成所葬。十五年成尚存时,幕府檄米脂令任丘边长白大绶掘坟剖棺,图以泄其杀气。长白购得成为乡道,至其所,久近墓凡二十有三,葬年既远,成亦不能别识,云葬时曾掘得空穴者三,其一有黑碗,因葬碗穴而填其二,仍置碗冢中,今但有黑碗者即海也。连掘十余冢,骨皆血润,至碗冢则骨黑如墨,头额生白毛六七寸许。左侧稍下即守忠冢,冢中盘白蛇一,长尺二寸,头角崭然,初见人,首昂起三寸,张口向日,复盘卧如故,意思安闲。守忠骨节间色如铜绿,生黄毛五六寸许。其余骨生毛者凡七八冢。长白有《虎口余生纪事》,叙说极详。枯骨生毛亦从来纪载所罕见者,遗毒海内,夫岂偶然?"

曹蜂仪,柴桑流亚也,人恒以狂生目之。曩别余返长安,豪饮数日,醉中持杯向余而言曰:"我自分必以酒死,死犹嗜酒,子得佳酒,幸北向祭我,我能从地下饮也。"余笑而应之,不数年果死。今每逢胜会,临风酾酒,或感叹泣下焉。

余族孙铨日暮骑驴行村中,见烟雾旋绕,鬼兵数千,拥一神将来。铨身入阵中,魂魄几堕,驴亦觳觫不前,须臾而过,如此者三。铨归,卧病月余。

京师一孝廉会试后夜候发榜,与友人掷骰子约曰:"六子皆红者中。"孝廉得五红,其一立盆边良久始落,亦红。又先世神主忽然摇动,合家闻叹息声,移时报孝廉中矣。

秦中会宁县沙中产金雉,食金满五钱则飞,不能远,土人往往逐得之。

《舆图考》载楚中赤壁有二,一在嘉鱼,一在黄州。嘉鱼乃周瑜破曹操处,苏子瞻以黄州赤嵲山为赤壁,谬也。噫,此说起而世人争诮子瞻矣。然唐杜牧之《齐安晚秋诗》结句云"可怜赤壁争雄渡,唯有蓑翁坐钓鱼",则何以说乎? 盖当年舳舻千里,旌旆蔽空,由黄州至嘉鱼皆属争战之所,又乌辨其某舟泊某山,某山为火焚而赤乎? 即以黄州之赤嵼为赤壁可也。此说久不定,余为辩之。

先文康抚遵化日,苦旱,有司循例严禁屠沽,先文康出示曰:"天人一理,人事不修则天变于上。苟人不为恶,即饮酒食肉何足干天地之怒哉! 示后各宜痛加修省,其屠沽如故。"三日后大雨,人皆服公之达。

万年少托济宁僧郓子_{澄瀚}求常州邹臣虎_{之麟}画,画上题一偈云:"画画者谁寄者谁? 一为居士两为僧。江山笔墨浑闲事,何日同参最上乘。"又跋云:"海内如万道人不可不为之画,传此画者又不可少郓子,故记此一段。"后臣虎、年少皆死,郓子道过雪苑亦死,此画遂为余有。噫,使臣虎而在,又未免呶呶多言矣。郓子能诗善书,其遗稿惜不存,偶记正月十七日别余往江南一绝甚佳,附录之。

　　附绝句:昨宵观罢上元灯,又欲寻山过秣陵。骑马乘船都不似,飘然谁识六朝僧。

贾静子先生病,余偕两弟及徐恭士往候。坐卧榻前,先生谈论如畴昔,犹举王守溪先生《制义》某篇某句可议,忽云:"此时当与君等永诀矣!"急命子启夕_{发秀}请客诣听事。先生易新衣,迁正寝,仰卧而逝。众人入哭,见先生手微动者三,若相谢云。先生生平多奇,详《侯朝宗_{方域}传》中。

　　附《传》:贾生名开宗,商丘人也。少落拓不羁,十四岁从其师学。师故儒者,喜绳墨,贾生慕司马相如之为人,学击剑鼓琴,嗜远游,师以弗类己诮之,贾生固谓:"我非儒,奈何以儒者责我。"即日除弟子籍,更去与里中少年伍。间读书为文词,干谒当世,举茂才第一,是时贾生年二十余,益负才。不事生人产业,破家葬其妻。陈腾凤来校士,寓意郡太守,欲贾生充饩县官,贾生曰:"我当不日为卿相,何至谋升斗。"却不就。日共郡人张渭等约汗漫游,仿阮嗣宗纵饮六十日,白昼射箭,中夜击鼓。宋俗上元夜张灯饮酒,贾生率其徒服龙衣,驾鹿车,疾驰百余里,漏下三鼓抵睢阳。司氏者,睢阳巨族也。张银瓢容酒数斗,约能胜饮者持瓢去。群小皆醉卧,窘甚。贾生忽叱咤登阶,举满一饮即掷瓢付奴持之,不通姓名,坐宾骇散。久之贾生贫益甚,盛夏服裋褐不完,过市儿童随笑之,贾生浩歌不辍。会太原孙传庭调商丘令,知贾生,下车引见,日往谒,为计赀财,复田舍。阅数岁,东平侯刘泽清开府淮阴,奏除翰林院孔目,掌其军书记。贾生察其异,趣不肯就。泽清跛扈,内挟权相,尝衣白衣从军,因事调护。乙酉,泽清自海道来降,贾生乃辞归里。凡七应举不第,作长歌云:“自从廿载归魄余,不信天上有奎宿。”因大悟,尽焚其素所读书,闭户揣摩十余年,驰骛于先达师说十余年,最后而冥坐穷思,与侯方域、徐作肃往复辨论又几十年,卒轨于正,天下以“纯儒”称之。既老,更追忆少游京洛,集所闻见述《帝都》、《君德》、《相术》三篇。走泰岱观日出处,述《山灵》、《地势》二篇。已,买舟金陵,泛吴越,归而星象、占纬、兵食、图籍各有论说。大概其学术行业恢奇澒漾,适于致用,然欲以辙迹求之,又不可得也。尝与侯方镇、方域为忘形之友,张湄、徐邻唐、吴伯裔、伯胤、徐作霖、作肃、宋荦为文酒之友,张翮、沈誉、释顶目、乘阔为方外之友,又自称为“野鹿居士”。侯方域曰:“以余观贾生,所谓羊质善变,每变必趋上者耶?抑依隐曼世所称大人先生者欤?少年类邯郸侠,而后乃大雅卓尔。呜乎,彼终身守一众矣。倘非其与道屈伸,亦能知之哉?”

余同官黄州司马于北溟成龙由粤西来,赠余《元祐党籍碑》一本,云碑在柳州之融县,乃党人沈千曾孙沈晖刻也。晖跋云:“元祐党籍,蔡氏当国实为之。徽庙遄悟,乃诏党人出籍。高宗中兴,复加褒赠,及录其子若孙。公道愈明,节义凛凛,所谓诎于一时而信于万世矣。其行实大概,则有国史在,有公议在。余官第六十三人,廼晖之曾大父也。后复官,终提点杭州集真观,赠奉政大夫。晖幸托名节后,敬以家藏碑本,镵诸玉融之真仙岩,以为臣子之劝云。嘉定辛未八月既望,朝奉郎权知融川军州兼管内劝农事古雪沈晖谨识。”又周元亮先生《书影》亦载此碑一则,附录之。

　　附《书影》：倪文正《题元祐党碑》云："此碑自崇宁五年毁碎，遂稀传本，今获见之，犹钦宝篆矣。当毁碑时，蔡京厉声曰：'碑可毁，名不可灭也！'嗟乎，乌知后人之欲不毁之更甚于京乎？诸贤自涑水、眉山数十公外，凡二百余人，史无传者，不赖此碑何由知其姓名哉？故知择福之道莫大乎与君子同祸，小人之谋无往不福君子也。余凡两见此碑，各不同。碎碑之后，宜无可拓，必当时令郡邑各建之，或尚有存者，故其式弗一耳。"阮亭云："《党人碑》阑入章惇、张商英辈，大为诸贤之玷，又不可不辨也。明代东林不尽君子，论世者亦当分别观之。晁氏《客语》云：'绍圣初籍定元祐党，止数十人，世以为精选。后乃泛滥，人以得与为荣，而议者不以为当也。'"

　　万年少、张长人皆有小研铭。万云"万里千岁，方寸之内"。张云"是其微哉，眇乎小也，而眼光烁破四天下"。皆研铭之佳者。

　　同里孝廉王皞之有妹生不能言。及笄，有道人过门乞食，云善治病。或问："能治哑否？"曰："能。"孝廉遂以妹请，道人命取水、油各一盏，咒之，倾一处，以箸搅成膏，渐结为丸，曰以水调服即能言，但须焚香谢天耳。孝廉以药授妹，服之顷刻能言，急觅道人，不见，举家向空拜谢，闻仙乐喧阗，冉冉而去。

　　王弇州先生旧藏宋板《汉书》，得之吴中陆太宰家。纸为罗纹笺，字类欧阳率更，是赵文敏故物。卷首有文敏自作小像，紫衣纱帽，神采如生。弇州亦作一像于后。弇州殁，钱虞山先生谦益以千金得之，后转鬻于四明谢象三。虞山云："此书去我之日殊难为怀。李后主去国，听教坊杂曲，'挥泪对宫娥'一段凄凉景色，约略相似。"顺治间，此书归新乡某公，近已携往塞外矣。京山李维柱字本石，尝云："若得文敏《汉书》，当每日焚香礼拜，死即殉葬。"噫，可称好事者已。阮亭云："余乡张忠定公蓄宋椠《文选》，构宝选斋贮之，亦号萧斋。"

　　闽中洛阳桥圯有石刻云："石头若开，蔡公再来。"鄞人蔡锡，中明永乐癸卯乡试，仁庙授兵科给事中，升泉州太守。锡至欲修桥，桥跨海，工难施。锡以文檄海神，忽一醉卒趋而前曰："我能赍檄往。"乞酒饮，大醉，自没于海，若有神人扶掖之者。俄而以"醋"字出，锡意必"八月廿一日"也，遂以是日兴工，潮旬余不至，工遂成。语载锡本传中,乃实事也。人不知而以其事附蔡端明,且以为传奇中妄语矣。锡官至都御史,以才廉闻。

夏邑彭西园先生尧谕博学有气调,以能诗著闻。明万历中游京师,于席上遇钟伯敬先生,时宾客甚众,未通情款。偶谈诗不合,辄奋拳击之,钟问为谁,彭曰:"我西园公子彭尧谕也。"钟敛容谢之。

徐恭士作肃曰:右小品百许则,即事写来,波折自具,散散着笔,遒健天成,殆短长肥瘠,各有度与。奇事佳文,当急布之以供世赏。

叶慕庐封曰:何氏《语林》、焦氏《类林》皆补《世说》所未备,然悉前代事也。以余所见,记近事者有朱氏《涌幢小品》,颇足佐正史所未及,然简而核,奇而法,要不若牧仲先生此编之可以传矣。

汪钝翁琬《读筠廊偶笔》诗曰:"知君诚作者,游戏集毫端。糖蟹诚堪议,甘蕉亦可弹。解颐多异论,寓目得奇观。好述辅轩志,他时佐史官。"

筹廊二笔序

余老而失学，欲继炳烛之勤，而灵源翳塞，明童昏如。尝窃自笑吞纸可以果腹，食字可以饱蠹，世即有之，吾弗能已。然以结习驱使不能自休，辄欲效海南宗人，晨夕陈五经拜之，冀以略识字于万一者，而匆匆尘埃中，亦不暇以为。以是之故，凡以文字见遗者多至累牒，少至尺幅寸笺，谨拜而受之，虽不能卒业，心窃敬爱向往焉。牧仲先生见示《筹廊二笔》，本天咫，极民彝，朝章国是，前言往行具焉。余独能读之终篇，忘其老而倦也。先生以学术为吏治，两开府于东南，所至事集民和，以其暇则益覃精古学，著书满家，《筹廊偶笔》其一也。今兹晋冢卿，总百官，任大事繁，而诵诗读书为文章益不衰，此余之所以尤爱敬而向往者也。先生方以圣主眷遇之隆，出其胸中万卷书，尽展底蕴，以赞襄太平无疆之大业，而余且游优卒岁于山巅水涯，得先生所为《筹廊》之三笔及四、五笔不已者，坐卧读之，抛午枕之书，饱残年之饭，乐而忘忧，不知其老之至也，则余所得于先生者不其多哉！康熙四十又五年四月十三日，泽州同学弟陈廷敬书。

筠廊二笔卷上

王文成题开先寺壁云:"中丞不解了公事,到处看山复寻寺。尚为妻孥守俸钱,至今未得休官去。三月开花两度来,寺僧倦客门未开。山灵似嫌俗士驾,溪风拦路吹人回。君不见富贵中人如中酒,折腰解醒须五斗。未妨适意山水间,浮名于我亦何有。"余每讽此诗,怅触不少。

金明昌有七印:一曰"内府葫芦印",二曰"群玉秘珍",三曰"明昌宝玩",四曰"明昌御览",五曰"御府宝绘",六曰"明昌中秘",七曰"明昌御府"。又宋宣和天水双龙印,有方圆二样,法书用圆,名画用方。宣和、明昌二帝题签,法书用墨,名画用泥金。又宋高宗御府手卷画前上白引缝间用乾卦圆印,其下用"希世藏"方印,画卷尽处下方用"绍兴"二字印,墨迹不用卷上合缝卦印,止用其下"希世"小印,其后仍用"绍兴"小玺。见秀水汪玉水砢玉《珊瑚网》。

曩于京师拟同阮亭尚书选古今二十五家诗,为曹子建、阮嗣宗、陶渊明、谢康乐、玄晖、陈伯玉、张子寿、王摩诘、孟浩然、杜子美、李太白、韩退之、韦苏州、柳子厚、苏子瞻、黄鲁直、陆放翁、元遗山、高季迪、何大复、徐昌榖、高苏门、皇甫子安、子循、郑继之,惜未能卒业。

《晋书·徐邈传》云:"豫章太守范宁,欲遣十五议曹下属城采求风政,并吏假还,讯问官长得失。邈与宁书曰:'知足下遣十五议曹各之一县,又吏假归,白所闻见,诚是留心百姓,故广其视听。吾谓劝导以实不以文,足下日昃省览,庶事无滞,则吏慎其负而人听不惑,岂须邑至里诣,饰其游声哉?非徒不足致益,乃是蚕渔之所资,又不可纵小吏为耳目也。自古以来欲为左右耳目者无非小人,皆先因小忠而成其大不忠,藉小信而成其大不信,遂使君子道消,善人舆尸,前史所书,可谓远识。况大丈夫而不能免此乎?'"此论深得大体,余所服膺,然伺察之风不可开,而壅蔽之害亦宜去。必也公听并观,如舜之明目达聪,乃为善治耳。

先文康起家阳曲令,常云:"前生不善,今生知县;前生作恶,知县附郭;恶贯满盈,附郭省城。"虽雅谑,亦官箴也。

白乐天《有感》诗云:"莫养瘦马驹,莫教小妓女。后事在目前,不信君看取。马肥快行走,妓长能歌舞。三年五岁间,已闻换一主。借问新旧主,谁乐谁辛苦。请君大带上,把笔书此语。"俗称扬州养女者为养瘦马,当本诸此。

李峄峒、康对山身后皆遭发掘之惨。李墓在禹州大阳山,顺治间被发,为卢龙韩子新收葬。康墓在武功近郊,数年前亦被发。形已消化,而双目炯炯如生,与陈武帝须生白骨大相类。余有诗纪其事。

邵青门长蘅云:"咏物诗最难,即少陵咏物亦非至处。"余云咏物有二种:一种刻画,如画家李小将军,则李义山、郑谷、曹唐诸人是也;一种写意,工者颇多,要以少陵为正宗。必如青门言咏物非少陵至处,岂《房兵曹马》、《蕃剑》、《萤火》诸什犹有所不足乎?青门又云:"《画鹰》一首,句句是画鹰。杜之佳处不在此。所谓诗不必太贴切也。"余于此下一转语,当在切与不切之间。偶记元明人数诗,清丽可喜,附录于后。

虞道园《蛾眉豆种》:种豆南山忆故乡,蛾眉分种喜封囊。底须飞鹊能衔子,未许蹲鸱共瀹汤。玉碗茶香分瑟瑟,瑛盘樱颗间煌煌。燃箕煮釜催诗句,更约邻翁共佛床。

王秋硐《瓦甀》:老雨崩崖为尔开,野人携赠入芸斋。埏陶有意存三代,莫献曾经备两阶。上拥圆吭蹲野鹤,中横蟠腹怒池蛙。钓深免汝居危地,时插秋香慰老怀。　《糟鱼》:霜刀截断玉胰芳,暖贮银罂酿粉浆。锦尾带赪传内品,金盘堆雪喜初尝。解酲未减黄柑美,隽味能欺紫蟹香。一箸厌馀成醉卧,梦横沧海听鸣榔。

江右董萝石《豆芽》:芜蒌亭后得褒封,金甲银钩夺化工。滤尽宿泉冰有骨,种成深盎土无功。秋涵素质琼丝脆,水泛残衣黛粒空。野薇纷纷登俎豆,凭谁为荐玉玲珑。

万茂先《黄牡丹》:石栏行处乱闻香,红紫光中别有妆。侧面檀痕摇翡翠,重楼瓦色照鸳鸯。邓通鼓棹临花阵,豪客轻衫过粉墙。金带围开清赏后,广陵嘉事属姚黄。　浅碧深红处处逢,青皇何意漏秋容。莺身近户光相照,蝶翅惊丸蜡自封。影伴榖城怜石瘦,愁连古碛觉沙浓。遥知九锡东风候,独立宣麻近九重。　三千队里斗春晖,独洗闲妆见自稀。步月故披君后服,行春偷着圣人衣。野花过蝶风深浅,斗酒听鹂色是非。为里为裳君莫问,六宫齐拜上皇妃。

丙辰、丁巳间,遇吴门薛东滨芬于长安,颇极文酒之乐,其《感怀和阮亭尚书》诸什,大有少陵风格。别去将三十年,访其踪迹不可得,即吴下亦无一人知者。

　　附诗:春风变原草,乡思入南湖。户胃虫丝网,田抛蟹舍租。展诗忆宗武,检帖寄官奴。愁听边笳入,谁堪揖竖儒。　近得归乡梦,端居读反骚。歌声调昔昔,亭子望劳劳。王濬西风利,哥舒北斗高。于时岂无事,懒癖耐爬搔。　已判长种菜,焉用叹无车。七日立春后,两行挥泪书。星浮项籍剑,草误子云居。好在门前柳,青归绕碧渠。　四校横徂处,萧条虎豹村。青袍来魏地,白练约花门。驻日衔新酒,寻河失故源。全应随梦蝶,半已化穷猿。

顺治朝平凉府修城,掘地得石碣。一刻唐张说《钱本草》,樊厚书,书类《圣教序》。一刻皮日休《座中铭》,书类颜鲁公《多宝帖》。《钱本草》云:"钱,味甘,大热有毒,偏能驻颜,彩泽流润。善疗饥寒困厄之患,立验。能利邦国,恶贤达,畏清廉。贪婪者服之以均平为良,如不均平则冷热相激,令人霍乱。其药采无时,采至非理则味臭,及既流行,能役神灵通鬼气。如积而不散,则有水火盗贼之灾生;如散而不积,则有饥寒困厄之患至。一积一散谓之道,不以为珍谓之德,取与合宜谓之义,使无非分谓之礼,博施济众谓之仁,出不失期谓之信,入不妨己谓之智。以此七术精铢,方可久而服之,令人长寿。若服之非理,则溺志伤神,切须忌之。"《座中铭》云:"恃道轻于人道,果不足贵。夸艺傲于俗艺,果能害己。怨宁失乎忘,惠宁失乎施,谦宁失乎过,敌宁失乎避。誉高不足乐,誉中必有毁。名高不足荣,名中必有议。不足防乎滥,有余戒之侈。无行纤巧机,无用奸欺智。夺权思己权，夺位思己位。谤人思己过，危人思己坠。藿食想饥夫，其食即饱矣。粗衣思冻民，其衣即温矣。何以拒佞人，无信己之美。何以处权门，无徇己之意。勿为仁义诈，勿作贞廉伪，勿为矫俗高，勿取要君利。一敬思众侮，一爱思百忌。伤是人之非，伤非己之是。在贫若思富，富者思季氏。在贱若思贵，贵者思宰嚭。稍盈念扑满，稍溢念欹器。吾道谅如斯，何忧复何耻。"

益都相国孙文定公廷铨有《与麹生绝交诗序》云："麹生者，市井人。族大蕃衍，居满天下，如青蝇集止，有人处则来如。闻其先兴于夏后氏时，尝因左右干夏后，将挟媚道以沉溺惑蛊王心，王觉而疏之，故五子之歌、妹邦之诰、宾筵之诗，皆咨咨致儆焉。至于春秋为祸弥笃，若齐庆氏、郑良宵氏、楚令尹子玉、邳夷射姑，追惟祸本，亦罔非厥辜。所不废绝者，以材近祝史，能事鬼神，又善为人居间侑客，可优俳畜耳。汉高帝微时，与其支孙遇武媪家欢甚，数顾之。及有天下，尝因朝集引入未央宫谒太上，太上为之怡颜，殿上皆称万岁，自是遂得出入禁中，不复呵止。孝惠帝时，齐悼惠王来朝坐帝上，太后怒甚，令于宫中伏甲刺王，赖帝觉之，未发逸去。城阳景王时尚少，忿其如此，及为朱虚侯入宿卫，阳尊事生，为斩诸吕亡命一人，卒诛锄之，自后诸麹散在人间。知人阴事、为作刺客奸人者亦少瞿瞿焉。元狩以来，其待诏掖庭，及与朝士游者，猥杂多故，不可悉纪，盖尝扼于东方朔，踏于灌夫，憎于班伯，嘲弄于扬雄，而晋魏之际，人主尚通，流俗放诞，嵇阮诸贤扇其余风，与生处者皆昏醋废事，尔后益不可制，官方为益荒矣。惟往来陶家者朗朗有节，人不厌之。向余乡诸麹，或在平原，或在青州，自称督邮从事，闻之未接。后一遇之亲串间，主人或称其贤，固以属余，匆匆为一握手而去，然犹且惭颜敛眉，惘惘不自得也。顷之有故人自远方来，贫家无欢，以生名为好客，适停闾左，飞竹素招之不至，会姓名已达客所，从室人之谋，倒顿橐囊，得百钱为贽，复往招之，然后逡巡徐来，来又不尽欢。客觉其意，辞去不顾，余始意生岂养虚近利，意气非真，将由交浅意不展耶！既余经营四方，南北旗亭，时一交臂，虽情杂楚越，风味略同，惟在燕市傍金台居者，游最久。每佳日清凉则至，疲暑则不至。退食闲暇，高朋在坐则至，公庭吏人簿书填委则不至。顾苦性不择人，好行小惠，甚乃佻佻。舍上客不顾，与僮僛下走酬酢款语于垆间，傞傞屡舞，此尤狂且故态为可憎也。余在统均历一考也，贺者在门，又有两生承制牵羊布币而至者，客延与语，皆叹曰：'天家使温茂有醇行君子人也，市气尽矣，惜晚得之。'嗟乎，自余投林卧疴，故旧凋零，扶衰破寂，不免以旧意望生，不谓挟持两端，每于众中遭其侮弄，使人目眩心烦不可向迩。春朝秋夕，触事恨人。昔人有云'贞女不以家贫改节，石交不以失势陨怀'，如生所为，宁堪酬对，裴徊顾恋，受侮将多。作为此诗绝之云尔。"诗曰："驳沓来何许，前席有麴生。参持清浊意，谬得贤圣名。举世悦滑泽，执手意易倾。初为礼法设，转与淫媟并。区区挟瓶智，修饰益骄盈。令人发狂疾，举动祸罗婴。昔我穷读日，憔悴世人轻。感君时一顾，风雨听鸡鸣。虽来不须臾，澹澹见交情。既蒙提携力，追我于上京。招邀群贵门，所至得逢迎。披服或金玉，旅进多琴筝。嘉宾四面会，亲之如弟兄。腾欢心所愿，意得智纵横。俯仰登光禄，翱翔入紫庭。一朝见天子，左顾列前楹。时余亦台府，公宴侍承明。龙舸昆池赏，鹰台九日登。君王赐颜色，飞腾藉德馨。欢娱一以散，投老返柴荆。亲戚罗故园，桃李布南荣。常思嘉节会，为君调玉笙。宁知初意易，非复少年行。臭味变中肠，差池暗自惊。弦歌未及已，头岑意不宁。芳菲空满堂，与谁而目成。四座俱欢畅，衰鬓独惺惺。凭君侮老意，吹入断肠声。畴复堪潦倒，烂熳尽平生。逝当永离绝，行矣莫留停。"代答诗曰："麴生避席对，主人一何愚。贱子虽薄劣，家世颇有馀。含醇修令德，仿佛类玄初。馨香从风发，颜色日敷腴。处为韫匵玉，行为待价沽。一为君子使，三入承明庐。荐璧鸣前导，招贤托后车。何以酬嘉德，丝绳絜玉壶。何以陪衎燕，炰鳖暨烹鱼。逢君腾达日，燕市顾当垆。黾勉自雕饰，因风托贱躯。盈盈席上待，冉冉府中趋。殷勤唯我有，斟酌自谁无。何意平原客，中道遇谗谀。瓶罍皆成耻，醉饱亦惟辜。群迷还自困，遗恨在狂且。百壶随显父，一石侍淳于。但恢江海量，吾焉为祸枢。请借席前地，再一试驰驱。高堂陈宝瑟，香阁泛金凫。君其凭轼坐，观我戏前除。越席遥赐爵，促坐对腾觚。曲调先心变，投琼当面呼。短长嘲陛楯，饥饱弄侏儒。悲者为之喜，惨者为之舒。霍然病良已,何必读素书。嘈嘈逐客令,作计太迂疏。坐客闻此言,雄辩惊四隅。麾之不能去,颦蹙将何如。沉吟复沉吟,请君瓮中居。"

康熙二十一年六月初三日上谕部院诸臣:"朕因天气炎热,特奉两宫避暑瀛台。今幸天下少安,四方无事,然每日侵晨,御门听政,未尝暂辍,卿等各勤职掌,时来启奏,曾记《宋史》所载赐诸臣于后苑,赏花钓鱼,传为美谈。今于桥畔悬设罾网,以待卿等游钓,可于奏事之暇,各就水次,举网得鱼,随其大小多寡,携归邸舍,以见朕一体燕适之意。谁谓东方曼倩割肉之事不可见于今日也。特谕。"时臣荦官刑部郎中,躬逢其盛,谨稽首录此。

尝见一斧砚,铭曰:"立武以形,含英以理。李帷昼开,邺尘秋起。濡墨淳毫,壮心不已。"

南昌徐巨源世溥《友评》云:久客他山,不复聆佳人謦欬。今夏一入郭门,东西瞻盼,真如伧父,至于拱揖倔强,应对疏略,其所以异于田舍翁者几希。自笑比之苏耽,幸不为市儿弹击耳。乍见仲韶,握谈竟日。既暑且雨,留滞街南,自觉可贱,幸子庄寓楼可坐,时来憩语,笔墨之事,无不共之,主人亦不以为厌也。因杂取诗话书品评所遇同人,为子庄一笑。十七日见仲韶以后,故友新交渐遇多矣,或见其诗与文者一并及之。　朱仲韶本自僻奥,理性孤微,涉乱,貌悴而神益渊,乍见如卜肆中所画鬼谷子。初似顽拙,然愈传愈怪,古意终不可磨没也。　康小范神气暄扬,于摧折后,刻自和光,如古器出土,为吴中好事者摩挲,锦袱檀函,但见光采,不复可寻斑剥。　刘子山行步历落,肩膊沓拖,然自有士云初年风气。昔人谓嵇绍如鸡群野鹤,乐令曰:"君独未见其父耳!"于子山亦云。　周羽聪好奇,其质固自闲秀,如拗性女郎,厌恶时妆,别欲自出簪制髻式,殊不知体貌本佳,反为膏沐自撄劳累。　杨依依诗画字画,举体皆轻,如初春丝絮蘸水舞风,初无着处。　刘建公刻意矜尚,句咏点画,纤毫不苟,而不肯着璀璨处,如名妓入道,其淡泊矜饰皆非本色,可爱处乃在人人俱欲近之耳。　邓君胤不事边幅,固自父风,尚有一种,如雨后树木欲晴未得时,秀色皆为尘雾所蔽。　黎耆尔诗有陈伯玉之风,作字立意为险,如猛兽奇鬼，初非正则，然要是间气。昔刘玄德见孙伯符，从阼阶上行，步䂓不能复前，此君其吾目中伯符与。　饶林上细理缓性，自制义外毫发不以分力，如修炼道士，望月吸日，只想飞升，更无余事。朱居六风气奕奕，触事玲珑，棋如韩信木罂度井陉而不作背水计，画如韦伯将悬空书榜而了无怖色，支道林所谓爱其神骏者也。　子庄如名山远岫，其中树木水石，寺观桥亭，色色有之，而初不自表见，游者至则随所欲求，一一得之。　余不侫如折本旧贾，重入宝山，物物能辨而不能买，亦复无可售者，而旧时相好者作谴及闻者探奇，不知此人已一无所有，而只抠破衲败絮结缚处终日索宝。辛卯秋为子庄书，世溥。

　　徐巨源，真南州高士，所为文章，取适己意，若他人不过唱莲花落，意在乞钱而止耳，然未免口角太峻，遂得奇祸，其著作必传无疑也。记丁酉入三山，携巨源新稿见周栎园先生，先生阅不两三叶，叹之再四，谓巨源生气已尽，恐不久人世。当时以为悬拟太过，及归途次建武，果得巨源恶信，此自周公法眼，知之在笔墨之外也。巨源老而穷，穷且不得其死，天既生之而更磨折顿挫以尽其意，不识生者何意。李商隐序李长吉，谓其抉溜性情，故不得寿得贵，则巨源之死宜矣。癸卯春正月廿四灯下偶检巨源旧稿，不胜忾然，同朱子庄共为叹息，黎士弘跋。

　　余到南州三载，求徐巨源文翰甚渴，自陈伯玑所刻《榆溪集》外，即片纸不可得。今岁春闻罗饭牛诵巨源赠诗云："青山已是无常主，更写青山卖与谁。"又云："记得扁舟初过访，草堂门外水齐天。"令人讽叹不已。兹又从朱子庄得巨源《友评》一卷，手书六百八十九字，文既散朗冷隽，字复本色。其引喻玲珑超脱，直是晋人风味。米海岳云："前贤征引迂远，如龙跳天门，虎卧凤阙。"是何等语。吾所论要在入人，不为溢辞，知此者可与读巨源此卷。辛未闰七月四日绵津山人荦跋。

　　徐巨源评友九人，合己得十则。句法疏宕，引喻处似嘲似谑，虽不必识其人，而其人之才与艺宛在目也。昔太史公作小赞一二语，逼肖其人，此评有之。第其中有刺谬者二。按《魏史》，韦诞字仲将，善楷书，明帝立凌霄观，误先安榜，乃笼盛诞，辘轳长絙引上，使就题之，去地二十五丈，诞甚危惧，既下头鬓皓然，是悬空书榜者，乃仲将非伯将也。又《世说》云，人有语王戎曰："嵇延祖卓卓，如野鹤之在鸡群。"戎曰："君未见其父耳！"今谓乐广语，亦非。虽然，巨源特信手行文，兴到笔落，岂暇屑屑考据，作村学究说故事耶。支道林善标宗会，而章句或有所遗，谢太傅曰："此九方歅之相马，略其玄黄，取其神骏。"予于巨源亦云。钱塘吴允嘉跋。

祥符周雪客在浚《晋碑》载二事，其一正统朝于忠肃谦巡抚太原，有《悯农》、《采桑妇》二诗，先文康于天启朝令阳曲，手书刻县治屏上，至今犹存。《悯农》云："无雨农怨嗟，有雨农辛苦。老夫出门荷犁锄，村妇看家事缝补。可怜小女年十余，赤脚蓬头衣蓝缕。提筐朝去暮始归，青菜挑来半粘土。茅檐风急火难炊，旋爇山柴带根煮。夜归夫妇聊充饥，食罢相看泪如雨。将奈何，有口难论辛苦多，嗟尔县官当抚摩。"《采桑妇》云："低树采桑易，高树采桑难。日出采桑去，日暮采桑还。归来喂叶上蚕薄，谁问花开与花落。二眠才起近三眠，此际只愁风雨恶。割鸡裂纸祀蚕神，蚕若成时忘苦辛。但愿公家租赋给，一丝不望上侬身。丁男幸免官府责，脂粉何须事颜色。收蚕犹未是闲时，却与儿夫勤稼穑。"其一阳曲县治有先文康诗版云："黄口儿依母，卖儿完母钱。分明割己肉，何待别人怜。"此诗家集未载，敬为补入，知公诗文散佚者多矣。

偶得蒲州朱牧所撰关侯祖墓碑，事奇而文不雅驯，以示吾友冯子山公。山公走笔作《记》一篇，庶足与侯并不朽矣。

　　附《记》：天之生圣贤也，必钟祥于世德之家，故大孝尊亲，咸思贻父母令名。予尝慨汉寿亭侯，生而忠贞，没为明神，庙貌遍宇内，血食绵千古，而其祖若考名氏独阙轶无考，侯在天之灵必有蘦然隐痛者。予每遇河东博闻之士，必周咨之，不可得。康熙十七年戊午，解州有常平士于昌者，读书塔庙。塔庙，侯故居也。昌昼梦侯授以"易碑"二大字，惊而寤，见浚井者得巨砖碎之,砖上有字,昌急合读,乃纪侯之祖考两世,讳字生卒甲子大略,循山而求得墓道焉,遂奔告解州守王朱旦。朱旦作《关侯祖墓碑记》,记中载侯祖石磐公讳审,字问之,和帝永元二年庚寅生,居解州常平村宝池里。公冲穆好道,以《易》、《春秋》训其子。卒于桓帝永寿三年丁酉,享年六十八。子讳毅,字道远,性至孝,父没庐墓三年,既免丧。于桓帝延熹三年庚子六月二十四日生侯,侯长娶胡氏,于灵帝光和元年戊午五月十三日生子平,其大略如此。昔赵宋时刘廷翰官贵,当追封三代,少孤,其大父以上皆不逮事,忘其家讳,太宗为撰名,亲书赐之,载在《宋史》,以为美谈,亦以教孝也。而况侯之祖若考皆有名氏载圹石,章章可考者,顾忍轶之哉?朱旦又言桃园结义之俗说宜辟,伏魔大帝之称号宜更,其论甚正。商丘宋公尝言壮缪恶谥,当易以嘉名,侯既杀身成仁矣,尚可以成败论乎!予并存斯言也,以俟议礼君子。钱塘冯景敬记。

古今事有相类者。北魏长孙子彦尝坠马折臂,肘上骨起寸余,命开肉锯骨,流血数升,言笑自若,时以为逾于关侯。楚熊渠子夜见寝石以为虎也,射之没镞,及知其为石,再射之不入矣。此事已开李将军之先。又北周李远猎于莎栅,见石于丛薄中,以为伏兔,射之镞入寸许,视之乃石。文帝闻而异之,赐书曰:"昔李将军有此事,公今复尔,可谓世载其德矣。"隋元胄,文帝托以腹心。当帝为周丞相,赵王招谋害帝,帝将酒肴诣王宅,王引帝入寝室,胄坐于户侧,王令其二子进瓜,因将刺帝。及酒酣,王欲生变,以佩刀子刺瓜,连啖帝,将为不利,胄进曰:"相府有事,不可久留。"王叱之曰:"我与丞相言,汝何为者。"叱之使却,胄嗔目愤气,抽刀入卫。王问其姓名,胄以实对,王曰:"汝非昔事齐王者乎,诚壮士也!"赐之酒,曰:"吾岂有不善之意耶,卿何猜警如是。"王伪吐,将入后阁,胄恐其为变,扶令上座,如此者再三。王称喉干,命胄就厨取饮,胄不动,会滕王逌后至,帝降阶迎之,胄耳语劝帝速去,帝不悟曰:"彼无兵马,何能为?"胄曰:"兵马悉他家物,一先下手,大事便去,胄不辞死,死何益耶!"复入座,胄闻室后有被甲声,遽请曰:"相府事殷,公何得如此?"因扶帝下床趋而去,赵王将追帝,胄以身蔽户,王不得出,赵王恨不时发,弹指出血。及诛赵王,帝受禅,曰:"保护朕躬成此基业,元胄功也。"此事与鸿门樊将军何以异耶!

北魏李崇奉诏封蠕蠕,戎服武饰,志气奋扬,时年六十九,干力如少。又傅永年逾八十,盘马奋稍,常讳言老,每自称六十九。余今年政七十矣,念之惘然。

四明周屺公_{斯盛}语余曰,曾于友人处见盂内水贮一螺,主人曰:"此异物也。"另取水一盂,入盐少许,置螺其内,螺壳开,飞出一蜂,高尺许,蜂尾一线缀壳内。飞舞良久,以螺还原盂,蜂遂缩入。其理殆不可解。

泰州宫紫阳_{伟镠}中明崇祯癸未榜十八名,为诗四房李翰林_{土淳}首卷。紫阳孙懋言中今癸未榜十八名,亦为诗四房李编修_{凤翥}首卷。当懋言公车北上,梦祖与之履,喜曰:"是绳祖武之兆也。"果符其言。

余分巡通永时,以公事过上谷,倡修杨忠愍遗祠,其四世孙聪福,以公《寿徐华亭文贞序稿》一纸见赠,文笔严正,具至大至刚之气,如其为人,书法亦大似文信国。装池宝弄,不啻鲁敦周彝。当时从聪福求阅《劾分宜疏稿》,以途中被窃对,怅惜数年。后,聪福之侄运条来吴,语及此事,运条曰,此疏实未失,今与《谏马市疏》并存祠中,其伯聪福所言,盖恐余留而不归耳。噫,奈何以鄙夫视我耶!快慰之余,因并纪之。

> 附文稿:君子之寿,当图不朽之真,而所以寿之者,贵有恳恳相勉,惓惓相成之义,琐琐年数之末,颂祝之私,皆所不取也。世之言寿者,不过曰享年有永而已,然命禀自然,固一定不易,年岁自积,于人之贤不肖无与焉。若以此为寿,则夫帝肆崛岩翁伯张里哆颛冥蠢怀残秉贼者,庞皓威蕤,不可胜数,且多不逾百年耳。过此以往,即绝景吞响,堙灭无闻,虽谓之不寿亦可也。惟夫修诸己者,道德卓荦,建诸用者,勋业赫耀,垂诸后者,典谟炜晔,则邈无纪极,可与天地相终始,夫是之谓不朽而寿之所以为真也。今夫言寿之至者莫天地若,然天地之所以为寿者,非谓其形体不毁已也,以覆载之德,生成之功,无声无臭之教,足以父母

万物无穷耳,否则亦冥然翕聚之气,块然凝结之质而已,非所以悠久无疆亿载不朽者也。是故人知寿于年者为寿,而不知寿于理者斯寿之真;知寿于身者为寿,而不知寿于天下者斯寿之大;知寿于目前者为寿,而不知寿于身后者斯寿之永。非深达始终之故,善权修短之算者,孰能论寿于命数之外,而不求寿于年数之间乎?恭惟我夫子,黄阁元老,黑头相公,以年言之似尚未可以寿之者,然观诸所修为者,所建立者,所垂后者,半生积累,已足垂万年不朽。视世之昏耄罔生、无所寄付者,修短之相绝也;亦犹萧艾夕枯之与松柏久茂也,荣辱之相背也,亦犹衣褚舆台之与危轩华衮也,已不可同年语,况由此而进焉。其所为不朽者,当益宏远峻懋,谓不可以寿之乎!昔丙午岁,二三子称寿于三槐堂,尝记夫子举爵为令曰:"太上立德,其次立功,其次立言,其次言寿。"再令曰:"立德要知似德之非,立功要知贪功之戒,立言要知尚口之穷,言寿要知罔生之辱。夫德,寿之基也;功,寿之舆也;言,寿之华也。"即樽酒教令之间而不朽之道备矣。然三者见其始而未见其终,着其端而未究其极,则诚门弟子之深惧。继自今上之果能永肩一德,不惕威改节以悦俗固宠;次之果能以身殉国,事专报主,建掀揭非常之功;次之果能崇正论,主国是,排邪议,黜枝叶,有格非反经,垂教范世之益;终之能居之以恒,至老不变,不先贞后黩,蹈所谓似德贪功、尚口罔生之愆,则可以辉名昆鼎,勒伐金册。三者垂万年不朽,寿即享万年不穷,而琐琐年数之末,诚不足言矣。使或较龄算之短长,略行谊之臧否,急一身之利害,视天下之治乱若秦越然,则已往之行隳于垂成,将来之年俱为虚假,斯不善自寿者之为,固知夫子必不尔为也。噫,夫子一身任天下之重,则所以图不朽者不得不持之以有终,天以天下之责付于夫子之身,则所以寿平格者不得不锡之以有永,又何俟门弟子琐琐劝勉颂祝之乎哉!

右明赠太常少卿谥忠愍椒山杨公所课寿序,原稿一纸,乃以寿其师徐少湖者,文见集中。忠愍平时以浩然刚大、诚正义烈之气,发为文章,为心画,虽翰墨间有未工,犹当殁世宝若拱璧,况字与文俱清劲不苟,如其为人乎,真可与颜平原、文文山两公所作鼎峙并传者也。少湖系徐文贞公无疑,盖世庙时别无他徐为阁臣者,文贞入内阁,年尚未及六十,《序》云黑头相公是也。忠愍气节既自不朽,序中又以此期文贞,后来东楼伏法,皆出文贞之力,辅相两朝,勋名烂然,是师是弟信乎其能不相负矣。稿藏于忠愍裔孙家,因感牧仲先生重葺椒山废祠之谊,携此为赠。闻又有忠愍劾分宜二十四大罪疏,其原稿装潢成卷,前贤题识甚夥,并携置驴背上,欲以示牧翁,中道不知为何人窃去,牧翁痛加惋惜。琬谓公英爽在天,至今存想其风采犹凛然若生,决不令此卷湮没尘埃中,盍姑少俟之。康熙二十七年端午日,长洲后学汪琬拜观并盥手敬题于卷尾,时年六十有五。

是卷虽无岁月款识,然忠愍之裔酬恩牧仲先生者,钝庵先生断以为寿华亭相稿。读其言,刚大之气塞天地,贯古今,信忠愍笔也。华亭与忠愍、琅琊皆尝胆吞肝东楼,而两先生又华亭门下士,琅琊寿华亭愤发于酹者之词,缠绵激昂,与忠愍相表里。而余又见楚郭文毅寿归德沈公八十序,述患难,列谗构,亦复如之。古人不屑松柏冈陵其师如此。忠愍稿载本集未及见,见于牧翁先生署中。忧危刻厉,如睹其心,至大节日月悬之不赘也。戊辰十月杪梅川后学张仁熙谨识,时年七十有九。

按东楼罪状成,或问于华亭,当入椒山一段否。华亭曰:"不可。明主不为人臣受过,果若是,严公子诘朝骑款段出都门矣。"携印挟吏定律,俄顷而忠愍之气伸。其不入忠愍者,乃所以大慰忠愍者乎。两公炯炯霅眸,相视莫逆。仁熙再识。

明世宗时杨忠愍劾分宜有十罪五奸疏,熹宗时杨忠烈劾魏珰有二十四大罪疏,两疏并垂国史,可与日月争光也。钝翁跋中误以二十四大罪疏属忠愍,当是一时讹笔,或老人健忘耶?漫堂夫子偶出示此卷,因为正之。康熙甲戌夏五毗陵邵长蘅。

淄川高念东先生珂官刑侍时,余为郎,受知于公,倡和恒至丙夜。公冲口而出,皆香山、放翁高致。其《琼花观诗》云:"锦帆千里赴雷塘,小杜风流事亦荒。何处琼花归劫火,萧萧鸭脚满长廊。"又《京师清明》云："故园小圃又东风，杏子樱桃次第红。明日春明门外路，清明消遣马蹄中。"又《冯易斋相国溥过松云庵见访》云："户倚双藤禅宇开，无人知是相公来。相看一笑忘朝市，风味依然两秀才。"记冬夜于德州谢方山重辉寓斋，见公为五禽之戏，先脱去重裘，须臾赤身引颈，汗霎霎如雨下，座客为之惊叹。当其致政归，一时祖饯如云，汤潜庵斌适使竣还朝，追送国门外，语余曰："仆生平以未识高公为恨，今亲其言论丰采，令人尘心都尽，抑何幸耶。"王尚书阮亭常述公三事：一公少宰家居时，夏月独行郊外，于堤边柳阴中乘凉，一人车载瓦器抵堤下，屡拥不得上，招公挽其车，公欣然从之。适县尉张盖至，惊曰："此高公，何乃尔？"公笑而去；一达官遣役来候公，公方与群儿浴河内，役亦就浴，呼公为洗背，问高侍郎家何在，一儿笑指公曰："此即是。"役于水中跪谢，公亦于水中答之；一公赋诗兀坐斋中，一无赖子与公族人相角，走诉公，且以头撞公，家人奔赴劝之去，公徐问曰："此为谁，所言何事？"盖公方酣吟毫不挂念，其胸次为何等耶。湘潭王山长岱送公还山诗甚佳。

附山长诗：晴郊风雨斩然新，端为临歧啸咏人。亭畔柳枝先带绿，陇头梅信已含春。有根慧业多生种，上声。无系轻装五岳身。不比堕驴犹恋世，逍遥真觉远埃尘。　聚散如萍浑不期，行藏有道更何疑。宦情自是怀来少，公事非因欲了痴。撒手悬岩皆坦步，冲肠嬉笑总新诗。辩才无碍圆通在，岂仅犹龙柱下师。　千古冠裳旧帝畿，几人谈笑咏歌归。抽簪便戴鹖冠子，解绶旋更大布衣。公行时着布袍。入蛰神蛟藏爪鬣，行空天马卸衔靮。等闲俟命能居易，不待行年始悟非。　相依不厌话频频，为喜天机烂熳真。道广岂能无泛爱，机忘自可历风尘。文人结习由多识，上座机锋欲现身。笑指寒岩枯木语，三冬暖气又回春。

王荆公《百家唐诗选》二十卷，沦没已久，余囊得残帙八卷，付山阳丘迨求迴刻行，近复得乾道间盘谷倪仲傅旧本，所亡十二卷皆在，更属迨求续刻，称全书矣。按荆公此选，唐贤遗弃最多，殊不满人意。或疑此非真本，不知荆公凡事孤行一意，全不犹人，此选出公手订无疑，但未尽善耳。严沧浪《诗话》云："荆公《百家诗选》，如沈、宋、王、

杨、卢、骆、陈拾遗、张燕公、张曲江、贾至、王维、独孤及、韦应物、孙
逖、祖咏、刘昚虚、綦毋潜、刘长卿、李长吉，皆大名家，均未入选。李、
杜、韩、柳以家有其集故不载。荆公当时似但据宋次道所有者选之。
乃序言：'观唐诗者观此足矣。'岂不诬哉！"近王阮亭尚书亦云："三
复荆公此选，不解其意义所在，以为古物宝惜之则可，以为佳选则
未也。"

山东臬司厅事前一青石白纹，宛然七级浮图，曾为一署官窃去，
司役追取，署官怒而掷之地，裂为两段，今仍安旧处。

同里沈文端公鲤为明神宗朝名相，居乡有万石家风，余藏公家书
一通，字字皆省身克己之学，每一展阅，如闻晨钟，发人深省。王阮亭
尚书已采入《续名臣言行录》，今载识于此。

　　附文端家书：本府粮厅魏公祖有书礼寄到京上，家下备贺
礼并书送去。学道考试毕，速寄信来。王父母赐扁，曾央大哥往
谢否？尔此后只以不相见为主，宁可礼上差些，勿要开了此端。
出入公门，招惹是非，且受劳苦，拜客只可骑马，不可乘舆。家下
凡百俭素恬淡，不要做出富贵的气象，不惟俗样，且不可长久。
大抵盛极则衰，月满则亏，日中则昃，一定之理，那移不得。惟有
自处退步，不张气焰，不过享用，不作威福，虽处盛时，可以保守。
近者江陵张老先生一败涂地，只为其荣宠至极，而不能自抑，反
张气焰，以致有此，可为明鉴。我今虽做热官，自处常在冷处，必
不宜多积财货、广置田宅，使身终之日，留下争端，自取辱名。尔
能体我此意，凡百学好，已知持满之道，只愁尔一向来做得门面
大了，无富之实，有富之名，日后子孙不免受累。为今之计，要损
些田土，减些受用，衣服勿大华美，器用宁可欠缺，留些福量，遗
与后人，此至理也。留意！留意！秋夏粮要委定冯运，及早上
纳，多加与些火耗。各庄上人常约束他，莫要生事。舍与穷人绵
袄一百个，趁早预备。亲戚中贫者孤寡者，此下缺数行。既糊涂到
此田地，你与之辩论何益？此后只任他胡说，任他疑惑，不必发一
言，不必生闲气，暮年光景，顷刻可过，何苦如此，只图洒落为快也。
文姐有娠，临生产时，寻一个省事的收生婆看。钟老速打发来罢，

他有八十余老母。周务本急欲回去，王魁且留他跟我，九月间要随驾上陵。我求归之意已与申老先生说过，尚未见许，过日再图。沈埭近日颇知读书、讲书、作文与处家之事，都晓的些，可寄信与尹中峰宅上，说明年亲迎。栗庵不知几时起身，房已替他寻下。八月廿一日书。　书中所云多至言格论，除随时一二事外，其余宜不时观览，自有益处。　坊牌既不能止，随府县建在那处，只不可妨碍人家。既有自备木料，官木料不必用他的。　吾年近九旬，官居极品，百凡与人应酬体貌，自宜简重，若上司与本处公祖父母礼必不可少者，不得不与相见，闲常枉顾只可以居乡辞谢之而已，仆仆往来，不无太亵。　出门如见宾，入虚如有人。独立不愧影，独寝不愧衾。

右归德沈文端公家书一通，字字圣贤忠恕之旨，予方欲续《名臣言行录》，因从牧仲判院借归，手录藏之。然以文端公敬慎如此，而犹不免四明之忌、妖书之狱，震动天下。吁，可畏哉！康熙十六年夏五新城后学王士禛谨跋。

明神庙中缄退廉恪，尚有古遗风，文端翼翼拜牌，出于悱恻，岂伪哉！而四明构之，党议实始，究之妖书之狱久而愈白，过不在文端也。文端细行必谨，尝闻之牧仲先生。文端寿，族子聚祝，喜而哗，箸碗皆声。文端从容言：“吾家不下宋栗庵，然亦有一事不及。”众骇问，文端曰：“栗庵族食，碗箸无声耳。”众凛凛。今读先生家报，肃如万石风规，乃知从容一训亦家政之余也。先生又云年近九旬，官居极品，其言若此，如坐抑戒武公其上而恍惚遇之。康熙戊辰十月杪梅川后学张仁熙谨识，时年七十有九。

余康熙庚戌撰《筠廊偶笔》，载宋拓《淳化帖》第九卷事，中多缪误。后二十八年丁丑得原石，始为正之，刻跋其后。

附跋：宋郡南有幸山堂，为宋高宗驻跸之所，明崇祯中沈氏浚池得石一片，两面刻字，乃《淳化帖》九卷、第一二两版王献之书也，旁有“陈怀玉镌”四楷字，董文敏见而爱之，后寇乱失去。康熙丁丑，余任埽偶掘地复得，拓以寄余，笔画遒劲，精采奕奕，为北宋刻无疑。按《阁帖》祖本用枣版，而陈简斋云：“太宗刻石，宠锡下方。"则《阁本》固有石刻也。南渡后摹刻者纷纷,曹士冕《法帖谱系》云:"襄州刻本第九卷《大令帖》,毁于王旻之变。"余曩撰《筠廊偶笔》,即以此石为襄州所失,不知旻变在理宗端平三年,以地以时,相去远甚。且既毁矣,安得复出?今为正之,别刻一石附帖后,俾埒永宝焉。

余曩以西江诗派论课士豫章,率昧于题旨,鲜当人意者。新建张吏部扶长泰来致政家居,耄年好学,撰《江西诗派图录》,首述吕居仁所定宗派,次总论,次小传,次与客问答,甚盛举也,暇日摘录于此。

黄山谷以下凡二十五人:陈师道、潘大临、谢逸、洪朋、洪刍、饶节、祖可、徐俯、林敏修、洪炎、汪革、李錞、韩驹、李彭、晁冲之、江端本、杨符、谢薖、夏倪、林敏功、潘大观、王直方、善权、高荷、吕本中。　此浚仪王伯厚《小学绀珠》定本也。胡氏《苕溪渔隐》与《山堂肆考》有何颙而无高荷,且列洪朋于徐俯之后。《豫章志》有高荷、何颙而无何颙,吕本中复不在二十五人之中。恐传钞有误,今并记之。

附扶长《论略》:说者谓居仁作图,既推山谷为宗派之祖,二十五人皆嗣公法者。今图中所载,或师老杜,或师储、韦,或师二苏,师承非一家也。诗派独宗江西,惟江西得而有之,何以或产于扬,或产于兖,或产于豫,或产于荆梁?似风土又不得而限之矣。或谓三百五篇而后,作诗者原有江西一派,自渊明已然,至山谷而衣钵始传,似宗派尽于二十五人也。及考绍兴初晁仲石尝与范顾言、曾裘父同学诗于居仁,后湖居士苏养直歌诗清腴,盖江西之派别。坡公谓秦少章句法本黄子,夏均父亦称张彦实诗出江西诸人。范元实曾从山谷学诗,山谷又有赠晁无咎诗:"执持荆山玉,要我雕琢之。"彼数子者,宗派既同,而不得与于后山之列,何也?吕公尝撰《紫薇诗话》,见诸篇什者,仅八九人而止,余悉无闻焉,抑又何也?闻公尚有《师友渊源》一书,惜未之见。大抵宗派一说,其来已久,实不昉自吕公也。严沧浪论诗体始于《风》、《雅》,建安而后,体固不一,逮宋有元祐体、江西体,注云元祐体即江西派,乃黄山谷、苏东坡、陈后山、刘后邨、戴石屏之诗,是诸家已开风气之先矣。居仁因而结社,一时坛墠所及,遂有二十五人,爰作图以记之,讵必溯其人之师承,计其地之远近欤。观吕公自序,有云:"同作并和,虽体制或异,要皆所传者一。"其崖略殆可睹矣。宋大中丞牧仲先生采风,以此命题,友人有过蓬户而下问者,聊书此意以答之。犹恐世远言湮,即举二十五人之姓氏,索其详而不可得,乃纪厥爵里,遍览群籍,掇拾遗事,录其有关于宗派图者,人各立一小传,编次成帙,名曰《江西诗社宗派图录》,俾后之学诗者得以览焉。

蕲州顾黄公景星有《后哭曹石霞诗》,载石霞归枢事甚奇,可哀亦可敬也。

　　附诗并序:胤昌字石霞,麻城人,崇祯十二年乡试第一,十六年进士,授嘉定知县,不事吏治,左迁福建照磨,转入云南。顺治八年,潜归里,内院洪檄致军中,佯狂谩语,醉吐污洪茵,又以诗诮之,遣归,益放浪,托于佛仙。父某,前永昌府判,卒于官,顺治十七年云南始入版图,胤昌扶病奔丧,甫入境,有文氏四岁儿迎呼胤昌名,诵其闱牍曰:"我汝师也,己卯主试章正宸,我是也,与君同行矣。"无何儿殇。胤昌奉父母之丧,并挈明滇南督学黄冈何闳中枢,至昆明病剧卒。家人虑道远,寄置何枢,胤昌轻重不发。其弟曰:"兄为何公枢也邪。"舁何枢至,数步又止。其弟曰:"兄为何公先辈且客也。"前何枢乃发。予闻其事,作《后哭石霞诗》,康熙九年七月二十七日记。　紫府韩苏未足疑,九泉杜郑尽交期。君亲恩重生难背,滇岭跳还死较迟。白马望中犹待友,黄泉归去亦寻师。孤臣墓志知谁托,即事还堪野史题。东坡见梦于莫养正为紫府押衙,韩魏公紫府真人也,石霞亦降乩云与章先生皆紫府判事,事毕当生山东云。

康熙十年五月十八日,镇江府迅雷烈风,昼晦如夜,掣去漕船一只、民船二只,不知去向。月河镇地方,陨酒数十坛,平置河侧。四面山地方,掣去乡民庄建源房屋百间,瓦砾无存,伤死男妇无算。远见四龙斗于云中。是日也,楚中亦大雨,寒凓如冬。顾黄公有《龙蠚诗》。

　　附诗：虎头沉寒湫，乖龙驱不起。玄黄斗何事，去簸江海水。生灵与息壤，上帝爱莫比。谁怒钱塘君，作蟹万人死。连年淮泗溢，更苦黄河徙。幽豫连荆扬，赤地几千里。米粟民之天，所重非酒醴。汝龙寓何意，夺彼而与此。糟糯倘可酾，醉乡难与理。恐此复偶然，天心敢揆揣。

筠廊二笔卷下

范文肃公文程为本朝名相，开创规模，皆其翊赞。当王师入关之初，公首建大议，佐成国家无疆丕基。观其致诸王启，谆谆以任贤抚众、秋毫无犯为言，嘉谟谠论，非仰承文正公家学，曷克有此？吴门文正书院藏此启，余读而录之。

　　附启：乃者有明流氛，西踞水陆，南扼军民，煽乱于北陲，我师燮伐其东鄙，四面受敌，其君若臣安能相保耶！顾维天数使然，良由先皇帝忧勤肇造，及诸王大臣恪循丕业，夹辅冲皇，忠孝格乎苍穹，上帝潜焉眷佑，欲令摄政诸王建功立业而与之会也。窃惟成大业以垂休万世者此时，失机会而贻悔将来者亦此时，何以言之？中原百姓，荐遭丧乱，困苦已极，黔首靡依，猥择令主，靡然就养，虽间有一二婴城负固，亦止各为其身家耳，非为君效死也。兹其受祸种种已不可治，河北一带定属他人，土地人民莫患勿得，患得而不为我有，盖以为明勍敌者我国也，抑则流寇也。正如秦失其鹿，楚汉逐之，虽与明争天下，实与流寇角也。为今日计，我当任贤以抚众，使近悦远来，蠢兹流孽，亦将进而臣属焉。即明之君知我规恢，非复往辙，或亦言归于好，倘不此之务，非但徒焉劳师，适足为流寇资耳。值已成之局而置之，后乃敝敝焉与之争，非计之长也。曩者弃遵化，屠永平，两番深入而返，彼地官民必以我无大志，惟金帛子女是图，纵归附之，势不久留，因怀携贰，盖有之矣。然而有已服者，有未服宜抚者，是当严戒军旅，秋毫无犯，复宣谕以昔日不守内地之由，及今进取之意，而官仍其职，民复其业，恤厥无告，录厥贤能，将见密迩者绥辑，遐听者风声，自熙然而向顺矣。可将各处官吏眷属，谓为捍患，质而移于我军。拔其德望素著者置诸班行，俾朝夕献纳，以资辅翼。王试择其善者而酌行之，于是闻见以广，而政事有时措之宜矣。是役也，或直趋北京，或相机进取，惟于入边之后，山海长地以西,择坚城一区,顿兵而守,以为门户,我师往来斯云甚便,惟摄政诸王察之。

文肃公翊运元臣,戡乱佐治,初建议入关,投启诸王,孜孜惟任贤抚众是亟,真谋国之谠言,开基之硕画。昔邓禹展策务悦民心,元龄运筹收采人物,遂使汉帜复昌,唐鼎克奠,以古况今,抑何符契!公之子刑部郎中承勋,出公原启,命元文书之,书已,为之赞曰:"奕奕范公,忠智天植。仗节入关,攀鳞附翼。首建大谋,率先群力。飞檄中原,埽清九域。开国之勋,殿邦之绩。翊我先皇,光辅惟德。升庸宅揆,齐名周爽。卤爰歌钟,自天申锡。至计良谟,寿以金石。子孙保之,亿年无极。"内阁学士兼礼部侍郎昆山后学徐元文谨跋。

文肃公首倡入关,廓开大计,所谓运筹帷幄之中,决胜千里之外者,厥后皆如公策,而我国家之大业以成,万年之丕基以定。往读《容斋随笔》云,人臣之遇明主,于始见之际,图事揆策,必有一定之计,足为不朽。东坡序范文正公文,盖论之矣。伊尹欲尧舜其君民,傅说三篇皎若星日,罔俾阿衡,专美有商,于是为允蹈矣。淮阴请定三秦,下魏北,举燕赵,东击齐,南绝楚粮道,西会荥阳,无一言不酬。邓禹说光武延揽英雄,务悦民心,终济大业。耿弇计落落难合而事竟成,武侯劝先主跨有荆益,外观时变,及南方已定,则北定中原,已而尽行其说,功之未成则天也。房乔谒太宗为记室,即收人物致幕府,及为相号令典章尽出其手,数百年犹蒙其泽。王朴事周世宗,上《平边策》,图江北,臣桂广,平岷蜀,平并寇,世宗之功未集,而宋初扫平诸方,先后次第,皆不出朴所料。今读文肃公启,抑何与昔贤吻合。而至于任贤抚众,不图子女玉帛,秋毫无犯,以怀归附,则煌煌仁义之师,伊傅之主亦不是过,又非汉唐以来诸臣所可及也。王道规模,儒者气象,其亦得之文正公之家法欤?公之子尚书公既出以示菼,不禁为之三叹,适承乏三朝国史总裁,敬识数语简末,将以质诸史馆诸君,而手书一通以归之公家。以尚书昆弟相继,起为名臣,亦如君陈克懋昭乃考之猷训也。礼部尚书兼管翰林院掌院学士事长洲后学韩菼谨跋。

兰阳王圻字仲连，崇祯辛未进士，除滋阳令。鲁庶宗寿镕犯法杀人，圻笞而械之，巡按御史以擅刑宗室劾奏，上怒逮系刑部狱，盖为令仅二十日耳。久之遣戍睢阳，圻从戍上书："臣始讯寿镕，镕方置酒高会，移时至，高趾阔步，而左右翔。臣忘死请陛下量侔覆载，忍杀人者举止如斯不？寿镕裂臣上王启，分赂诸宗，诸宗跳梁，臣乃杜门求去，滋阳民投状留臣，而御史谓臣激变，幸无变也。假不幸有愤诸宗之强梁，泄蓄怒以因众，臣忘死请陛下当谓谁实激之。臣被逮日，士民遮路痛哭，臣忘死请陛下岂宁成义纵所能得之百姓者。"书上不得达。圻未生时，鸣于母腹，少负异才，善谐谑，人畏其口，实坦中不留宿藏。年二十九佯狂病发，死自志其墓，以韩昌黎志、河南令张君之铭有合于己，即以铭己，士论哀之。周栎园侍郎刻其遗集。

平凉崆峒山广成洞有玄鹤二，风日晴朗，往往飞鸣岩壑中，近年添二子。

盘山佛灯，人多见之。每除夕，山之云罩寺、定光佛舍利塔，与蓟州独乐寺观音阁、通州孤山破塔，皆有灯出，互相往来，漏尽各返原处，好事者恒裹粮候之。

近得沈文端相国瓦纽玉印一，刻"帝曰中州一士神宗玉音也"。同里先贤手泽在焉，良堪宝玩。

福清叶台山相国有白玉观音一，高尺余，朱唇黑发，天然异品。又白玉带一，亦千金物，皆得之毛帅文龙。后观音供尼庵，毁于火，带为耿逆取去，相国五世孙凌云云。

宜兴故相妾转嫁平湖，携一宋制白玉太真睡像，秘藏枕函中六十余年，近已得善价，为武林贵官有矣。

曩于京师报国寺见杞县刘文烈理顺书，与马士英书并悬求售，金陵白仲调廷评梦鼐购刘书归，曰不令与奸邪同列。

杞县易知由单开阖县地粮若干，除明忠臣刘文烈祭田应免若干，余若干。荣哉文烈，愈见世祖表忠德意，高出千古矣。

景泰朝，吴门陈缉熙祭酒鉴收藏书画甚富，尤善临摹。常得褚模《禊帖》一卷，双钩入石，更拓数本，分缀宋人诸跋，诒当时馆阁诸大老,重为跋尾,付子孙藏弄。数年前客从徐州持褚模《兰亭》求售,余摩挲竟日,辨其非真,而米跋小行书佳绝,韩襄毅雍诸题俱真,良不可解。忽忆旧曾于《弇州四部稿》及文休承题跋中略悉其概,遂检出细加研究,知为陈祭酒狡狯伎俩无疑。以示诸赏鉴家,颇讶余为具正法眼藏也。按此陈氏本,休承以为唐摹,弇州以为米摹,褚迹无从辨之矣,节录王、文二跋,以备考。

王跋宋拓褚摹《禊帖》:英景间,吴中陈祭酒缉熙得此本,谒馆阁诸大老,跋凡十有三,双钩入石。余获石本后十余年而陈裔孙以墨本来售,仅余忠安等五跋,增元陈深十三跋于前,诘之则曰近以倭难窜身,失后数纸耳,陈深书尚未登石也。余时不甚了了,损三十千收之。逾月小间,较以石本,不及远甚。又逾年,检都元敬《书画见闻记》云:"祭酒殁,此卷毁于火。"余闷闷不能已,然怪所以存此五跋者,盖陈命工更临一本,而刻此字疑误。此跋以授少子,今此其本也。又数年始获此宋拓本,内有范文正仲淹、王文忠尧臣手书,杜祁公、苏才翁印识,及米老题赞,与前本同异几二十许字,考之米老书史,无一不合,而光尧秘记敷文鉴定又甚明确,始悟陈所得盖米本耳。陈本轻俊自肆,至米跋则翩翩可喜,使他人故不易辨此,然亦不敢出入乃尔。意米老尝别为赝本以应人,又惧异时夺嫡,故稍错综之耶。此老白战博书画船,其自叙以王维雪景六幅、李主翎毛、徐熙《梨花》易之,损橐装矣。能无作此狡狯变化也。余不足言,独怪陈以平生精力,与诸老先生法眼不能辨,故详记其事,以叹夫真赏之不易得也。余赝本为友人尤子求乞去,余笑曰:"售之,第无损人三十千。"

文跋唐摹《禊帖》:唐摹《兰亭》,余见凡三本,其一在宜兴吴氏,后有宋初诸名公题语,李范庵每过荆溪,必求一观,今其子孙亦不轻出示人。其一藏吴中陈缉熙,当时已刻石传世。陈好钩摹,遂拓数本乱真,而又分散诸跋,为可惜耳。其三即神龙本也。

《兰亭》自唐至南宋,临摹不下千种,而要以《定武》为第一。《定武》有五字损本,"湍"、"流"、"带"、"右"、"天"五字有损也。又"崇山"字中断六七八行为裂本,"亭"、"列"、"幽"、"盛"、"游"、"古"、"不"、

"群"、"殊"为九字不全本。其"天"字全者为《定武》肥本,"天"字小损者为《定武》瘦本。至绍兴元年刊《定武》,初拓,后有"宝"字大印及御制跋为御府本。先是元祐四年张璪官邯郸,摹家藏《定武》本于石,为邯郸本。若五字不损,更有枣木刻本。彼古今士人所藏《禊帖》,即一《定武》未易殚述也。

周公谨常言《兰亭》不列官法帖中,亦前辈选诗不入李杜之意。

檇李汪玉水《珊瑚网》云:"鲁直所书《法语》,大如蘡薁华,后年月字至末,每行一字,字几并头菡萏,在宋白楮上,楮高尺余,长二丈,绝无接缝。想公欲毕此纸,故大挥足之耶。崇祯壬申冬,友人盛念修欲余嘉定盆树,姑以此卷相易。成林独树入画者约百本,盆俱北定、钧州、龙泉东青瓷、宣德填白、嘉靖回青不一,石俱灵璧、将乐英昆种种,愚父子得之于练川陈情甫辈,供玩数十年矣。今拟北游,恐培灌失课,遂割爱易去,亦喜日夕对山谷老人墨彩也。"余闻明季都门高士崔青蚓子忠画人物奇古,人求之不可得。性好盆景、朱鱼,每灌花饲鱼,有一定晷刻。一日为执友邀至家,闭门不令归,出绢素求画,云:"子不画,我将留子三日,子之树萎鱼且死。"青蚓不得已,作画而别,较玉水所好不啻什百过之。

《珊瑚网》载千顷生所述《道山清话》云:"顷行役陕府,道间舍于逆旅,因步行田间,有村学究教授二三小儿,间与之语,言皆无伦次。忽见案间有小儿书卷,其背乃蔡襄写《洛神赋》,已截为两段,其一涂污,已不可识。问其何所自得,曰:'吾家败筐中物也。'问更有别纸可见否,乃从壁间书夹中取二三纸,大半是襄书简,亦有李西台川笺所写诗数纸,因以随行白纸百余幅易之,欣然见授。问其家世,曰:'吾祖亦常为大官,吾父罢官归,死于此。吾时年幼,养于近村学究家。今从李姓,吾祖官称姓名皆不可得而知。顷时如此纸甚多,皆与小儿作书卷及糊窗用矣。'会日已暮,乃归旅舍,明日天未明即登涂,不及再往,至今为恨。"

汪玉水有紫檀界方一对,首镌行书云:"兀坐草玄,风后为奸。尔往镇之,世掌我编。敬仲铭,绍美制。"界围雕镂花鸟,极精工,信出自名手。上饰汉玉昭文带,一粟米文,一卧蚕文,血蚀,殊古而莹润,面刻"草玄阁佳器",故杨铁崖物也。

书聚骨扇,如令舞女在瓦砾堆上作伎,即飞燕、玉环亦为减态,此祝京兆语也。

宋郑景望杂著中一则云:"余中岁少睡,展转一榻间,胸中既无纤物,颇觉心志和悦,神宇宁静,有不能名言者。时闻鼠啮,唧唧有声,亦是一乐事。当门老仆鼻息如雷,间亦为呓语,或悲或喜,或怒或歌,听之每启齿,意其亦必自以为得而余不得与也。"读此可以安寝,新建陈士业弘绪采入《寒夜录》。

明万历朝御史张邦俊疏陈从祀、易名二大典,举同乡先达应从祀者一人,曰吕柟,应补谥者十四人,曰雍泰、魏学曾、盛讷、王用宾、马理、张琏、张抚、胡执礼、胡嘉谟、李梦阳、张原、裴绍宗、邹应龙、王维桢。三十五年礼部题请会议,举行奉旨易名关系国是,不厌详慎,其日久论定,及近年应否给谥者,俱开列实迹,从公会议具奏。四十四年礼部会议汇题,先后共举七十四人,留中不发。泰昌朝亦未举行。天启元年奉旨,前礼部题请应谥七十四人,既经会议允当,并此外节年恤典请谥十人,俱准赐谥,共得谥者八十四人,而邦俊疏中之王用宾、张琏、张抚、胡执礼、胡嘉谟、张原、裴绍宗、邹应龙、王维桢不与焉。斯举事历三朝,虽奉明旨,而知之者鲜。如马理、李梦阳之谥,即其后裔至今皆不知,南渡时尚有为梦阳请谥者。又如杨慎、陶望龄最有时名,亦莫能举其谥,他可知矣。今录得谥诸公于左,用广其传:

　　兵部尚书伍文定忠襄　南京刑部侍郎吴悌文庄　都察院佥都御史鲁穆端毅　都察院佥都御史杨继宗贞肃　石城所吏目邹智忠介　大理寺卿陈恪简肃　尚宝司少卿孟秋清宪　监察御史刘台毅思　兵部尚书毛伯温襄懋　吏部侍郎张元祯文裕　谕德张元忭文恭　南京礼部尚书陶承学恭惠　太常寺少卿魏良弼忠简　吏部侍郎赵用贤文毅　刑部侍郎张翀忠简　巡抚大同都察院副都御史张文锦庄愍　兵部侍郎李盛春恭质　都察院副都御史魏允贞介肃　都察院副都御史郭惟贤恭定　工部尚书刘东星庄靖　礼部侍郎唐文献文恪　户部侍郎张养蒙毅敏　兵部侍郎

许孚远恭简　户部主事周天佐忠愍　户科给事中杨允绳忠恪　锦衣卫经历沈炼忠愍　太子太保都察院左都御史温纯恭毅　南京吏部尚书曾同亨恭端　鸿胪寺卿张朝瑞靖恪　钦天监五官监候杨源忠怀　兵部尚书王遴恭肃　工部侍郎王汝训恭介　太子太保吏部尚书蔡国珍恭靖　礼部尚书冯琦文敏　少傅兼太子太保兵部尚书李化龙襄毅　吏部侍郎刘曰宁文简　礼部侍郎郭正域文毅　太子太保吏部尚书孙丕扬恭介　南京户部尚书雍泰端惠　南京吏部尚书毕锵恭介　南京刑部尚书赵参鲁端简　刑部尚书王之诰端襄　兵部尚书张佳胤襄宪　南京户部侍郎余懋学恭穆　南京光禄寺少卿马理忠宪　霍州学正曹端靖修　江西按察司提学副使李梦阳景文　给事中贺钦恭定　江西按察司金事朱冠恭节　南京户部尚书谭太初庄懿　刑部右侍郎段民襄介　兵部尚书魏学曾恭襄　刑部侍郎朱鸿谟恭恪　南京刑部尚书魏时亮庄靖　左副都御史庞尚鹏惠敏　监察御史陈茂烈恭清　巡抚山西副都御史汪洪庄介　武选司郎中黄巩忠裕　南京吏部尚书汪宗伊恭惠　户部尚书林泮恭清　吏部右侍郎杨起元文懿　南京工部右侍郎江治恭恪　副都御史李中庄介　翰林院修撰杨慎文宪　南京吏部尚书裴应章恭靖　吏部左侍郎盛讷文定　礼部尚书曾朝节文恪　南京礼部尚书黄凤翔文简　南京兵部右侍郎姜廷颐康惠　南京刑部左侍郎何源靖惠　国子监祭酒陶望龄文简　南京工部尚书刘一儒庄介　国子监祭酒傅新德文恪　工部侍郎沈节甫端靖　太常寺少卿周怡恭节　南京吏部郎中庄录文节　刑部侍郎王宗沐襄裕　佥都御史张允济介穆　刑部侍郎李棠恭懿　户部侍郎董尧封恭敏　湖广按察司金事冯应京恭节　礼部侍郎敖文祯文穆　吏部侍郎刘元震文庄　监察御史张铨忠烈。

临洮李副使_{芳蕴}好玄学，年七十余，祈于黄粱梦吕仙祠，愿与纯阳一遇。他日至祠下，遇一道人，告以求见纯阳之诚，道人曰："即使纯阳当前，君乌从知？且君亟欲求见何谓耶？"李曰："欲使吾白髯转黑耳。"道人曰："白者安能黑？倘遇纯阳，或可令复生黑髯耳。"以手掀李髯，摸其颔者三，一笑而别。数日白髯中忽生黑髯一簇，长寸许，光泽异常，李大悦，每掀髯示人曰："吾真与纯阳遇矣。"

苏州半塘寺有元僧善继血书《华严经》一部，计八十一卷。所谓永明者，特征于吾宗金华文宪公母夫人之梦。文宪自称睹兹胜因，顿忆前事，则善继殆永明后身，而文宪又善继后身可知，此三世经所由传也。余每至寺，即拜观一过。附录文宪《序赞》及余所说《偈》。

《序赞》：上人善继，严持梵行，欲求无上真如之道，尝自念言《华严》大经实中天调御第一时所说一乘顿教，最为尊胜，欲爇松为煤，入以香药，捣和成剂，以书此经。而彼松煤者，假物所就，具黑暗相，有染白法。欲煅汞为丹，承以空露，研润如法，以书此经，而彼汞丹者，炫耀可观，能盲人目，非助道者。欲椎赤金素银廉薄如纸，复粉为泥，以书此经，而彼金若银者，虽曰重宝，外尘为体，初不自内。以是思惟，身外诸物，若胜若劣，若非胜非劣，若一若多，若非一非多，皆不足以称此殊利。维我一身，内而心脊肺肝，外而毛发肤爪，资血以生，资血以成，资血以长，盗血以至，壮老暨死，是则诸血，众生甚爱，如梵摩尼一滴之微莫肯舍者。我今誓发弘愿于世雄前，以所难舍而作佛事，从十指端刺出鲜丹，盛于清净器中，养以温火，澄去白液，取其真纯，蘸以霜毫，志心缮写满八十卷，尊阁半塘寿圣教寺。昔者乐法比丘，当无佛时，欲闻佛语，了不能得，乃信婆罗门言，以皮为纸，以骨为笔，以血为墨，愿书一偈，况今百千妙颂，十万正文，不止于一，纵捐躯命以报佛恩，无足为异，于血何吝！惟愿法界有情，或见或闻，证入杂华藏海已，即得六根清净；得六根清净已，即得自性清净；得自性清净已，即得四天下微尘刹土中，一切众生皆悉清净。无相居士，未出母胎，母梦异僧手写是经，来谓母曰："吾乃永明延寿，宜假一室以终此卷。"母梦觉已，居士即生。今逢胜因，顿忆前事，于是亲炳吾分妙香，香云轮囷，结为宝网，遍覆经上，乃复合爪向佛散华作礼而称赞曰：杂华净智海，九会之所说，一音所演唱，十处放光明，信解行证门，总摄无复余，如是具五周，如是辩六相，如是分十玄，妙义皆充足。以至四法界，二十重华藏，无边香水海,教条有差别,性相了无碍,圆融与行布,非异亦非同,一可为无量,无量亦为一,重重无有尽,是为功德聚,如来最上乘。龙宫所秘藏,上人出身血,严饬书此经,于一滴血中,普含十方界,于一一界中,普现光明台;于一一台中,普成师子座;于一一座中,普见分身佛。如上无数佛,皆具大威德。眉间白毫光,遍满一切处,共宣大乘法,闻者应解脱。譬如日月王,照三千大千,悉见种种色,法能破暗故。譬如大洋海,一平乃如掌。无丘陵堆阜,法能平等故。譬如阳春至,大地尽发生,诸根各萌芽,法能沾溉故。譬如梵志梦,一梦千劫事,不过刹那间,法能融摄故。譬如子忆母,未见心已至,形神皆两忘,法能无离故。譬如黄金色,金色不相分,金亡即色空,法能不二故。譬如石性坚,初不从外得,石性自圆满,法无修证故。能如斯见解,见经不见血,若加精进力,见佛不见经。及至成道已,见性不见佛,我性如虚空,了无能见者。无见中有见,全体即呈露。苟执于所见,亦非我本性,见见二俱泯,此为真见见。真见复何有,性本无物故。一心归命礼,祇夜以为赞。诸妙楼阁门,弹指一时启。无相居士金华宋濂拜赞。

《偈》:维元至正间,有比丘善继,精严持梵行,妙契无上道,愿写《华严经》,流布作佛事。将爇松为煤,捣和写此经,是具黑暗相,不可以为染。或煅汞为丹,研露写此经,虽然颇炫耀,亦能盲人目。或以金作泥,及泥银而写,纵宝实外尘,初非我所有。惟此指端血,为我所甚爱,乃今发弘愿,舍爱写此经。百千微妙颂,及十万正文,一一缮写竟,证入华藏海。无相宋居士,未出母胎时,母梦一异僧,手内持是经。云吾乃永明,假室终此卷,母觉居士生,大有因缘在。居士洪武初,过吴半塘寺,展阅悟前因,稽首而作赞。是名三世经,传闻遍远近,我今得拜观,心中大欢喜。昔苏子瞻氏,《四菩萨阁记》,舍人所难舍,用以作功德,我思不忍舍,孰过于此血。见血不见经,血与经为二;见经不见血,血即是经故。一身而三世,弹指之间耳。滴血遍大千,圆满靡缺陷。凡一切血属,尽得见如来。时西陵居士,口说此偈已,再拜还其经。

宋宝祐四年《登科录》：第一甲第一名文公天祥，第二甲第一人谢公枋得，第二甲第二十七人陆公秀夫。忠节萃于一榜，洵为千古美谈。钱塘吴宝崖陈琰有《记》。

附《记》：康熙己卯春正月，孙子大白以宋宝祐四年《登科录》属余记，余怃然曰："自设科以来，登科录多矣，此以文信国公及第而重者也。"首简载宋宝祐四年五月八日御试策题一道，次列御试敕差，详定官三人，编排官二人，初考官三人，添差初考官四人，复考官三人，添差复考官四人，初考检点试卷官一人，复考检点试卷官一人、为王应麟，对读官五人，封弥官二人，巡捕官二人。五月十四日，皇帝御集英殿唱名，赐进士文天祥以下及第出身、同出身共六百一人，当日赴期集所。六月一日准敕，依格赐进士期集钱一千二百贯，小录钱五百贯。七日谢阙。十三日，谒谢先圣、先师、兖国公、邹国公。廿九日，赐闻喜宴，降赐御诗于礼部贡院。七月一日，准省札，再给降题名小录钱一千七百贯。四日，拜黄甲，叙同年于礼部贡院。廿五日，立题名碑，此宋制也。第一甲二十一人，惟首名署第一名，余俱署第二人、三人，他如二甲至五甲叙次皆然。文天祥字宋瑞，小名云孙，小字从龙，年二十，治赋一举。本贯吉州庐陵县，父为户。时有以远祖为户者，有以祖父为户，或自为户者，南宋户口例也。第二甲四十人，第一名为谢枋得，字君直，小名钟，小字君和，年三十，治赋兼《易》一举。本贯信州贵溪县，居弋阳儒林里，父为户。两公皆首名，奇矣。尤奇者第二甲第二十七人为陆秀夫，字君实、年十九，治赋一举，本贯淮安州盐城县长建里，父为户。一甲二甲之表表者三人而已，嗣是第三甲郑必复以下七十九人，第四甲杨奇遇以下二百四十八人，第五甲俞用国以下二百一十三人，知名者绝少，然有此三人，可掩千万人矣。末简止载文公对策一道。总计宗室玉牒登科者七十一人，宗正寺登科者三人。玉牒中有兄弟同榜者七人，与梌、与楠、与溥、与铦、与镇、嗣湞、嗣恩也。此外兄弟同榜者八人，张清之、咏之、郑茂大、必复，赵若年、若琲、若璀、若璖也。又兄弟同年进士二人，赵正元及兄寅龙，郑茂大及

弟必陵也。至若一甲第九人王应凤为应麟之兄,其弟为复考检
点试卷官,故无避嫌例。四甲第二百三十人赵必摤为忠定公汝
愚之孙,系玉牒。由承议郎登科者,贤相有后,名公有兄,故并表
之。其余由太学、上舍学、伦学、谕学录迪功郎、承节郎,或内舍
奏名平校,或宗子省元,或某省省元、经魁、赋魁、公魁,皆特书。
其治《易》、《诗》、《书》、《礼》、《春秋》而外,有治《周礼》者、有治赋
者,有兼治一经者,每举必书,而治赋者居多,间有免举者。其年
自十九以至六十余皆备书。嗟乎,当南宋之季,孱弱已极,不绝
如线,而同榜名臣得此三人,岂非天意,挺生三人,萃于一榜,以
表宋三百年养士之报者哉。读文公策,天人性命,阐发无遗。愿
其君持不息之心,急求所以为安民淑士节财弭寇之道,而又重宰
相以开公道之门,收君子以寿直道之脉,皆救时之药石。至己
未、癸亥伏阙两上书,不报而罢,天下大事去矣,虽谢、陆两公可
为夹辅,其如国运何? 往余阅绍兴十八年登科录,朱文公登王佐
榜第五甲第九十人为科名重,然通榜三百二十八人,只一人耳,
且国运亦未至于此极也。今三公鼎足而峙,不惜以身蹈水火赴
汤镬,为九鼎一丝之系,余阅未终卷,辄为三公叹息而不能已,矧
身当其时者乎,因详记其始末而归之。

海忠介印以泥为之,略煅以火,文曰"掌风化之官",观之,觉忠介
严气正性肃然于前,凛不敢犯,见周侍郎栎园《印人传》。

余移节吴门,如皋冒辟疆襄年八十余,冬日遣子诸生丹书来谒,余
留吟窝,清谈竟日。迨返命,辟疆问余丰度何似,丹书对曰:"谒宋公
正当严寒,公着重裘,对之翛然自远,令人想见复社风流。"邵子湘闻
而叹曰:"是父是子,良不愧名士之目。"

京师宣武门外永庆寺最为卑陋,独正殿一区门常闭,禅师文然居
之。忘其名,师都人,戒律精严,住祖师殿中,昼夜禅诵不辍,饮食给
于邻叟。殿前白杨古柏各二,鸦巢叠叠,坏巢堕地,取以为薪。每风
雪之夜,经行殿墀间,踏落叶瑟瑟有声。余国初从先文康官京师,寓
寺比邻,时时过访。师年四十余,长耳高鼻,似画中罗汉,相见一揖
外,闭目端坐而已。少顷炉中汤沸,起相饷一茶。再迟取厨中熟饭及

萝卜少许,入小甋内蒸之,渐闻香气四达,复起与客共食,食罢仍闭目端坐。扣以禅理,笑云:"不解何为禅理。"环视室中无他物,壁上贴一联云:"石压笋斜出,岩垂花倒开。"后屡至都即造访,所见皆同。一日吴江计孝廉甫草东、粤东铁骊上人某属余道意,斋沐往叩,所见亦然,二子大叹服,以为东南禅窟未有也。师曾谒普陀,人问其途次所见,云:"吾但见路与舟耳。"鼎革时三月后始知。康熙乙卯余再至都,师示寂已久,其年盖七十余矣,余有诗吊之。

> 附诗:古巷如空山,幽绝招提境。春风扣禅扉,斜日林间静。小别二十年,依然磬声冷。不见白头僧,闲阶踏松影。

王考功西樵士禄语子弟曰:"吾常见旧家子某,薰衣剃面,种种极其华饰,而面目殊为可憎。陈其年维崧短而髯,不修边幅,吾对之只觉其妩媚可爱,盖以伊胸中有数千卷书耳。"

孙少宰退谷先生承泽常言东林书院甚悉,云有明盛时,各省俱有书院,自张江陵当国,始行严禁。江陵殁,复稍稍建置,一时著名者徽州、江右、关中、无锡而四。至天启中,京师始有首善书院,然人不知各处书院,而统谓之东林,又不知东林所自始,而但借东林二字,以为害诸君子之名目。盖东林乃无锡书院名也,宋杨龟山先生所建,后废为僧寺,顾泾阳先生自吏部罢归,购其地建先生祠,同志者相与构精舍居焉,至甲辰冬始与高忠宪数公开讲其中。立为会约,一以考亭白鹿洞规为教,然躬与讲席者仅数人。时泾阳先生已辞光禄之召不赴,于新进立朝诸公漠无与也。适忠宪起为总宪,风裁大著,疏发御史崔呈秀之赃,呈秀遂父事魏忠贤,日嗾忠贤曰:"东林欲杀我父子。"忠贤初不知东林为何地,东林之人为何人,辄曰东林杀我。既而杨、左诸公交章劾珰,珰益信诸人之言不虚也。于是有憾于诸君子者,牵连罗织以逢逆珰之恶,银铛大狱,惨动天地。遂首毁京师书院,而天下之书院俱毁矣。余抚吴,重葺书院,厘正祀典,有《东林祀纪》。

> 附《祀纪》:江宁巡抚都察院右副都御史宋为饬查事,案据无锡县呈报东林书院,现在配祀木主衔讳等情到院,据此为照,入祀诸儒共计七十余位,其中先后祔祀某某奉何批行,某某何时立主,某某因何得以与列,自应细查明白,逐一造报,册内未据开

明。又查书院诸生钱肃润编《道南正学目录》四卷，列从祀八十余位，与该县呈送书册多有抵牾。如《目录》有曾樱、林宰、左光斗、李应昇、周顺昌、周宗建、黄尊素、姚希孟、陈仁锡、徐汧、杨廷枢十一位，又末卷有胡时忠、堵景濂、钱尔登三人，而书册并未开载。据书册有秦尔载、陈正卿、陈揆、秦重泰四人，而《目录》并无。又据称撤去刁包、恽日初二位木主，亦未声明是何缘故，应否遽撤。案查从祀如是之多，中间岂无冒滥，除原配位罗仲素从彦、胡德辉理、喻玉泉樗、尤遂初袠、李小山祥、蒋实斋重珍，及邵二泉宝七位外，又天启间所定顾泾阳宪成、顾泾凡允成、钱启新一本、薛元台敷教、安我素希范、刘本儒元珍六位，又崇祯间所定高景逸攀龙、叶闲适茂才、陈筠塘幼学、吴素衣桂森、许静余世卿、邹经畬期桢六位，从祀已久，俱无容轻议外，其余自应一一确核。为此仰府官吏查照来文，即将道南祠现在祔祀木主，遵照檄内事理查明造具书册，该府仍逐一亲加确核，或系理学先儒，或系忠节名臣，或应照旧从祀，或应议桃，明白注册，详送以凭酌夺。东林祀典关系理学薪传，非比泛常，久知该府留心正学，宁严毋滥，勿徇勿偏，务惬公论。仍饬该县嗣后如有请祀，务须详候批示可否，毋得擅置木主，私送入祠。致干查究未便，书册、《目录》二本并发，牌行常州府查议去后，于康熙三十三年八月初四日，据江南常州府知府于琨呈详前事，内开该卑府看得东林书院，本宋杨文靖公龟山先生与二三及门高贤讲道之地，向设道南一祠，追崇奉祀，以喻、尤、李、蒋、罗、胡、邵七位先生配享，俱系龟山先生道统授受薪传嫡派，祔祀允宜。后之闻风兴起慕道来游者，必系私淑渊源，绍述有本，无忝龟山之正学，庶几从祀有因。不然，明季附会东林者甚多，虽砥行不乏名儒，立朝间多劲节，清忠粹学行表言坊者，指不胜屈，然考其生平，间有足迹未常一至讲堂，原与书院无预，身后岂能一一升祔为东林俎豆光耶？如二顾、钱、薛、安、刘六先生，以及陈、许、叶、高、吴、邹六先生，同前配祀喻、尤、李、蒋、罗、胡、邵七先生，共一十九位，既皆表表名贤，位列已久，诚如宪谕，无可拟议。其余史玉池先生等五十四位，或精忠贯日，或皎节凌霜，或品诣端醇，或著述渊富，已经祔祀在先，未便轻易议祧。应否仿循文庙位次，斟酌等杀，分别于堂庑之间，或只慎重于将来，毋再更张于既往，一经宪定，永远式瞻，妥先贤而息纷竞，有造于正学不浅也。至奉查书册未载曾樱、林宰二位，缘向奉祀于三公祠，尚未送列于道南祠内，故不具载。左光斗等一十二位因只具呈前抚宪汤，以内召遄行，未奉批示，故书册未载。又书册已载，目录未开，秦尔载、陈正卿、陈揆、秦重泰四位，因尔载为秦镛之父，已见镛传，陈正卿为陈幼学之子，陈揆为陈龙正之子，俱见幼学、龙正传，故不重载。秦重泰现补传在册，查系锡邑前升任吴令批送。又奉查刁包、恽日初二位，刁以尚论訾议激昂过烈，恽以潇洒不羁间常髡发披缁，逃禅方外，故时论稍抑，欲祀列于下层而实未尝撤也。除凛遵宪檄，严饬该县晓示，嗣后毋许擅置木主、私列祀典外，今将从前配祀先后月日，现在《目录》、书册已未载，及更定补祀各主事实考略，一一详开列册呈览，伏候宪鉴主裁等因到院，于初五日批仰照另檄行缴册留览，于九月初四日本都院牌行前事。案据该府呈详，东林书院配祀木主等情到院，据此为照，东林一席为龟山先生讲学地，从祀诸贤皆其薪传嫡派，必渊源之有自，斯俎豆之无惭，当日顾、高两先生所定慎重之意，犹可想见。不意迩来波流日颓，冒滥渐广，毋论私议擅增者固多阿徇，即经前次更正者亦非定评，甚至以道南之瓣香，为交游之情面，裨贩先贤，徇私阿好，仰羞往喆，俯忝家声，噫，风斯下已！间复绎前院汤批词有云："启、祯诸君子，直节清修，谓之东林党人则可，而于书院无与。"旨哉斯言。又云："为今日计，当仿前人厘正忠定诸先生遗意而为之。"嗟乎！在今日若果加厘正议撤者，恐不止刁、恽两君矣。本都院自愧中州朴学，辞章小技，于斯道未常涉其藩篱，是以不敢遽为轩轾。据该府详称应仿文庙位次，斟酌等杀，分别于堂庑之间，只慎重于将来，毋更张于已往，所见甚正，持论亦恕。今拟于前十九位外增进马世奇素修先生一人，计共二十位，仿十哲例，配享堂上。盖以马素修先生世占籍于梁溪，亲北面于高、顾，迨乎从容死节，庶几日月争光，兼是三者，诸贤莫并，跻之配位，允惬公评。其虞薇山先生以下五十四位，仿先儒例，依时代次序，分列东西两庑，至于左、周诸公，大节已炳日星，原不藉东林重，余子仅仅称乡党善士者，又不足重，东林既未设有牌位，不必更添蛇足。自后毋得轻进一人以干清议，除详批发并出示晓谕外，合就饬行，为此牌仰该府官吏文到转行该县遵照更定位次，依序安设，并将前院汤批词，及本都院此檄楷书刻石，置诸讲堂壁间，仍即具文，报查随据。无锡县知县徐永言于是年十一月遵檄更定位次，勒石讲堂，并拓墨刻呈验附卷讫。

两庑从祀姓名开列如左：

元 虞薇山荐发

明 史玉池梦麟　孙淇澳慎行　余振衡玉节　张弦所梦时　华凤超允诚　陈几亭龙正　成宝慈勇　秦大音镛　周怀鲁孔教　李元冲复阳　冯少墟从吾　丁慎所元荐　欧阳宜诸东凤　刘念台宗周　王俭斋永图　华燕超允谋　杨大洪涟　缪西溪昌期　魏廓园大中　文湛持震孟　黄石斋道周　金狷庵铉　吴霞舟钟峦　邹南皋元标　于景素孔兼　宿仁寰梦鲤　秦水庵尔载　华讱庵贞元　周仲驭镳　邹忠余期相　陈竝渔正卿　张泰岩云鸾　黄日斋广　秦澹缘重泰　贺亨阳时泰　熊祈公祚延　汪鹤屿康谣　蔡云怡懋德　胡慎三时忠　龚佩潜廷祥　王轩篆家桢

国朝 孙苏门奇逢　顾庸庵枢　高汇旃世泰　陈子众撰　孙北海承泽　施旷如元微　龚震西廷历　严佩之毂　刁蒙吉包　恽逊庵日初　王敬哉崇简　汤潜庵斌

上海民李都妻卫氏，年百十五岁，康熙甲申十一月，余遵诏题请建坊。

李龙眠画人马恒在绢上，取法唐人，用笔刻画，惟毗陵庄氏所藏《五马图》卷，用澄心堂纸，白描微设色，简古超妙，独冠诸迹，详周公谨《云烟过眼录》及近日卞侍郎永誉《式古堂画考》。内"画杀满川花"事，洵为千古佳话。公谨云："王逢原吉赋韩幹马，亦云传闻三马同日死，岂前是亦有此事乎？"披玩之余，录题跋如左。题缺一马，殆即满川花也。

附题跋：右一匹，元祐元年十二月十六日左骐骥院收于阗国进到凤头骢，八岁，五尺四寸。　右一匹，元祐元年四月初三日左骐骥院收董毡进到锦膊骢，八岁，四尺六寸。　右一匹，元祐二年十二月廿三日于左天驷监、拣中秦马好头赤，九岁，四尺六寸。　元祐三年闰月十九日，温溪心进照夜白。余尝评伯时人物似南朝诸谢中有边幅者，然中朝士大夫，多叹息伯时当在台阁，仅为善画所累，余告之曰："伯时丘壑中人，暂热之声名，傥来之轩冕，殊不汲汲也。"此马驵骏，颇似吾友张文潜笔力，瞿昙所为识鞭影者也。黄鲁直书。　余元祐庚午岁，以方闻科应诏来京师，见鲁直九丈于鬷池寺。鲁直方为张仲谟笺题李伯时《天马图》，鲁直顾余曰："异哉伯时，貌天厩满川花，放笔而马驵矣。"盖神魄皆为伯时笔端取之而去，实古今异事，当作数语记之。后十四年当崇宁癸未，余以党人贬零陵，鲁直亦除籍徙宜州，过予潇湘江上，与徐靖国、朱彦明道伯时画杀满川花事，云此公卷所亲见，余曰："九丈当践前言记之。"鲁直云"只少此一件罪过"。后二年鲁直死贬所。又二十七年余将漕二浙，当绍兴辛亥，至嘉禾，与梁仲谟、吴德素、张元览泛舟访刘延仲于真如寺，延仲遽出是图，开卷错愕，宛然畴昔，抚时念往，逾四十年，忧患余生，岿然独在，彷徨吊影，殆若异身也。因详叙本末，且以玉轴遗延仲，使重加装饰云。空青曾纡公卷书。

侯朝宗以文章名天下，睥睨千古，然每撰一篇，非经徐恭士点定，不敢存稿。一日灯下作《于谦论》，送恭士求阅，往返数次，恭士易"矣"字、"也"字数处，朝宗大叹服。时夜禁甚严，守栅者竟夜启闭不得眠，曰："侯公子苦我乃尔。"此事余曾向汪钝翁、王阮亭言之，共为称快。钝翁常语人曰："闻牧仲谈朝宗遗事，令人神往。"

庐山开先心壁道人超渊，每除夕将箧中藏弄书札检阅一过，云当与故人守岁。

吴人屠西爽善卜筮。康熙三十一年，江宁巡抚缺出，绅士卜此席属满属汉，西爽曰："必是汉官，其科分当有一甲字。"迨余移节此间，偶于诗笺上用甲戌宋某印，众始惊服，后余屡问多不验。

金虎生西蕃托诺山，躯如鼠而虎头，毛色如沉香。性灵而悍，夜伺驾鹅鸿雁宿时,钻入翅中,啮其项,怒飞而堕,则随之下而食之。潜形松枝,俟麋过跃而踞其两角之介,食其脑,麋触之不可得。盖征厄鲁特时所获,养之禁中者。　塞外萤火如红灯,大如弹丸。　有虫名云虎,赤鳞金色,吐气成彩云。　飞狐毛深褐色,锐头,缺口,如兔,而耳差小,尾之长与身等,肉翅如鳖裙,四足生翅中,前二足四爪,后二足五爪,腾起不过寻丈。以上见汪庶常紫苍灏《随銮出塞录》。

　　吴宝崖曰:"本朝杂纪诸书,推孙益都《南征纪略》、王新城《皇华纪闻》、宋商丘《筠廊偶笔》久已,鼎峙中原。今新城续刊《池北偶谈》,而商丘复有《筠廊二笔》,微言绪论,多发人所未发,海内并称王宋二公,岂虚誉哉!"

　　吴荆山士玉曰:"《筠廊二笔》,萧然出尘,而名论间起,大耐研味,当在《东坡志林》《容斋随笔》之间,此小品之必传者。"

　　李百药必恒曰:"小品以简韵胜,然亦有不得略者,或庄语,或微言。是编各极其妙,不衫不履,故自寝处有山泽间仪。"

在园杂志

［清］刘廷玑　撰

吴法源　校点

校 点 说 明

　　《在园杂志》四卷,作者刘廷玑,字玉衡,号在园,一号葛庄。清汉军镶红旗人,又自称辽海人。生卒年不详。康熙年间由荫生官出为浙江台州府通判,历任处州府知府、江西按察使,后降补分巡江南淮徐道。生平博学,好吟咏,年轻时所作即已得到王士禛的称赏,后更驰名一时。孔尚仁编《长留集》,取其诗作为首卷。他的诗文辞清浅,"一片性灵"(袁枚《随园诗话》),诗味隽永,尤以近体见长。内容以写景、酬赠为主,但也有少数涉及现实之作。除《在园杂志》外,还著有《葛庄诗钞》、《葛庄编年诗》等。

　　据书前自序,知《在园杂志》成书于作者晚年,杂记见闻,亦间有考证。作者在自序中借友人之语论云:此书所记,乃"昭代之制度,名公之经济,其他文翰诗词、新闻俗谚,即日用寻常,无不考核精详,推原所自。至于神奇怪诞,虽惊人魄,实解人颐。不同于《夷坚》、《虞初》凿空镂幻,悉皆耳所亲闻、目所亲见、身所亲历者,绝非铺张假借之辞"。其中有些记载,对研究民俗颇有助益,如骨董、测字、小曲、诗谜、酒令、戏谑、属对、烟草、博古、瓷器、泥塑、扇子、谚语、药方、走解(杂耍)、妇女缠足、帽制、服饰器用好尚等等,不一而足。由于作者是一位诗人,故书中收录各类诗文较多,如集唐诗、武人诗、乩仙诗都占了很大篇幅,其他还有门神诗、豆腐诗、九言诗、鬼诗、挝鼓诗等等,不胜枚举。特别值得一提的是,书中记录了大量有关清初戏曲小说的材料。作者与清初一些大戏曲家如孔尚仁、尤侗等交游密切,因而其记载也颇为详尽而可信,如魏良辅、梁辰鱼对昆腔的改革、李渔的作品及其生平行事、曹寅的《虎口余生》、《后琵琶记》等戏曲作品及其特点,甚而昆曲的宾白、舞法、曲调、优孟衣冠等,皆可为戏曲研究提供参考。其他记载如四大奇书及其批注、各种通俗小说及其续作等,亦可为研究小说史者所采用。

此书《四库全书总目》存目,《中国丛书综录》著录有赐砚堂丛书未刻稿(二卷)、申报馆丛书余集本(四卷)、辽海丛书本(四卷),《中国古籍善本书目》著录有清康熙刻本(四卷)。此次校点,以清康熙刻本为底本,参校清光绪中申报馆仿聚珍排印本、辽海书社排印本,斟酌取舍,择善而从,不出校记。

目　　录

序

　　古今风尚，各擅一代，如清谈著于晋，小说著于唐，虽稗野之语，多有裨于正史。近代谈部说家有栎园《书影》，钝翁《说铃》，西陂《筠廊偶笔》，悔庵《艮斋杂说》，渔洋之《居易录》、《池北偶谈》、《分甘余话》诸种。短则微言隽永，长则骈辞瞻丽，皆窃义于晋、唐之残编，固有所本也。予欲汇成《稗海》，为万年太平头白汗青之助。但削牍浩繁，疲精费日，久萦于怀，亦非细事矣。今游淮南，又读《在园杂志》。或纪官制，或载人物，或训雅释疑，或考古博物，即《夷坚》、《诺皋》幻诞诙谐之事，莫不游衍笔端，核而典，畅而韵，有似宋人苏、黄小品。盖晋、唐之后又一机轴也。曾南丰曰："所谓良史者，有四长焉：其明足以周万事之理，其道足以适天下之用，其智足以通难知之意，其义足以发难显之情。"今观《杂志》，四长已备。孰谓小品不足以胪列金匮石室，为操觚班、马所取材也？虽然，古之秉史笔者，其体严，其书直。若野史、杂记，又多恩怨好恶之口。今在园所著，潇洒历落，于人无嫌，于世无忌，读之者油然以适，跃然欲舞，且悉化其镵刻凌厉之气，不知何所本而能变史笔为写心怡情之具以感人若是耶？予挑灯三复，乃知在园先生，今之贤大夫而以诗名者，温柔敦厚出于习性。退食之余，偶忆旧闻，或有新见，书以示子孙，拈与宾客浮白轩渠，其作史之笔仍然作诗之笔也。古以太史采风，今以乐府演史，史与诗盖二而一者也。康熙乙未初春，云亭山人孔尚任撰。

序

余少习举子业，键户咿唔，其于五车二酉未能寓目。及壮，以门荫通籍服官，终日满眼风尘，劳形案牍，更无暇也。乃年逾周甲而足迹未能半天下，故耳所闻、目所见、身所亲历之事无多。今值河工久庆安澜，得于退食余闲焚香静坐，或与二三宾友煮茗清谈。偶有记忆，辄书一纸投箧中，积渐成帙。一日启与孙辈指说，客有见者曰："曷付梓？"余曰："昔人著书立说，或穷天文地理，务为高远；或搜诸子百家，以显秘奥；其次亦有所托，以寄恩怨而存讽刺。余则无是，何梓为？"客曰："乾坤经史，昔人言之详矣。若恩怨，私情也；讽刺，微词也；古来文人才士往往以此受谤，皆无足取。是帙正以陈言务去，无恩怨，无讽刺，方使阅者怡情益智。何况所志者，昭代之制度，名公之经济，其他文翰诗词、新闻俗谚，即日用寻常，无不考核精详，推原所自。至于神奇怪诞，虽惊人魄，实解人颐，不同于《夷坚》、《虞初》凿空镂幻，悉皆耳所亲闻、目所亲见、身所亲历者，绝非铺张假借之辞。梓而问世，自可法而可传耳。"遂强付剞劂。余因纪其言以弁简端。康熙乙未春初，辽海刘廷玑自识。

卷一

　　岁甲午，圣寿六旬有一，是为本命元辰，普天瑞应，不胜详敷。四海内寿臻百龄，奏请建坊以表熙朝人瑞者，如福建巡抚满公保具题德化县老人百岁，镇守宁古塔将军孟公俄洛具题李三年百有三岁，直隶巡抚赵公弘燮具题文安县原任副将马自新妻徐氏百岁，江南巡抚张公伯行具题山阳县张氏百岁，湖广巡抚刘公殿衡具题江夏县欧阳氏百岁，陕西巡抚永公泰具题醴泉县丘氏百岁，咸于甲午同登期颐，是寿域弘开之征也。又山东巡抚蒋公陈锡具题李氏一产四男，若一产三男者甚多，是户口广裕之征也。再浙闽总督范公时崇随驾热河，每赐御用食馔，内有朱红色大米饭一种。传旨云："此本无种，其先特产上苑，只一两根，苗、穗迥异他禾。乃登剖之，粒如丹砂，遂收其种，种于御园。今兹广获其米，一岁两熟，只供御膳。"又有白色黏米，系树上天生一株，软滑似黍，不胶齿牙。此皆希世珍品，外间不独未见，抑且未闻。是草木休应之征也。咸据邸抄，未敢臆说。

　　汉军乡、会试屡行屡停。国初甲午准乡试，癸卯覆试，解元为镶红旗姚启圣。已酉、庚戌后，三科乡、会俱行。丁巳，以用兵复停。自庚午、辛未复行至今。癸巳，万寿六旬，特开万寿科乡、会试。汉军广额，复准监生等应武乡试。从前壬辰状元麻勒吉、乙未状元图尔宸，俱满洲试满文。近则满汉一体，文武兼收矣。

　　本朝汉军、汉人，一体简用，内外不分。近日惟科、道、部属小京官，汉军不占汉人员缺。康熙五十年间，汉军补汉缺者，大学士萧永藻、吏部尚书桑格、兵部尚书孙徵灏、刑部尚书郭世隆，侍郎、学士暨司道内升之京堂共二十七人，在外督抚共八人，可谓极一时之盛。

　　本朝文武并重，有以尚书补授都统，以侍郎补授副都统者；有以都统补授大学士，以公补授尚书，以副都统补授侍郎者。至于郎中、员外佐领世职，有时以武迁文，有时以文迁武，其文武兼管者比比而然。外官以督抚升副都统者有之，而武升文者其少，近年惟福建将军金公_{世容}升闽浙总督，提督梁公_鼐亦升闽浙总督，提督赵公_{弘灿}升两广总督。南巡时，张禹岩_{圣铎}以阿思哈尼哈番特授淮扬金事，故余赠诗有"丞相亦曾为太尉，监司适合简将军"之句。再，汉人未有补旗缺者，近陕西总兵官、汉人何_{天培}补镶白旗汉军副都统，温州总兵官李华、平阳总兵官王_{应虎}，皆汉人，俱升补福建驻防汉军副都统。提镇以文改者，张大理卿_{云翼}改江南提督，姚郎中_仪改湖广总兵官。圣朝简用，总以得人为要，固无分文武、内外及旗汉也。

张紫凝_杓，乃阿思哈尼哈番改授淮扬道金事张禹岩_{圣铎}之长公也，已成丙戌文进士，因父故应袭世职，遂授为阿达哈哈番兼一拖沙喇哈番。父以武改文，子以文改武，事亦奇矣。紫凝原效力河工，承袭后仍赴河工。引见时，上念其父河上劳臣，惋惜者久之。又命赋诗、背诵古文，颇惬圣意，颁赐《渊鉴类函》《佩文韵府》《朱子全书》，共四十三套。以武臣而上蒙赐书，且如许之多，亦从来未有之异数也。

布政使升巡抚，衔止都察院右副都御史，未有兼兵部衔者。先祖任布政使九年，屡推巡抚，蒙世祖皇帝特谕："江南财赋重地，且叫他多管几年。"及推福建巡抚，奉旨："刘汉祚久应巡抚，今已迟矣，着给兵部侍郎兼都御史职衔，二品服俸。"

康熙四十六年，圣驾南巡，予随皖抚军六家叔扈从。蒙圣恩垂问先大父闽抚右司马旧事，六家叔一一自从龙历任奏对详明。又问："子孙居官几人？"予即膝行而前，跪于后，六家叔指名奏上。天颜有喜，赐御书"拊循江表""旧德贻谋"二额。谢恩毕，恭捧而出。陈相国_{廷敬}、查学士_昇见之，因谓曰："'拊循江表'，赐中丞公也；'旧德贻谋'，此赐观察耳。"予方悟赐二额之意。因将"旧德贻谋"悬于京师西华厂之赐第，恭纪七律二章。悬额之日，都统李公_{林盛}在座，指示曰："圣意不独奖励观察，今观察七孙渐次成立，天恩期许者至矣。真异数也。"诗载《葛庄分体》。

文武全才原不易得，如曹氏父子之春夏读书，秋冬射猎；傅奕之上马击贼，下马草露布；邰毅之说礼乐、敦诗书；祭遵之雅歌投壶；王阳明之较射，三发三中。此皆以文能武，以武能文，古今不可多见者。若习武者目不识丁，习文者力无缚鸡，未免偏废矣。本朝汉军文试先较弓马,武试俱考策论,监生准武乡试,武举准文会试。立法最善,自然奇才并出,而国家收得人之庆矣。

皇上祀祈谷坛,见卿贰及御史顶上嵌东珠,因其僭越,下部议。嗣后,各官七品、八品、九品加级者,顶带不准过五品;五品、六品不准过四品;三品、四品不准过二品;二品不准过一品。盖一品顶嵌东珠,二品大学士、尚书亦嵌东珠,三品红顶,四品蓝顶,各有等威,不准过也。今予降补佥事,实系五品,茋任后奉旨补给前江西按察使,诰命授通议大夫,故用三品顶带、坐褥,非敢僭也。

东坡云:"谪居黄州五年,今日北行,岸上闻骡驮铎声,意亦欣然。"铎声何足欣?盖久不闻而今得闻也。昌黎诗:"照壁喜见蝎。"蝎无可喜,盖久不见而今得见也。予由浙东观察副使奉命引见,渡黄河,至王家营,见草棚下挂"油炸鬼"数枚。制以盐水合面,扭作两肢如粗绳,长五六寸,于热油中炸成黄色,味颇佳,俗名"油炸鬼"。予即于马上取一枚啖之。路人及同行者无不匿笑,意以如此鞍马仪从而乃自取自啖此物耶?殊不知予离京城赴浙省,今十七年矣,一见河北风味,不觉狂喜不能自持,似与韩、苏二公之意暗合也。

荷斋署一联曰:"所到处随弯就弯,君其恕我;者些时倚老卖老,臣不如人。"细按之,不脱人我相,且有火气,不若督河右司马赵公世显座右书"只如此已为过分,待怎么才是称心"。"如此"二字,有许多现在之富贵安乐在内;"怎么"二字,有许多无益之侈心妄想在内。二语殊觉谦退知足,无穷受享。

春日按部淮北,过宿迁民家,茅舍土阶,花木参差,径颇幽僻。主人叶姓,由博士弟子员而入太学者,人亦不俗。小园梨花最胜,纷纭如雪,其下西府海棠一株,红艳绝伦。因忆老人纳妾一绝:"二八佳人九九郎,萧萧白发伴红妆。扶鸠笑入鸳帏里,一树梨花压海棠。"不禁为之失笑。草堂中悬林良画,旁列一联"倚槛云来往,开帘花送迎",系查声山学士昇所书。一见姓名,如逢故友。声山于武林订交二十余年,今已下世,又不禁为之伤感矣。

江南、陕西、湖广省分太大,有上江、下江、湖南、湖北之称,故设两巡抚分隶其事,所属司道亦分为二。惟先祖为江南布政使司,则十四府四州俱属一司。先祖历任九年,任满后始分。

本朝易名之典最为慎重,非奉特旨还与他谥,不得与焉。阮亭先生详考开国以来谥法,附载张山来潮《昭代丛书》,意盖有在也。后先生以大司寇致仕,未叨大典,友人及门私谥曰"文介先生",以成先生之志。先祖以署国子司成从龙入关,改河间太守,历八闽开府,予告家居,卒后亦未与大典,同乡老友周侍郎亮工、受业门人马中丞祐、柯吏部鼎、达比部岱私谥"文肃先生"。

前朝有"三司"、"六道"之说。三司者,都使司、布政使司、按察使司;六道者,布司佐贰为左参政、右参政、左参议、右参议;按司佐贰为副使、佥事。都司管各卫操军、屯田,存寓兵于农之意,多以侯伯领之,故为三司之首。布、按驻札省会,参议、参政分守外郡,在省则管粮储、钱法等事;副使、佥事分巡外郡,在省则管驿站、学政等事。本朝兵制居重驭轻,分八旗屯住京师,分防各省。其都司止令佥丁运粮、催征卫课而已,迁转不过一游击衔,各道嫌其冗杂,去左右之名。外郡有守者裁巡,有巡者裁守,事权归一,操纵甚便,是三司止两司而六道止四道也。

明初每府设知府一员,同知一员,通判一员或二员,推官一员,幕僚则经历、照磨、知事、检校。知府统理一府各属州县诸务。同知则同知一府之事。通判专用朱墨笔佥判文牒,间有分管粮储、水利者,所以有二。推官专理一府刑名,清晨同坐大堂,率领各吏办理诸务。印封耳房库内,出入不由私衙。堂左为经历司,有印官名经历,事事必由经历,惟恐不足,又以知事一员佐之;堂右为照磨所,有印官名照磨,事事必由照磨,亦恐不足,仍以检校一员佐之。后渐不由旧制,率多分管,如清军、驿传、河防、江防、海防、捕盗、马政、巡盐、运粮、水利之类。丞、判各司其事,各有处分。推官专司刑名,兼管查盘。印则知府封掌,佐贰不敢过问。

国初少沿明制,近则推官奉裁,刑名总归知府。同知不知府事,通判不判文牒,惟署印、押粮、解饷以及杂差而已。至于司所幕员,但存经照,间有知检者,印归堂上,官亦虚设,亦不过听差而已。然在明朝,立法未尝不善,未免事少官多,十羊九牧,不若今之权归于一,不许掣肘之尽善也。

抚军张公伯行，乙丑进士，需次中翰。初任题授山东济宁佥事，升江南按察使，特旨以佥都御史巡抚福建。释褐后三迁而至开府，亦奇遇也。

宫保黄公大来，在督师李大司马之芳军前历著战功，加左都督职衔。初任即授宁波总兵官，卒赠太子太保。

浙闽总制、大司马瑞图刘公兆麒，先任湖北抚军，其时中丞殿衡尚为公子，读书楚署，及后历任湖北抚军。父子前后开府同在一地，已属可传佳话，后闻制府讣，暂归读礼，服阕，再补仍抚湖北，是趋庭游宦三驻楚焉。又中丞先由陕西大参升江苏藩司，其时署理藩篆者则苏松粮道乃兄殿邦也。二公为同胞兄弟，中丞嗣于伯隶旗，故旗籍，而少参则宝坻民籍也。以嫡亲手足接受交代一月有余，彼此俱用文移往来，亦一仅见者。中丞之公子嵩龄与其师夏慎枢同中顺天乡试，刘于癸巳，夏于壬辰，俱成进士，又馆选同为翰林，岂非可传之盛事哉？

李梯云检讨天祥云："永年张五美生于嘉靖甲寅，中于万历乙酉乡试。其子鸿基生于万历甲寅，中于顺治乙酉乡试。"

翰林学差典试赴湖广者多不利于榜眼，辛未榜眼吴永年昺、甲戌榜眼顾书宣图河、丁丑榜眼严宝成虞惇俱卒于楚。京师烂熳胡同亦不利于榜眼，居停而卒于其地者：戊辰榜眼查荆川嗣韩、丙戌榜眼吕无党葆中。

于勤襄公成龙以大司马、大中丞总督河道。公文武全才，经济勋业，赫然一时。大驾西征时，公总统督运，军储充裕，圣心宠眷，功勒旂常，朝野倚重。然而治河非其所长，所谓人各有能有不能也。公赴河工，题带人多不谙河务，乃以顺天府丞徐公廷玺副之，两不相下，议论参差，权难画一。公以勤劳致疾，不终事而卒于官，时论惜之。上念东南民生运道，特简遂宁先生加宫保大司马治河，而副总河报罢。先生辛勤况瘁，事事仰遵指授，历九年河工告成。昔之泽国，今变桑麻矣。排淮泗而注之江。上古淮泗并未入江，明永乐间罢海运，命陈平江伯瑄开通运道，由江南、山东、直隶直达京师。淮泗之水，以三分济运入江，七分敌黄入海，此老生常谈所云"以河治河，不独去其害，而且资其利者"是也。即潘季驯先生《河防》一书,其中亦有词不能达意处。在治河诸公,无不知蓄清刷黄为要,然此四字有无穷经济、无穷学问,非细心体认、因时应变者不能也。天府金钱糜费固不可太省,亦不宜必身历其事久而且熟方知其中关键。余随遂宁先生数年,见其不避风雨,相度形势,可谓精详之甚,犹虚心访问,择善而从。同事者淮扬李佥事_梅、湖南刘少参_{光业}先为桃源同知者、接任之桃源孙同知_{调鼐},皆蒙遂宁先生驱遣,颇为历练老成,可惜俱下世矣。今我辈随右司马、中丞赵公恪守成规,保固无虞,虽遵圣主指授,感河伯效灵,而遂宁先生垂创之功莫大焉。

浙江卞布政使_{永誉}升任福建抚军,初莅,八闽制府兴公_{永朝}同将军、都统诸公皆郊迎,相见欢洽。既别,卞公减驺从,乘四舆,仍用藩司仪注,持升任布政使手摺,坐官听候见。制府谢不敢当。盖浙、闽二省皆制府所统辖,其先为属吏也。公谦退自下,时论以为得体,故益称和衷焉。先时,有藩司某内升通政司,闻报即用大银台仪注,鸣锣开道,往拜抚军,乘舆直入仪门。抚军笑而优礼之。随亲盘司库,题参亏空甚多,不独落职,几毙狱中。又河南一副将,当新定文武相见仪注时往谒抚军,公然鸣锣直入辕门,至仪门下马。抚军不加拒绝,即待以新仪注之礼。及散饷届期,乃令监放官备加搜剔,凡私占影射俱开虚冒兵饷,题参正法。斯二事,虽抚军器小,而亦可为无礼肆纵者戒也。予昔待罪西江,稔抚州太守张_{伯琮}之才守,遂荐举卓异。张君感余知己,愿执弟子礼。今已升任河南臬司,而余已左迁监司,然时通书问,犹用手摺称门人,则过于谦抑矣。

居官固宜清正,亦须和平。倘一偏执,则处事不能周详,人情难以通达,未免美中不足。古田余祭酒_{正健}家居,奉特旨督学江南,时先君以遗爱未泯,士民感颂不忘,请祀名宦,已由府申司,例必学院批允方可遵行,道路相传。余公严厉,不独不可干之以私,即往来书函亦难轻投。予自念今皇上忠孝作人,而余公读书君子,未有不以忠孝宅心者。予修禀揭,直投上请,即使撄怒达诸九重,为亲受过自甘不辞。乃余公竟答一函,不但如我所请,而且词语谦逊,始知真清正者未有不和平者也。昔先祖闽抚中丞公前任江南通省布政使,士庶迄今家尸户祝,吁前督学请祀名宦,乃托词"历年久远,无从稽考"。揆其意,非出固执即存私念,且不喜扬人之善。此等品行,较诸清正和平者,何啻霄壤。适翠华南巡,叨赐御书"旧德贻谋"。"旧德"者,先祖之勋业也。督学闻之,索前案,即促举行。然祖父前后同宦江南,先祖崇祀江宁,先君崇祀宁国,均隆典礼,亦何幸也。

官制有名似小而位甚尊,职掌之事权最重者。有名极清雅而品秩最卑,所管之事亦极琐细烦冗者。有名虽武职而专司地方事务,名若文职而所司全非文翰者。如侍郎名似郎官,乍闻似非显职,然古制已有门下侍郎、凤阁侍郎,爵位尊崇。今六部侍郎亚尚书六卿一阶,在外则为总督,何其隆也。典史,一县尉耳,何以得此佳名? 即列之内阁、翰林院、詹事府,谁曰不宜? 乃品则未入流,所管皆民间细事,多吏员除授。京都分五城差御史巡察,所属有兵马司指挥、副指挥,所管皆命盗、词讼诸事,全与兵马指挥之名不合。銮仪、卫治仪、正王府典仪,其名亦似文职,而所司卤簿弓马之事,升转俱属武阶,相沿既久,皆习焉不察矣。

定制,官民凉帽俱戴纬缨,惟雨天戴莽缨。今戴莽缨者众,取其便易省事且惜费耳。

朝衣、公服俱用补子,绣仙鹤、锦鸡之类,分品级大小,即以鸟纪官之义。常见福清叶相国向高集内有"钦赐大红纻丝斗牛背胸一袭"。背胸或即补子也,如妇人之首饰曰头面,半臂窄衣曰背心。不然,则"补子"二字何所取义?

衣服上所织四爪者谓之蟒,民间通用五爪者谓之龙,非奉钦赐暨诸王赏赉不得擅用,此定例也。又红绒结顶之帽、四面开衩之袍,俱不得自制。近见五爪龙、四衩袍穿者颇多,人少为注目,即曰某王所赐,无从稽考,听之而已。

古冠绥缨,即项下绊带也。有明纱帽头巾各制,贵贱悬殊,见诸画像,传之梨园,乃俱不用带。今则草凉帽如箬笠,皮暖帽如毡笠,上加红缨,而于帽檐下俱缀以带绊,犹追古制。古人结袜用带,太白乐府"燕南壮士吴门豪"一首名《结袜子》,张释之为王生结袜。今则冬以布装棉,夏以葛装麻,甚且侈以绫锦纱缎,多不用带结矣。古今制之不同如此。

陕西以羊绒织成者谓之姑绒，制绵衣，取其暖也，今则制为单袍。纱取其轻，暑服也，今则制为绵袍绵裤。比比皆然，习以为常。谚云"有裹者无裹，无裹者有裹"，意指此乎？绒，俗字，本毧字，音冗。

缎与鞭同多贯切，音段，履之后帖也。今厚缯通名曰缎，有五丝、八丝、内造、汉府、官素、平花、帽缎、闪缎、倭缎各种，花纹颜色随时变幻，亦穷工极巧矣。前代惟绫锦、绸罗、刻丝、衲纱之类，至于缎，不独未见，亦未闻也。近由东洋入中国者，更有羽缎、羽纱、哔叽缎、哆啰呢，据云可为雨具，试之终逊油衣，其价甚昂，亦前代所未闻者。

古裘有五：大裘、黼裘、良裘、功裘、亵裘。大裘用黑羔皮为之，王者祀天之服。缁衣羔裘，朝觐用之。《郑风》云"羔裘豹饰"，大夫燕居之服。近日不独不以豹饰，而大夫多不羔裘矣。间或服之，惟领与袖或饰貂，或饰狐，或饰银鼠之类。而晏子一狐裘三十年，疑用全狐。今服全狐者少。千羊之皮不如一狐之腋，近之狐腋尽人而裘矣。当年孟尝君之狐白裘，即集狐之白腋也，俗名"天马皮"。又集项下细毛深温黑白成文者，俗名"乌云豹"，甚暖。其腿里一块黄黑杂色者，集以成裘，俗名"麻叶子"，亦暖。至于全白狐皮，则粗冗不堪。又有玄狐一种，定例止准官一二品以上者制为帽，上赐居多。若口外严寒出差者，亦准为帽，虽名玄狐，其实苍白色者居多也，如高昌国贡唐太宗玄狐裘，今亦难得。苏季子黑貂裘敝，古人贵重貂裘，近日稍丰裕者即衣之，定例四品以上始用，何其僭越也。若上元夫人之青毛锦裘，汉武帝之吉光裘，程据之雉头裘，张昌宗之集翠裘，南昌国进浮光裘，司马相如之鹔鹴裘，度安之紫绨裘，止存其名，不知为何物矣。更有猞猁狲一种，轻暖华美，貂裘之外无出其右，所谓"胭脂雪"者，想即此耶？侍卫制为朝衣，诸王制为坐褥，而定例亦四品以上始服，近亦僭越矣。又灰鼠一种，最宜于秋末冬初及南方不甚苦寒之地，迩来颇多。至于毛之白者名银鼠，康熙初年尚少，其价甚昂，近不独多，而且贱矣。又以獭皮为深衣，可御雪，可当衾裯，粗而重，贱者之服，亦亵裘类也。缁衣羔裘，黄衣狐裘，取其表里如一。"羔裘玄冠不以吊"，言衣冠俱黑色，古之吉服也。是古之羔皆用黑者，而今则纯白矣。何古之黑者多而今之黑者少也？或曰："当日之黑羔，安知非如今日之染狐皮、染银鼠耶？"为之一笑。羊皮贵羔而贱老，人皆知之，独口外则不然。有皮软而毛长者，俗名"麦穗子"，言其毛长如麦穗也，口外风高，非此不足以御之。虽公卿贵官至彼，貂裘之上亦必覆此一件，取其毛大压风也。内地亦有此种，不如口外者佳。

腰带古以革为之，名曰鞶带，又谓之鞶革，自天子以至庶人皆用之。后世用丝带，以玉、犀镶嵌，束于丝带之上，即玉带、犀带也。本朝按品级有嵌宝石之玉，以及金银、玳瑁、明羊角、乌角之类。另制成镮，以软丝带贯之，天潢束黄丝带，觉罗束红丝带，有特赐黄带者。公卿以下多束蓝丝、青丝带，间有石青油绿织金者，无甚关系。守制者则束白布带。皆所以分尊卑、别等威也。带镮先用左右二块，系以汗巾、刀觿、荷包等类，即古人无所不佩之意。荷包疑即夹袋也，专为收藏字帖之用。后增前后二块，不过饰观而已。又单用腹前一块，带不用长穗垂下，以铜铁镀镂金银或牙骨、角石之类，制成二块，扣而为一。此惟于春夏之袈服甚便，非常服也。

戴孔雀翎，所以壮军威、分近侍也。《分甘余话》所载，本朝侍卫皆于冠上戴孔雀翎，以目晕之多寡为品之等级，武臣提督及总兵官亦有赐者，后文臣督抚亦或蒙赐，得之者以为幸。是已，然总未分晰详明。《大清会典》所定，贝子戴三眼孔雀翎，根缀蓝翎；镇国公、辅国公戴二眼孔雀翎，根缀蓝翎；内大臣、一等二等三等侍卫入内大臣、额驸、前锋统领、护军统领、前锋参领、护军参领、诸王府长史、一等护卫戴一眼孔雀翎，根缀蓝翎；贝勒府司仪长、王府贝勒府二等三等护卫、贝子公府护卫及护军校俱戴染蓝翎，内外额驸俱不许戴；诸王府散骑郎有阿达哈哈番以上世职许戴一眼孔雀翎，根缀蓝翎，其余虽加级不准戴；再查各省驻防之将军、副都统并督抚、提镇蒙赐孔雀翎者止戴一眼。

本朝帽制，凉帽以德勒苏草细织成面者为上等，次等用白草，内以片金或大红缎绸、各色纱缎为里，名曰"帽胎"，上覆以大红绒线纬缨，王公卿大夫士庶皆戴之。雨用藤织成胎，上覆以茜红西牛尾拣毛为缨，而皆名曰"纬笠"。有用藤竹麦秸织成，有檐出外周围者，名曰

"台笠",此贱者所戴以遮日色者。考帽自汉以来已有之,邓通之黄帽、管宁之皂帽、李晟之绣帽、沈庆之狐皮帽,即今之暖帽也。今之暖帽以貂为贵,次有染银鼠、染黄鼠以为帽檐者,贵贱皆戴。至于玄狐则有阶级矣,若长孙无忌之浑脱以乌羊毛为之。羌服之席帽,晋人之白接篱,皆以羊毛为之,即今之毡笠、毡帽也,式虽不一,而帽之名则同。

商丘太宰云:"骨董虽小事,却有分别:看字画,经纪不如士夫;看铜玉器,士夫不如经纪。"此语诚然,今以二事验之。昔经纪持字画数轴求售,内一轴为米元章书。经纪极赞其真,即坐客亦共诩不置。予哂之,众哗曰:"无论米字逼真,今不能及,即伯生、匏庵、石田所跋,亦非近代手笔也。"予曰:"诸君未审耳。此轴所书之诗,乃国初广平申凫盟涵光《铜雀怀古》之作也:'漳南落木绕寒云,野雉昏鸦魏武坟。不信繁华成白草,可怜歌舞嘱红裙。西园乱石来三国,古瓦遗书认八分。七十二陵空感慨,至今谁说汉将军。'"检申集示之,愕然。此经纪不如士夫也。一故中丞张公劻之侄见贻铜器一具,赠以十二金,欣然而去,置案上为镇纸用。偶来一经纪,把玩不释,询其何以,曰:"此压绣也,宫中用以压彩刺绣耳。予昔以此物货某中丞,得重价。此毋是耶?"予颔之。此士夫不如经纪也。太宰洵博古矣,但云"字画之佳者,虽黑暗处闻其气味,揅其绢素,即知真赝,不必细看",此语未免英雄欺人。

生平最爱赵字。式古堂所云:"苏黄米蔡,在宋则为大家,以晋人视之,犹是雕虫小技。惟子昂直追先辈,上下五百年,纵横一万里。"余家藏颇多,自处郡回禄后尽成灰烬。其后再为搜求,止得前、后《赤壁赋》二幅、《千字文》一卷。两赋于南巡时在扬州行宫进呈,天颜有喜。今所存者,惟《千字文》而已。陈子文太守奕禧临摹不忍释手,跋后百余字。

　　附陈子文跋　昨在黔中题文敏《假山诗》,谢不敢而不能,展观形秽,至今犹愧。戊子十一月朔,葛庄观察出示此卷属题,谢不敢而又不能,遂附鄙语于后。考文敏书《千字文》真、行、草各体甚多,亦有见于《停云》及《国朝法书》者。又六体真迹,今在曹待诏秋浦处,蒙赐自内府。荒陋失学,宝墨琳琅,皆得流览。今日复玩妙迹,结撰之精,运用之变,且有出所见之数本。此与肃府旧刻笔意相似,反复寻味,海内之至宝也。或曰"赝者双钩",此怀元章狡狯之心,何足信哉!

　　附自记　松雪墨迹,予旧多收藏,惜处署祝融之后灰烬无遗,为生平恨事。今阅此卷,回忆种种似不及此卷之妙,即《洛神》善本,式古堂取赋中语称其"瓌姿艳逸",王孟津跋云"鸾飞蛟舞,得二王机神",鄙意揣摩,犹觉彼肥媚而此遒劲也。昆阳为东瓯末邑,此卷流传民间,湮没已久,未经名人题跋。或曰:"为有心者割取,亦未可定。"余观察浙东时于无意中购之,如获拱璧,日夕临玩,觉神采奕奕,直追先晋,不禁眉宇飞动。固予之幸,亦翰墨之幸也夫!

高韦之佥事^{其佩}留心绘事,能以指头作画,别开生面,超越前人。因赴温处观察任,道出袁浦,余以匹绫长二丈许必索画尽。韦之笑,呼童子研墨盈池,以指蘸墨,云飞风动,转瞬而成,山石木树、水藻残荷、禽鸟鱼蟹,穷工尽致,真绝技也。后海宁陈子文出守南安,便道见过。子文书法,无出其右者。余以画索题,子文走笔即书。高画陈书,洵称二妙。又系原属本支,无双绝艺乃出一家,诚熙朝之宝物也。今子文已下世矣,可胜浩叹!

　　附陈子文跋　历代以来名家既多以指为之,自我弟韦之使君始,人物、花木、禽兽、草虫,不假思索,骈指点黦,顷刻数十幅,随意飞动,无不绝人。万象罗于心胸,天地集于腕下,此造化特钟异人也。在京师居相近,又本宗昆季。戊子仲冬赴横浦,过淮埌,葛庄观察索跋。公诗妙擅海内,涵汇渟蓄,无所不有,发之吟咏,自足尽其变,何待小言之戋戋也。

刑部主事伴阮兄源,河南祥符人。余祖籍亦祥符,同县同姓,因以兄弟称,长枕大被,不异骨肉也。兄性聪慧纤巧,迥异常人。其字怪僻,自言融会诸家,独成一体,殊有别致。画则挥洒数笔,生动酷肖。诗不多,亦不存稿。曾记《邯郸道上》一绝:"风雨邯郸道,纷纷利与名。黄粱知大梦,千古一卢生。"至制作之巧、赏鉴之精,可称绝伦。

自制清烟一种，商丘太宰以为在"寥天一"、"青麟髓"之上。又能于一笏上刻《滕王阁序》一篇、《心经》一部，字画崭然。在内庭供奉时，呈样磁数百种，烧成绝佳，即民间所谓"御窑"者是也。内庭制作，多出其手。太皇、太后加徽号"龙宝"暨"皇贵妃宝"，余亲见其拨蜡送礼部，非大手段能之乎？所藏骨董，皆人所未见之物。未几，卒于京。皇上遣内大臣包衣昂邦奠茶酒，侍卫送柩出章仪门，赐金驰驿，为一时光宠。所惜无子，制作不传，骨董散失。近日所用之墨及磁器、木器、漆器仍遵其旧式，而总不知出自刘伴阮者。空费一生心思，呕血而终，乃不得与"东坡肉"、"眉公饼"并传于世，悲夫！

有人持玉杯质之伴阮兄，曰："此'一捧雪'也。"同为赏鉴，兄曰："玉情果美，水色亦佳，好玉杯则有之，'一捧雪'恐未也。"余曰："不知是莫太常家藏，是莫成所伪造者？"为之一笑。后据杨次也太守云：乃祖雍建为少司马时曾见之，气魄甚大，情色俱美。主人曰："此真'一捧雪'也，当于日下观之。"因持向墀下映日细看，杯内雪片纷纷如飘拂状，以是知真赝有别而命名不虚也。

伴阮兄有奇石，高尺余，山峰透露，对面可以见人。山腰白石一段，视之如云，白石内又有青石一条，如龙形，头角宛然。因摹入纸幅，名《青龙白云图》，悬玩不置。又有蜜结伽楠，长二尺，厚一尺，温润芬馨，迥异众香。雕成诸葛枕式，云枕此可免小遗，试之果然。后俱为逃奴窃去。范谈一侍讲光宗云："康熙四十年，侍直南书房，见高丽国进人参四枝，盛以漆匣，精工华丽。少顷内侍收进，遇熊相国赐履，稍为启视，出语曰：'其形似人，所谓人参也，扁鹊之语诚为不谬。'天颜有喜，谕云：'四十年来止见此四枝耳。'"

方竹产于天台山，古人取以为杖，雅甚。相国王公掞督学两浙时，试题有《方竹杖歌》，余以台州司马摄府事走笔应之，王公谬为许可。诗载《分体》中。

镌图章以青田石为佳，而青田石又以洞石为第一，他产不及也。石俱在溪中，戽干溪水乃得石块，质颇燥硬，止可琢瓶尊杯斝之类。所谓洞者，又在水石之内，如石之有玉，不可多得。若灯光石者，尤为不易。予待罪括州时曾鸠工采取，数月无一佳洞。或曰："皆为匠人窃去。"但地方多一土产即多一累,恐贤有司亦不乐有之也。

余得痔成漏,有五管,楚甚。延兖州魏老人医治,早用烟熏,晚用水洗,俱平常痔漏药料,惟上药密不示人。上药之法甚妙,用鹅翎管,药实其中,管后一孔如针大,由后挤药如一线直入管中,盖之以膏,七日而愈。

野荸荠杵碎取汁,澄粉,少加冰片,以之点眼,去翳甚效。

戊午停科后,余遂弃举子业,同学者尚有三人,查荆州嗣韩、沈古培心杨、钱玉友良择仍读书寒家之无倦轩。荆州素怯弱,余尝劝慰曰:"子病至此,尚五夜呷唔,何急功名而薄性命耶?"答曰:"吾非不知,曾梦神人示之以诗,有'五色云中第二名'之句,是以恋恋,冀其一验耳。"后果以五经乡荐榜眼及第。古培,平湖人,北闱不第,就试浙省,体肥畏热,坐轿号中不能堪,出场即卒于龙门外。余适兼摄杭篆,为之经理其丧。玉友累科不第,留羁京师。余佐台郡时,答书犹有句云:"人从杨柳烟中去,书自桃花洞口来。"嗣后音问遂绝。余以引见赴京,遇查声山学士,云久已削发为僧矣。

秋闱省试,内外帘官各有所司,自初六至十五,凡十昼夜,诸务冗杂。外帘之监临、提调、监试群公,无片刻之暇,恐少懈即有舛讹,惟赏月后稍安适也。头场毕,内帘主考率同考官传点催卷,然一时誊录不及,盖彼在内空闲也。过中秋,频频解卷,内帘渐次冗忙,而外帘又闲矣,惟清晨开龙门、各属谒见、收发文牒,此外一无事事,由月半至月初,颇觉日长似岁。己卯监试浙闱,中式诸君以余稍知文墨,修通家之谊甚恭,如查德尹嗣瑮、高巽亭舆、许莘野田、盛紫翰弘邃。在诸君雅意堪嘉,而余则谦退未遑也。

彭泽刘参政晓,未遇时落拓武林,徘徊湖上。一日,祈梦于少保庙,梦少保拱手者再,以米一勺置诸掌中。醒来大怃,以为他日必乞食也。后赴广西傅将军军前,招抚有功,议叙补授浙江粮道,始悟少保拱手者,敬公祖也,以米置掌中者,掌粮储也。

广平秀才马振古,老不应试。其子初入泮,望中甚切,除夕卜灶镜听,俗所谓"瓢儿卦"也。出见妇人,亟问曰:"我于何年得中?"答曰:"驴子骑人那一年。"意以为必无之事也。一日郊行,见驴生驹,其主负驹而归,喜曰:"此非驴子骑人耶?"即售田治装,趋赴秋闱。振古闻子售田,以为必偿赌负,特借应试之名耳,怒甚,欲追而责之。渐至良乡,同试者劝止,且曰:"今文宗大收,君老手宿学,曷亦一试棘闱乎?"振古笑而从之。是科父子同榜,真奇验矣。诸同榜者称振古为"年伯",谓其子为"同年"也,其子亦称诸同榜者为"年伯",谓其父为"同年"也。一夕宴集,有友笑谓曰:"今科乔梓,定同连捷。傥仅捷一,所愿在谁?"振古沉吟良久,曰:"豚儿尚幼。"众为哄堂。

测字起于观梅,虽易数中小技,然有奇中而名达九重者,如宋谢石辈自不多遘。近今卜肆亦复谈言偶中,休咎立应如响,姑识见闻所及者数则,更足起发后人。有书"字"字请测者,一审视即拱让曰:"是一位现任宰官,在内则都察院,外则按察使。盖上为'宪'字头也,但下'子'字属地支之初,是新迁转耳。恭喜必得!"又问地方何如,答曰:"总在好的一边,以'子'字为'好'字之半也。"临别,其亲私问曰:"亦有不利者乎?"答曰:"'子'为'一了',只恐此任不能迁转。"既而信然。一人书"文"字问讼事,测曰:"吝不成吝,凶不成凶,此事即当解矣。"问何日可解,测曰:"今日何日?"曰:"十五。"测曰:"再六日必解。"果符所言。问何以知六日也,测者解曰:"以十五加六为廿一日,'昔'旁加'文'为'散',是以知之。"入夜,人来请测,不及书字,时已戌时,即口占"戌"字以请。问何占,曰:"欲有谋耳。"测曰:"不可直向彼言,须转一湾,其谋可遂。"盖"戌"字一点转湾即为"成"字也。一人失马来,书"奇"字,测曰:"必不得矣。"以为无"马"在旁则"骑"不成,但立可耳。乡试后,一生书"花"字决去取,测曰:"必中无疑。恭喜廿七名,已有人在寓报矣。"以"花"字分为立人廿七也。归寓果然。其人嗣后复书"一"字问终身,测曰:"廿年内官可至五品。"问有几子,测曰:"三子。"问寿几何,测曰:"七十之外,不能八十耳。"细询其故,以"一"字可加"三"字,故生三子;复加二竖乃成"五"字,故廿年可至五品也;"一"字,二三四五六七皆用,至"八"字则不用一横,故寿至七十以外即止耳。一太守书"識"字请测,测曰:"文头武脚,若非决狱理刑之方面有司,即属乌台兰垣之喉舌近臣。"应曰:"知府。"以"識"字与"職"字相类,故知为官;而落笔先成"言"字,遂云然也。曰:"今任几年?"应曰:"已任五年。"曰:"满六年便丁父艰。"以中有小"六"字,"一"字为"丁"字之头,目为父象,故知其丁父艰也。戈属武,但服阕之日不补文官而补武官,殊不可解。后果丁艰,起复,适世职缺人,乃补阿达哈哈番,奇验如神。但测字须矢口而出,得先天之气,稍加转念即落后天,便不准矣。

生平不喜结盟,盖朋友为五伦之一,朋友甚亲,何用弟兄之名乎?故作《结交行》,有"嗟此纷纷假弟兄,五伦忘却真朋友"之句。忆为处州太守时,僚友八人既集,飞马相招,至则诸君坐次序齿不序爵,心窃异之。年最长者扬言曰:"今日之会欲结异姓兄弟耳,君意何如?"余唯唯。因思宦途畏险,一拂其意则不合时宜,勉强从之,至今犹悔也。

仕途中交际必委用家人,然最有关系。盖伊给事左右,窥伺意旨,容易作弊为奸。其于事务,金帛固所不免,未闻于诗文投赠亦恣肆需索者。甲子,予谒王新城阮亭先生,以《葛庄诗集》呈教。先生一见,极口称赏,自许作序见贻。越月往领,阍人辞以未就。适先生以宫詹奉命秩祀南海,私计先生王事匆迫,必无暇及此,不知其脱稿已久而家人辈匿为奇货,横索多金。予与先生文字交,若贿而得之,不几污先生之清白乎?迨祀毕先生回都,踵门往候,入座即道:"前序因行急,殊觉草草。"予谢:"尚未颁发。"先生怒诘家人,随检前序见付。别后闻即重惩之矣。

阮亭先生一日偶过荒斋,见几上删订诗草内《二疏故里》一绝,自批"删"字。先生云:"此真唐音也,何以删为?七绝易于尖新,最难浑成,如此作句调和雅,意味深长,恐全集中未易多得,宜存之。"诗云:"旷怀真足古今师,七十人当致仕时。更为子孙谋远大,不将养老赐金遗。"

予祖籍开封,历年既久,宗人多居旁邑。新郑六弟又仲远来,相候起居毕,即讯家中安吉近况。弟曰:"老母前患背疽,得一传方,服之而愈,今年八十有七,康健如旧。又弟妇久病经闭,形容枯槁,殆不可活。闻有荥阳张广文者能治奇疾,延之诊视,命服丸药,渐至平复,肌肉再生,可称'白骨回春'。更有奇者,家居北楼上祀祖先,所有薄蓄皆积于上,不意为不良者窥探,纠党二十余人,持械燃炬排闼而入,直趋楼所。家人咸惊避，惟听其去取而已。群盗方入室登梯，乃忽火炬扑灭，尽行狼狈而出，兽奔鸟散。岂祖宗之灵为之默佑耶？抑或有神焉呵护驱逐耶？俱不可知，独恨不能向盗者一问何所见而踉跄奔逸也。此三者皆不幸之幸也。"予因索二方，附记于后。

治发背方　用头发不拘男妇者一把，入真麻油一碗，将头发熬化，令病人饮之，则毒气渐消，不致伤生。

治女子经闭、形容枯槁　何首乌，半斤切片，用黑豆拌，九蒸九晒为末，用人乳浸，不计次数，晒得一斤重。怀熟地、四两。红花、五钱，酒洗。鹿茸、五钱，酥油炙。当归，四两。共为末，用拣麦冬六斤熬膏，入炼蜜少许，和为丸，如梧桐子大。每服二钱，渐加至五钱。

新郑高相国文襄公拱，其兄南直操江巡抚捷，乡人皆称为"都堂"，生来状貌迥异常人，而举动行事有堪绝倒者。自幼即遍体生毛，年十八，髭须满颊。就童子试，文宗见之，笑曰："汝可归家抱孙矣。"答云："童生年实弱冠，不幸须髯如戟，此父母遗体耳，奈之何哉？"试既不售，归家遂去髭须，戴小帽，着大红袍，骑马遍历街市，使家人前导，令直呼曰："不进学的高大胡子，欲学状元游街，岂不可羞！岂不可耻！"从此奋志。夏日就池边苇箔旁读书，蚊蝱小虫遍体，家人辈见之，劝其少息，为之频加拂拭。乃曰："毋拂为也。此不上进之贱皮肤，正该蚊蝱作践耳。"勤学苦志，遂连捷南宫，历官大中丞、南直操江巡抚。莅任后，适大盗反狱，闻报即赤体率抚标官将兵卒往捕，群盗敛手受缚。讯之何以不斗就擒，盗曰："见一天神，遍体如丝悬挂，火焰光生，心胆俱碎，是以不敢动手耳。"盖抚军遍身赤毛，每夜卧则红光罩体，家人窃窥见一大猪鼾睡于旁，巫者以为室火猪降生。语近荒唐，岂其然乎？明时官制，操江例当巡视各郡，所至行台，每责巡捕官。巡捕官患之，贿请于用事之家人，曰："无他，因食不饱耳。"教以当如是则可邀免。既驻宿，即如家人言呈送酒筵一席，复令人抬极熟猪首一盘、馒首馎饦数十枚、烧酒巨瓶皆极热，从抚军前过。闻其馨香，即问曰："此何为者？"禀曰："犒从。"抚军曰："如此好物，不敬老爷，反赏下人耶？"令列席前，手拈而食，大杯倾酒，顷刻俱尽。方就筵而坐，诸凡添换不遗余沥，乃不复责巡捕矣。食量之大可敌十人。一日，属下新任知县禀谒，少年进士，服饰华美。见其所戴纱帽外织马尾，内炫金丝，光彩耀目，怒诘之："此帽何来？"答曰："京师新兴。"大怒曰："我也与你个新兴！"命隶役杖之。知县窘甚，再三恳求，免冠谢过方免。知县忍而衔之，未几行，取台中特疏列款揭参。时弟文襄公当国，按其奏章，星夜遣人至皖城，令其以病请休，庶可保全。抚军见弟手书，怒谓家人曰："你相公叫我致仕，难道他要做官，便不许我做官么？他道他宰相大，就不知哥哥还大！看我打得他宰相打不得他宰相！"如此固执，文襄无奈曲全，令归林下。罢职后，日惟与一老友象戏以自娱。一日，忽入内久不出，老友馁甚，又不可归，告之家人。家人禀曰："某相公饥甚欲归耳。不然，当吃午饭矣。"叱曰："吃甚午饭，你叫他去吃那当头炮！"盖自忿屡局败北也。其可发笑者甚多，六弟又仲为言数则，因志之。寒家新郑一支与高府屡世姻娅，故知之如此。

　　本朝己未召试博学鸿才，最为盛典。康熙十七年正月二十三日，上谕谕吏部："自古一代之兴，必有博学鸿儒振起文运，阐发经史，润色词章，以备顾问著作之选。朕万几时暇游心文翰，思得博洽之士用资典学。我朝定鼎以来，崇儒重道，培养人才，四海之广，岂无奇才硕彦、学问渊通、文藻瑰丽可以追踪前哲者？凡有学行兼优、文词卓越之人，不论已未出仕，着在京三品以上及科道官员，在外督抚、布按各举所知，朕将亲试录用。其余内外各官果有真知灼见，在内开送吏部，在外开报于该督抚，代为题荐，务令虚公延访，期得真才，以副朕求贤右文之意。尔部即通行，传谕遵行。特谕。"嗣内外荐举到京者五十九人，户部给与食用。十八年三月初一日，除老病不能入试外，应试者五十人先行赐宴，后方给卷，颁题《璇玑玉衡赋》、《省耕二十韵》，试于弘仁阁下。试毕，吏部收卷，翰林院总封，进呈御览。读卷者，李高阳相国霨、杜宝坻相国立德、冯益都相国溥、叶掌院学士方蔼。取中一等二十名，二等三十名，俱令纂修《明史》，敕部议授职衔。部议以有官者各照原任官衔，其未仕进士、举人俱给以中书之衔，其贡监、生员、布衣俱给与翰林院待诏，俱令修史，其未试年老者均给司经局正字。圣恩高厚，再敕部议。部覆奉旨，邵吴远授为侍读；汤斌、李来泰、施闰章、吴元龙授为侍讲；彭孙遹、张烈、汪霦、乔莱、王顼龄、陆荣、钱中谐、袁佑、汪琬、沈珩、米汉雯、黄与坚、李铠、沈筠、周庆曾、方象瑛、钱金甫、曹禾授为编修，倪灿、李因笃、秦松龄、周清原、陈维崧、徐嘉炎、冯勖、汪楫、朱彝尊、丘象随、潘耒、徐釚、尤侗、范必英、崔如岳、张鸿烈、李澄中、庞垲、毛奇龄、吴任臣、陈鸿绩、曹宜溥、毛升芳、黎骞、高咏、龙燮、严绳孙授为检讨，俱入翰林；其年迈回籍者，杜越、傅山、王方毅、朱钟仁、申维翰、王嗣槐、邓汉仪、王昊、孙枝蔚俱授内阁中书舍人。猗欤，休哉！抡才之典，于斯为盛。其中人材、德业、理学、政治、文章、词翰、品行、事功，无不悉备，洵足表彰廊庙，矜式后儒，可以无惭鸿博，不负圣明之鉴拔，诚一代伟观也。而最恬退者李检讨因笃，于甫授官日旋陈情终养，上如其请，命下即归，更能遂其初志。无如好憎之口，不揣曲直，或多宿怨，或挟私心，或自愧才学之不及而生嫉妒，或因己之未与荐举而肆董谗，一时呼为"野翰林"，其讥以诗曰："自古文章推李杜，高阳相国霨、宝坻相国立德。而今李杜亦稀奇。叶公蒙懂遭龙吓，掌院学士方蔼。冯妇痴呆被虎欺。益都相国溥。宿构零骈《衡玉赋》，失粘落韵《省耕诗》。若教此辈来修史，胜国君臣也皱眉。"又纂"赵钱孙李，周吴郑王"为"灶前生李，周吴阵亡"。笑谈更属轻薄，故不附入。

　　附李检讨《奏疏》　奏为微臣母老多病，独子万难远离，泣血陈情，吁恩归养事。臣窃惟幼学而壮行者，人臣之盛节；辞荣而乞养者，人子之苦心。故求贤虽有国之经，而教孝实人伦之本。伏蒙皇上敕谕内外诸臣保举学行兼优之人，比有内阁学士兼礼部侍郎臣项景襄、臣李天馥、大理寺少卿臣张云翼等旁采虚声，先后以臣因笃姓名联尘荐牍，获奉俞旨，吏部遵行，陕西督抚促臣应诏赴京。臣自念臣母年逾七旬，属岁多病，又缘避寇坠马，左股撞伤，昼夜呻吟，久成废疾，困顿床褥，转侧须人。臣止一弟因材，从幼过继于臣叔曾祖家，分奉小宗之祀。臣年四十有九，儿女并无，母子茕茕相依为命，躬亲扶侍，跬步难离。随经具呈哀辞，次第移咨吏部，吏部谓咨内三人，其中称亲援病，恐有推诿，一概驳回。窃思己病或可伪言，亲老岂容假借？臣虽极愚不肖，讵忍藉口所生指为推卸之端？痛思臣母迟暮之年不幸身婴残疾，臣若贪承恩诏，背母远行，必致倚门倚闾，夙病增剧。况衰龄七十，久困扶床，辇路三千，难通唬指，一旦祷北辰而已远，回西景以无期，万一有为子所不忍言者，则毛义之捧檄不逮其亲，温峤之绝裾自忘其母，风木之悲何及，瓶罄之耻奚偿？即臣永为名教罪人，亏子职而负圣朝，非臣愚之所敢出也。皇上方敬事两宫，聿隆孝治，细如草木，咸被矜容，自能弘锡类之仁，推于士庶，宁忍孑然母子饮泣向隅，夺其乌乌私情，置之仕路？盖阁臣去臣最远，故以虚誉采臣，而不知臣之有老亲也。臣云翼与臣皆秦人，虽所居里闬非远，知臣有老母，而不知其既病且衰，委顿支离至于此极也。即部臣推诿之语，概指三人而言，非谓臣当必舍其亲而不之顾也。且臣虽谫陋，而同时荐臣者皆朝廷大臣，其于君亲出处之义闻之熟矣，如臣猎名违母，则其始进已乖，不惟渎致天伦，无颜以对皇上，而循陔负疚，躁进贻讥，则于荐臣诸臣，亦为有腼面目。去岁台司、郡邑络绎遣人催臣长行，急若风火。臣趋朝之限虽迫于戴星，而问寝之私倍悬于爱日。然呼天莫应，号泣就途，志绪荒迷，如堕云雾。低头转瞬，辄见臣母在前，寝食俱忘，肝肠迸裂，其不可渎官常而干禄位也明矣。况皇上至圣至仁，以尧舜之道治天下，敦伦厚俗，远迈前朝，而臣甘违离老亲，致伤风化。有臣如此，安所用之？乃臣自抵都以来，屡次具呈具疏，九重严邃，情壅上闻，随于三月初一日扶病考试。蒙皇上拔之前列，奉旨授臣翰林院检讨，与臣同官纂修《明史》。闻命悚惶，忝窃非分，念臣衡茅下士，受皇上特达之知，天恩深重，何忍言归？但臣于去秋入京，奄更十月，数接家信，云臣母自臣远离膝下，哀痛弥侵，昼夜思臣，流涕无已，双目昏眊，垂至失明。臣仰图报君，俯迫谂母，欲留不可，欲去未能，瞻望阙庭，进退维谷。乃于五月二十一日具呈吏部，未蒙代题，臣孺切下情，惟有哀祈君父。查见《行事例》，凡在京官员门无以次人丁，听其终养。臣身为独子，与例正符，伏愿皇上特沛恩慈，许臣遄归，扶养其母，叨沐圣泽，以终天年。臣母残病余生，统由再造，不惟臣母子衔环镂骨，誓竭毕生，而报国方长，策名有日，益图力酬知遇，务展涓埃矣。

李笠翁渔，一代词客也，著述甚夥，有《传奇十种》、《闲情偶寄》、《无声戏》、《肉蒲团》各书，造意创词皆极尖新，沈宫詹绎堂先生评曰："聪明过于学问。"洵知言也。但所至携红牙一部，尽选秦女吴娃，未免放诞风流。昔寓京师，颜其旅馆之额曰"贱者居"，有好事者戏颜其对门曰"良者居"，盖笠翁所题本自谦，而谑者则讥所携也。然所辑诗韵颇佳，其《一家言》所载诗词及史断等类，亦别具手眼。

闯贼李自成，人皆知因祖坟被掘泄气而败，然知掘坟者为米脂令边长白^{大绶}，而不知设计用智皆门子贾焕成之也。虽长白自纪《虎口余生》亦多隐约其词，未若长白之侄、淮南边别驾^{声威}向予言之历历如绘。当闯贼猖獗时，其兄李自祥改姓张自祥，仍为县役，其意有在。一日，令方坐堂视事，有一人赴诉卖蒜为兵所抢，令命至堂穷讯。其人匍匐膝前，阳作哀诉，阴以手按令足。令解其意，带至后堂。卖蒜者请屏左右，乃脱帽裂缝出封函，曰："吾实内监，此密旨也。"令拜读，乃命掘闯贼祖坟之诏旨。随挥之出，升堂伪偿其值而遣之。然闯贼祖坟实难寻问，又系密旨，不敢声张。其时闯贼逆焰已炽，令忧形于色，寝食俱废。门子贾焕，令素所亲信者，乘间请曰："窃见日来形色举止大异往常，是有大忧郁而不能解者。曷不见告，或可效犬马乎？"令察其言词恳笃，且自念舍此无可告者，遂详吐前事。焕曰："事未可骤图也。今在官捕快张自祥者，本李姓，闯贼亲兄。而县役某某等二十人，皆歃血结盟兄弟，共约贼兵一至即为内应，焕实二十人之一也。今欲知彼祖墓，须与自祥结纳，可徐察之。"诘旦，传祥入内宅，笑问曰："尔本姓李，何以易张？"彼方置辩，焕出，谓曰："吾已细陈底里，不必遮掩。"令曳之起，曰："时事已不可为，天意有在。尔辈皆应时豪杰，予身家方赖保全，何必相瞒？"遂偕焕结拜，出则官役，入则弟兄。久之，乘醉托言素晓堪舆，叩其墓所形势。自祥乃以出猎为名邀之同往，尽知其所在。越数日，闻贼兵将犯潼关，令出七千金付自祥先行投款军前，吾俟入关后即至。尽遣其所好十余人以附行，卫其辎重。祥去，令偕焕并家人潜往伐墓。墓上有大树一株，紫藤垂满，掘至棺，藤根包裹千匝，以巨斧砍断其藤。棺开，有小白蛇一，头角已成龙形，止一眼，其身尚未变遍。尸皆长黄白毛，二三四寸不等，枯骨血润如生。随并蛇斫碎而焚之，扬灰讫。考剖棺之日，适闯贼兵败河南，一目为流矢所中。噫！何天意人事符应之速耶！墓掘毕，觅焕不得，令甚惊惧。多日焕至，令询何往，焕曰："恐自祥有疑复回，则当另图他计。某特送出潼关，令彼心安，乃敢归耳。此地不可久居。乘今闯贼新败，纵有报闻，力不暇及，公已为朝廷立此大功，可谓不负君命，胡不挂印归山乎？"嗟乎！焕一贱役小人耳，何用心谆挚乃尔耶！令遂弃官，焕亦他遁。越数年，长白闲住京师之绒线胡同，忽有一僧，白发苍颜，诣门求见县令。边公有倳亦新选县令，出见之。僧曰："非也。欲见前任米脂公耳。"长白出，僧即跪哭。长白讶其为谁，僧曰："公忘贾焕耶？"乃相持而泣。因向倳追述前事，曰："主与吾岂非明朝暗里之忠臣乎？后世其谁知之？"长白固留不可，与之金不受，为制衣装，一痛而别，不知所终。有明失国，一丐者题诗于壁云："三百年来养士朝，一朝丧乱竟皆逃。纲常留在卑田院，乞丐羞存命一条。"赴水而死，惜其姓名不传。甲寅闽变，浙东温州总兵官祖某潜已通款。一日，伏甲于资福山之大观亭，集众官议饷。巡道陈公丹赤、永嘉令马公珷皆在坐。逆将厉声挑衅云："兵饷不前，士尽饥馁，抄陈道家足以给饷。"有巡道夜不收即夜捕手林义者，挺身前曰："尔欲抄吾道主家，岂非反耶？"遽扶公出。逆将大喝："小人何敢如此！"林曰："吾小人心中惟知有道主，道主心中惟知有朝廷，不似尔享高官厚禄，早已顺贼，一心惟知有贼也！"逆将愈怒，挥甲士寸磔之。二公不屈，皆遇害。后邑人立祠祀两公，庑下设林义像，被皂服，两目瞠视，至今凛凛有生气。余观察温、处，拜陈忠毅公祠，赋七言诗五章，其二、三云："东瓯观察拥专城，牙纛空存不掌兵。元帅逆谋先士卒，谓祖总兵。贤侯同志又书生。永嘉令马公讳珷，陕西孝廉，同遇难，加赠大参。大观亭暗天无色，资福山摇地有声。俱公被害处，今于此处建祠。曾几何时归一死，留芳遗臭两传名。""朝廷何负汝干城，早竖降旗引寇兵。达士报君能尽节，小人为主不偷生。夜不收林义扶公大骂，同时被害。璧分尺寸同贞性，钟用洪纤总发声。海内群公谁作传，双忠名后附伊名。"盖纪其实也。余载《葛庄分体》中。之三人者，下役也。彼门子、丐者、夜不收非素娴诗书礼义之人，而其忠君报主之心，或见于事功，或托诸题咏，或慷慨杀身，名虽不彰，至其成仁则一。以亲反颜事仇、偷息人世，其相去为何如也！当时未有表而出之者，故志之。

明洪武建都江宁，改为应天府，称直隶。及永乐迁都北平，改为北京，曰顺天府，江宁改为南京，曰应天府，称顺天为北直隶，应天为南直隶。本朝定鼎顺天，仍其旧称。盖京有南北者，明南京亦置部院，群臣以洪武旧都命名也。今版图已无南北之分，应天既改江宁府，亦何南京之有乎？既无南京，又何北京之有？顺天应称京师、京都为是。无奈道路传呼，日讹一日，即士大夫亦习焉不察，可为谬误之甚。

凤阳为有明始兴之地，凡府属土著之人向人自称，不曰"敝乡"、"敝处"、"敝府"，而曰"贵乡"、"贵处"、"贵府"，更不少为谦逊。今渐已无矣。

辽东人自署多称"三韩"，非也。《晋书》：韩有三种：一曰马韩，二曰辰韩，三曰弁韩。马韩为高丽，辰韩为扶余，弁韩为新罗，皆东方外国。《汉传》亦谓："三韩各在山海间，地方各四千余里，东西以海为限，即古之辰国也。"又唐太常张卿求仙得幸，少陵以诗讽之，首云："方丈三韩外，昆仑万国西。"考蓬莱、方丈、瀛洲，海中三神山也。方丈在东海中央，四面相去正等，方丈计五千里。盖方丈、昆仑，秦皇、汉武求仙处也。诗意以为秦皇之求方丈，汉武之穷昆仑，皆阔绝不可致之事，岂如张卿奉使求符，往而遂获乎？可见"三韩外"云者，指极远边地为言，而辽东乃汉、晋时内地，乌得以"三韩"称之。

卷二

宋漫堂太宰荦《筼廊偶笔》载曹蜂仪云：闯贼陷京师，有中州士人被掠者，言昔破某邑，与一士人共住一大家楼下。时当暮春，雨中对酒联句。首唱云："风风雨雨送春归"，忽闻楼上续一句："无雨无风春亦归。"两人默然拱听。徐云："蜀鸟啼残花影瘦，吴蚕食罢柘阴稀。嘴边黄浅莺儿嫩，颔下红深燕子肥。独有道人归不得，杖头常挂一蓑衣。"两人登楼视之，绝无人踪，惟飞尘盈寸而已。《列朝诗》亦载是诗，与此小异。再稽《历朝诗》，云："正德间，五羊赵克宽为建安学谕，尝与朋辈郊游，作《送春诗》，俱用'风'、'雨'字。旁有丐者，负莎衣，立和一首，问之不答而去。诗云：'怨风怨雨总皆非，风雨不来春也归。蜀魄啼残椿树老，吴蚕吃了柘阴稀。墙头红烂梅争熟，口角黄干燕学飞。自是欲归归未得，肩头犹挂一莎衣。'"余合二者考之，当以《列朝》为是。律诗无一韵叠用二句之体。"花影瘦"、"莺儿嫩"不合"春深"，中四句一样切脚，尤犯诗病。既已为鬼，何事独称道人，且欲何归乎？结处散漫，全无着落，不若《列朝诗》所存有源有委，句调高老，诗既合拍，事亦近人。

集唐最难对偶工切，语意联贯。惟朱竹垞彝尊《诗综》内所载者佳句甚多，如：去日渐多来日少，别时容易见时难。　去日渐多来日少，他生未卜此生休。　桂岭瘴来云似墨，蜀江风淡水如罗。　风尘荏苒音书绝，人物萧条市井空。　眼前好恶那能定，梦里输赢总不真。　千里关山千里梦，一番风雨一番啼。　惨惨凄凄仍滴滴，霏霏拂拂又迢迢。　佳节每从愁里过，远书忽向病中开。　举世尽从愁里老，暮年初信梦中忙。　故国山川皆梦寐，昔年亲友半雕零。　嗜酒何妨陶靖节，能诗重见谢玄晖。　坐牵蕉叶题诗句，醉折花枝当酒筹。　过桥树叶村边合，隔岸柴门竹里开。　鸟啼云窦仙岩静，树入天台石路新。　杨柳亭台凝晚翠，芙蓉帐幕扇秋红。　天上吹笙王子晋，云边度曲许飞琼。　石窗花落春归处，山店灯残梦到时。　好梦肯随蝴蝶去,离魂暗逐杜鹃飞。　红树暗藏殷浩宅,青山空绕仲宣楼。　碧落有情空怅望,春山无伴独相求。　碧落有情空怅望,白云何处更相期。　啼鸟歇时山寂寂,寒鸦飞尽水悠悠。　归鸟各寻芳树去,寒潮惟带夕阳还。　劝君更尽一杯酒,与尔同消万古愁。　梁间燕子闻长叹,楼上花枝笑独眠。　自愿勤劳甘百战,莫将成败论三分。　世态炎凉随节序,人情反复似波澜。　五千里外三年客,一寸心中万斛愁。　鸟下绿芜秦苑夕,云凝碧树汉宫秋。　衰草斜阳江上路,渔歌樵唱水边村。　朝云暮雨连天暗,野草闲花满地愁。　兰亭旧路曾相识,子夜新歌遂不传。　天长地久有时尽,物在人亡无见期。　自叹马卿常带病,何曾宋玉解招魂。　千树桃花万年药,半池秋水一房山。　中郎有女谁堪托,伯道无儿最可怜。　千里云山何处好,十年书剑总堪悲。　波生野水雁初落,风静寒塘花正开。　独坐黄昏谁是伴,每逢佳节倍思亲。　共说陈琳工奏记,焉知李广不封侯。　萧何只解追韩信,贾谊何须吊屈平。　料得也应怜宋玉,不知何处吊湘君。　能将忙事成闲事,不薄今人爱古人。　阁中帝子今何在,河上仙翁去不回。　滕王高阁临江渚,汉主离宫接露台。　壶觞须就陶彭泽,勋业终归马伏波。以上皆极自然,放翁所云"火龙黼黻手",非补缀百家衣者比也。近复有集陶集杜者,皆不能自然巧合。

门神诗甚多,如"纷纷后辈催前辈,济济新官换旧官"之类。惟唐实君考功孙华一联云:"将军自昔名当户,自注:李广孙名。丞相于今亦抱关。自注:出《萧望之传》。"精切博雅,一时传诵。

豆腐诗,惟查编修夏重慎行有"顾名原合腐儒餐"之句甚佳。又一日入侍,上幸海子捕鱼赐群臣,命赋谢恩诗。编修结句云:"笠檐蓑袂平生梦,臣本烟波一钓徒。"词意称旨。忽奉内传"烟波钓徒查翰林",盖同时有声山学士,故以诗分别之。足见圣心嘉尚,一时以为幸,可与"春城无处不飞花韩翃"同一佳话。

孟翰林端士亮揆,先聘张守戎之女。张官云南,兵戈阻隔,音问不通,及孟贵,遂结婚世族。未期年,滇省荡平,先聘复至,不能却谢,乃分宅而居。张美而端,善文翰,尤工诗。世族之女,祖、父、兄弟皆贵显,孟厚世族而薄单寒,张氏所居,屡月仅一至焉。张赋《秋闺怨》八首，内云："落落秋风班女扇，团团明月窦家机。"其诗遍传，孟不少悔。忽传旨孟亮揆行止不端，着革职。一时快之。

朝鲜使臣至京贺万寿，有一联云："河清适际千年一，嵩寿齐呼万岁三。"莫谓异国遂无奇才。

朝鲜女郎许景樊，八岁赋《广寒宫》、《玉楼上梁文》。此又外属之女神童也。惜其文不传。尤侍讲展成佹戏为补之，见《西堂杂俎》。

明末一大老教子弟勿作古诗，恐坏人心术。或闻笑曰："沈休文始创四声，当为君子第一，但不知何以处渊明。"余以为陶靖节当年尚未有近体耳，至李唐诗人无近体者甚多，岂尽小人耶？近世又鄙近体，云："开手便作七言律，其人可知矣。"则君子小人又何称焉？

九言诗起于高贵乡公，不独作者甚少，知者、见者亦少。杨升庵《梅花》一律云："元冬小春十月微阳回，绿萼梅蕊早傍南枝开。折赠未寄陆凯陇头去，相思忽到卢仝窗下来。歌残水调沉珠明月浦，舞破山香碎玉凌风台。错恨高楼三弄叫云笛，无奈二十四番花信催。"不过存此一格，恐难得佳也。

古人才深似海，胆大于天，故命意造句咸出人意表。然亦有平中见奇，为今人不敢道亦不肯道者。如李德新之"东西南北人"，用夫子成语犹可也。若古诗"鱼戏荷叶东，鱼戏荷叶西，鱼戏荷叶南，鱼戏荷叶北"，四句止更四方，并不叶韵。杜少陵"西川有杜鹃，东川无杜鹃，涪万无杜鹃，云安有杜鹃"，四句一韵。韩昌黎"鸦鸱雕鹰雉鹄鹍"，连用七鸟名。罗昭谏"一二三四五六七"，连用七数目。更有连用七"然"字、五"休"字成句者。又欲以极鄙极俗之语，化为出风入雅之句，为可怪也。然惟古人为之，今人则不可耳。

"雪压长林万木低，经句不共野人期。蹇驴借得如黄犊，犹怕山桥未敢骑"。此不知何人佳句，粘贴桃源村舍壁上。或是古作，或是近诗，俱未可定。惜予读书不多，即多亦弗能记忆耳。一见赏心，何其静雅谨慎之至也。

漂母祠题句颇多，一望皆黄茅白苇，无足取者。惟有一绝："我携千金来，但买淮阴酒。平生耻受恩，长揖谢漂母。"词意超脱，不与众同，但不落姓名。或曰："此海宁陈素庵诗，为人抄袭耳。"

《论语》内无"此"字,四书、五经无"真"字,曾经细查,洵然。

崽音宰,北人呼小儿之不慧者。楚湘、沅间凡言是子者,亦谓之崽。囝,通用俗字也。

璺音问,原本玉破有纹者曰璺,今凡器破而未离者皆用此字。

話音诈,上声,与诸字有别。申敬中云:"万历间,京师有四川卫官話宠,唱名时呼'诸宠',不应。唱毕独留,问何姓名,对曰:'話宠。'"此姓罕见,存以备考。

戤音盖,以田地租人收种,年满仍退者。

庹音托,丈量物件,两手舒平为一庹。今河工多用之。而此字与"戤"字,《正字通》《字汇》皆不收。

尤展成侍讲才学典丽,著述传诵海内。世祖章皇帝见其《西厢》时艺,大加称赏,趣召入而先帝升遐矣。康熙己未试博学宏词,入翰林。然每自伤未由科目,故于诗文常寓志云:"汉以策制科,而班、马、扬雄不遇;唐以诗取士,而李、杜、浩然见遗。"又《题钟馗像》云:"进士也,鬼也;鬼也,进士也。一而已矣。"又《李白登科记》云:"你曾见那个状元会题诗来?"是虽一时感愤之言,人皆曰:"不留公卿门生地乎?"文人落笔当从忠厚和平,怨而不怒,古人有以教我矣。

有督学江南者,待幕友薄甚。群诮之,乃集四书句缩脚为诗云:"抛却刑于寡,来看未丧斯。只因三日不,博得七年之。半折援之以,全昏请问其。"结句未就,群哄而笑。适东君至,讯知其由,乃续曰:"且过子游子,弃甲曳兵而。"一章皆用四支韵,通押虚字,亦奇构也,结句更出意表。少时过淮阴,盐城县丞何素之_{之泗}为余言蔡昆阳状元_{启僔}二事:一,蔡公车投刺山阳令,盖同年而先仕者。批其刺,令阍者查明。蔡拂然北上,殿试及第。令以厚币请罪,蔡却之,答以诗曰:"一肩行李上长安,此日应怜范叔寒。寄语山阳贤令尹,查明好向榜头看。"一,蔡狎一妓,临别赋《罗江怨》调:"功名念,风月情,两般事,日营营,几番搅扰心难定。欲待要、倚翠偎红,舍不得黄卷青灯、玉堂金马人钦敬。欲待要、附凤攀龙,舍不得玉貌花容、芙蓉帐里恩情重。怎能勾两事兼成,遂功名又遂恩情,三杯御酒嫦娥共。"彼言如此,未知果否。

平凉太守杨次也守知，其先为邠睢河官，相与辨论古今，改正诗文，虽僚友若窗友也。贱辰二月十六日，赠诗有云："月当既望光才满，春过平分气始和。"可谓清切之甚。一日，约效力诸君游依绿园，分韵赋诗。余有句："胜地风云诸子会，名园松柏老夫来。"次也向诸君曰："只觉刘公诗句持在手中都是重的。"

偶于友人案头见拙刻《葛庄集》，朱批："此亦出入香山、剑南间而未纯者。"曲阜孔东塘尚任乃曰："宋人之句，唐人之调。"余则何敢。惟朱中立评苏允吉大司马诗曰"格不高而气逸，调不古而情真"二句，吾所深服。余有《酉时立春作》，内一句云："春向斜阳尽处来。"丹徒夏庶常慎枢云："此士人称公为'春阳先生'也。"

关夫子殿额多用"志在春秋"。郴州刘广文峒自嘲曰："此四字似可移书苜蓿斋中，专为吾辈而设。吾无奢望，惟望二丁祭得肉食耳。是亦志在春秋也。"闻者绝倒。又有谑广文一联："耀武扬威，带裤打门斗五板；穷奢极欲，连篮买豆腐三斤。""带裤"、"连篮"，更觉形容过甚。山阳司训陈求夏履端，乃其年检讨维崧之子也，十年来微禄不足以糊口，时卖文以资不给。先，其年有《箧衍集》，选予诗若干，付梓，竟尔遗落。询之求夏，曰："此集刻于先人身后，为人窜易，稽其原本，不独公诗未登，今现存未刻者尚多过半。拟刻《箧衍续集》以成先志，苦于俸薄不足以供剞劂，奈何！"

门人常近辰建极，天资聪敏，力学工诗。余以一札勉之，覆书云："捧诵手谕，宛如侍立左右，亲聆教言。但建极自受业门墙，矢心惕厉，惟恐入于小成，有辜大教。无如天分低微，终难上达。又兼三四年来浮萍断梗，讲论无人，未免自以为是，所谓'差以毫厘，失之千里'者矣。昨细读批示拙作，如梦初醒。今后更当多读、多作、多改，细心体察，不但不敢有负指教，亦断不肯自安于卑近也。"披阅之下，足见其服膺好学，深可嘉尚。当此年力富强时能虚怀如此，其后又何量焉。

　　附原书　仆与足下订交有年，会必谈诗，别必寄诗。外人见之，莫不曰："此二诗人也。"然足下数年前之诗与今日之诗无异，殊为惜之。何也？写景不过陈陈相因，几字数言而已，写情不过碌碌无奇，肤词习句而已。求炼一超脱之意，出一惊人之语，成一俊逸之篇，不易得也。如此虽再过十年，再成千首，亦何益哉？向见《吊孙》七古一篇，可称杰作，以为手笔开展，自有进境。孰知此后仍寥寥焉。以足下英敏之资，灵秀之笔，何忍安于卑近？然非读古学古不可也。老生常谈，辄曰《选》体、汉魏、六朝、初盛。此岂易言哉？不过好高务远者之夸示于人耳。扼要之法，但取与我性情相近者，如唐之钱、刘、香山，宋之后村、石湖、剑南，明之季迪、茶陵，推而广之，如宋之永嘉四灵，元之虞、杨、范、揭，明之前后七子，选其集中之最者，熟读而玩味之，揣摩而讨论之。即不能苦心探索，亦当采择而涉猎之。痛谢熟径，尽去窠臼。三五月后，郁勃而出，奋笔疾书，眼前意中，自然清真，当必有过人者矣。要知古人言景言情，不能出于云泉、花月、觞咏、狂愁之外。我能化腐为新，点铁成金，即足名家，兼能传世耳。此足下对症之药也。

燕赵道上有石碑，勒"子路宿处"，土人名其地曰"石门"。拙作有"僻地得先贤，一宿传千古"之句。据圣裔博士孔东塘云，石门在曲阜北四十里，登泰山必由之地。子路，卞人。卞城在石门东南四十里。子路之齐、之鲁，道经石门，故宿焉。观晨门之问、子路之对，皆乡邻语，故知非他国之石门也。天下石门有十余处，或山名，或地名，独此石门乃齐郑盟会之所，见于《春秋》，为最古也。

孔东塘向余云："石门山峰秀拔，林木郁葱。杜工部《陪刘九法曹郑瑕丘石门宴集》诗云：'秋水清无底，萧然净客心。掾曹乘逸兴，鞍马到荒林。能吏逢联璧，华筵直一金。晚来横吹好，泓下亦龙吟。'欲于此处建一秋水亭，君当任之。"余随庀材鸠工，以成此役，与春山馆相对。春山馆者，在山之南麓，即张氏隐居也。张氏字叔明，鲁国诸生，为"竹溪六逸"之一。杜子美访之，有"春山无伴独相求"之句。"秋水"、"春山"，可称绝对。

　　附东塘书　石门山者，诗人社集之所也。夫子开其端，李杜承其绪。而我两人遥遥相对，一席不散，岂可滥入邪派，混我吟坛。修葺之举，似不宜更让他人也。记石门胜迹甚夥，惟秋水亭为全山冠冕，工宜亟举。况山中建造不须高大，在有力者为之，如编一鹤笯耳。竹木选就，凿枘合成，一水盈盈，载至兖郡，距山才七十五里耳。弃舟登车，至彼合架，不日之工，新亭成矣。开名山之生面，成敝里之奇观，先生之风山高水长，孰得而泯没也。独念我两人年逾周甲，事须早就，不但乘时可为，亦须亲眼见之，亲身享之。弟经营四十年，仅能种树千章，并未加一绹一茅。今得先生慨然任秋水亭之役，其余春山馆、晚兴楼，何敢重烦物力。但续续商略，或有机会。料得天下贤者，必无一部《葛庄集》镇此石门者。相须殷，相遇疏，固其宜耳。

　　附孔东塘《建秋水亭记》　石门山形如蟠龙，前有台曰颔珠，幽谷之水所由泻也。石骨多窍，水之渟者深不测，夏秋间常喷腥雾，疑有蛰龙，士人呼为"龙泓"，祷雨辄应。泓上石基平旷，能收全山之胜。唐杜子美陪刘九法曹、郑瑕丘宴集于此。后之游人，临水濯缨，多咏杜诗。惜无片石可扪，把茅可憩耳。予每来必步此基，慨焉永叹，穆然长思，欲构小亭而刻诗于壁，一以栖前哲之灵，一以迟后贤之驾。区画三十年而榛莽如故，但乞郑簠书一"秋水亭"额，携之行箧，展玩而已。嘻，老矣！甲午冬薄游淮南，得遇在园观察，语及石门之胜，且叹亭之未建而诗之未刻也。在园毅然曰："此诗人事也。肯让予为，予何幸也！"即日选材命匠，不浃旬而亭与碑成矣。即日舟载北来，不浃旬而翼然临于龙泓之上矣。千年缺事，一旦补之。予把酒落成，觉峰峦溪涧莫不趋赴此席，宾客丝竹无非凑泊此诗。所谓颔珠台者，有此亭与碑，非真龙颔之珠乎？异日者，在园先生莅我东土，过石门而览胜迹，予也追陪宴集，倡予和汝，必有名篇雅什辉映石门，当不似刘九法曹、郑瑕丘仅费华筵之一金，而甘以"秋水"八句让子美也。康熙乙未三月，云亭山人孔尚任喜而记之。

见近日布衣寒士，专以傲慢荐绅为是。细考其抱负行止，全然傲慢不起，真是井蛙观天。近日后生小子，专以指摘前辈为能。细扣其学问见识，全然指摘不着，真是蚍蜉撼树。此辈不独可笑，实可哀已。

吴人吕文兆_熊，三十年旧交也。性情孤冷，举止怪僻。一夕席间，吕举一令，各诵鬼诗，如"下有百年人，长眠不觉晓"，"自怜长夜客，泉路以为家"，"寒食何人奠一卮，骷髅戴土生春草"，"自去自来人不知，归时惟对空山月"，"西山一梦何年觉，明月堂前不见人"之类。余后举明人焰口诗："有身无首知是谁，寒风偏射刀伤处。"吕拍案叫绝，以为驾长吉而上之。好尚如此，其人可知。先年所衍《女仙外史》百回，亦荒唐怪诞，而平生之学问心事，皆寄托于此。年近古稀，足迹半天下，卒无所遇。近以陆伯生、蔡九霞纂缉《广舆记》止详注各府而略州县，不足备参考，乃编成《续广舆记》，颇为详明，以卷帙浩汗，尚未能付梓。

佟图南_{世京}，才人而有气节者也。平昔以诗酒为缘，循循儒雅，绝无窘乏之状，即诗亦无寒乞语。不意一病不起。卒后无以为殓，惟敝衣数件、质票数纸而已。故余挽诗云："高品能孤立，英才未一伸。开箱无长物，至死不言贫。"与杨次也太守比屋而居，挽诗云："士品最难穷里见，分灯从不借邻光。"太守感余诗内有"有名虽县令，其实乃诗人"之句，遂题曰"诗人佟图南之墓"。友人常定远为之勒瑉。

余诗《将进酒》直用太白"一杯一杯复一杯"句，刻成悔之。门人尹半檐_{颖慧}曰："古人诗有直用古人者：'柳色黄金嫩，梨花白雪香'，阴铿句而太白直用之。有用古人句而增字佳者：'水田飞白鹭，夏木啭黄鹂'，李嘉祐句而王右丞加以'漠漠''阴阴'，遂夺为己有。更有直用己句者：许仰晦'一尊酒尽青山暮，千里书回碧树秋'，一见于《京口闲居寄两都亲友》，再见于《郊园秋日寄洛中故人》。有今人直用古人之句者：如王新城先生《渔洋集》怀人诗'道予问讯今何如'与'道甫问讯今何如'，同直用少陵，不少嫌也。况所用太白成句非出色佳构，不过平率无奇者。若欲抄袭，何取乎此？"识者自当知之。

余诗"童去自埋生后火，饭来还掩读残书"，或谓直抄放翁。然陆句"呼童不应自生火，待饭未来还读书"，余变其意，非直抄也。

刑部王主事_鎰善诙谐，行二而麻。由外城入署，至椿树胡同，见男妇斗殴，众拥难前。兀坐小轿中，成打油诗一律："人心天理偶然差，哄起张家与李家。一脚飞来头有血,两拳挥去口无牙。缨冠往救亏三嫂,袖手旁观是二麻。乱挽青丝呼好打,明朝必定到官衙。"闻者无不绝倒。一时喧传都下,因达大内。后王转员外郎,引见时,侍卫诸君齐指曰:"此即袖手旁观之王二麻也。"

董甥起裕请问曰:"古人单词片语脍炙千古,如'空梁落燕泥'、'池塘生春草'、'云中辨江树'、'枫落吴江冷'、'微云淡河汉,疏雨滴梧桐'之类,此人人共知者。近见阮亭先生所称'雨止修竹间,夜深流萤至',果幽静绝伦。至'大江流汉水,孤艇接残春'二句,反覆思索,不得其佳处,何也?"答曰:"新城天资学力非比常人,所取皆最上乘,必格韵高妙方可入眼。吾辈初学人自当循序渐进、登高自卑为是。绚烂之极归于平淡,未能绚烂而先平淡,恐涉画虎不成之病。'孤艇残春'句,不必思索,工力若到,自能知之,莫疑为英雄欺人语。"

明季一富户有二婿,一已为守备,一尚是儒生。富户轻生重备。后备历升副总兵,任边上。生联捷南宫,以御史差巡九边。过其境,副总披执郊迎,夜带兵马拥护。五鼓,副总亲为传报,禀请阅操。生于枕上赋一绝云:"黄草坡前万甲兵,碧纱帐里一书生。而今始信文章贵,卧听元戎报五更。"

陈健夫于王诗名颇著,与检讨其年通谱,雅善。其年《箧衍集》选刻其诗。然才而僻,合己者胶漆,稍违趋向则冰炭矣。为诗宗杜,故近体多五言。性豪诗酒,不乐仕进,类晋人之放诞。使其检束身心,努力经济,功名正未可量。况汉军比诸汉人出身稍捷,而汉军同辈者仕多华胤,健夫虽遨游所至,延接甚欢,然垂三十年,终于韦布。甲午夏,过予袁浦,征歌文宴,把杯索扇,立成三绝,以赠小部之佳丽者。未几北返。近晤曲阜孔东塘,知其卒于东鲁,殡于友室,悲夫!

陕川总制、大司马孟公乔芳为开国元勋,亦清廉第一。世祖皇帝念其功懋,给以世袭阿达哈哈番。其长君自幼丧明,圣恩准其承袭俸禄,照常支给。虽盲其目,能聪于耳,通文翰,善应对,且能诗。每于稠人坐中闻声即辨某人。一日遇诸涂,余于马上问起居,即答曰:"刘世翁好,违教将两月矣。"同行者俱愕然。且每会必问:"近日有佳作否?试为诵之。"入耳心通,颇知句之美恶。其自著累累成帙,最得意者《写怀》五律二十首。犹记腹联云:"一官惭报国,十载羡归田。"余亦清通。

施侍讲愚山先生闿章家居,先君任宛陵时甚为莫逆。戊午,先君见背。己未,先生以中堂交荐博学宏词,赴召入都。过余赐第,亲至先君神主前,拜毕痛哭。设座,对主谈曰:"老公祖久别,不复相见矣。治弟本期终老林泉,公曾劝余出山,坚执未从。今一旦再入长安,究竟学何曾博,词何能宏?抚心滋愧,不独无面对公,未免为猿鹤所笑耳。谬承圣恩,叨授词林,实无报称,行将归矣,非负知我也。有《应召》二律,请为公诵之,可以鉴予心矣。"犹记一联云:"黄阁怜知己,青山解笑人。"诵毕,以刻笺焚于主前。再拜,又哭,复拱曰:"公郎少年,锐志于学,其诗清真,不落浮响。予敢不以前辈自居,相期有成乎。此即所以报公之万一也。"娓娓多言,正容恭敬,俨然生人面谈。童仆多窃笑之。然前辈于交情知己,死生不为少变,愈见古道焉。

边桂岩别驾声威,性癖挝鼓,尤妙《渔阳三弄》,今时无二手也。自言传诸旧内宦,然仅得大旨耳。至摹拟尽致,皆从心会。闻其初学时,起居坐卧、饮食寤寐,惟鼓是念。每常对客两手动摇作掺挝状,自亦不知也。与余同官袁浦,间一试之,穷数十刻之力方尽其妙。予为赋《挝鼓词》三十二韵。嗟乎! 正平后千古传心,桂岩一人而已。桂岩亦忧失传,思得愿学者授之,而卒无一能师其艺者,真绝技也。

附《挝鼓词》 《春光》一奏柳杏妍,《秋风》再奏叶盘旋。明皇自制《春光好》、《秋风高》二曲。孰能上夺天公权,临轩纵击鼓渊渊。群音之长推鼓先,万物和气赖以宣。劈空制造感圣贤,后人沿习乐便便。寻常冬冬杂管弦,未若今日掺挝全。中庭饮罢撤绮筵,有客解衣耸双肩。接捶到手屡变迁,初犹散漫继缠绵。忽惊霹雳下遥天,金戈铁马捣中坚。须臾檐溜雨连连,众语嘈切满市廛。有如长林断续蝉,有如落盘珍珠联。并将双捶暂弃捐,用爪用指用老拳。最后一通更轰阗,河流入海汇百川。耳根莫辨声万千,坠石一声方寂然。座客改容叹有缘,醉者以醒病者痊。渔阳绝技谁能专,淮阴别驾三韩边。愿君之寿如偓佺,不尔其后恐失传。别驾祖籍高丽。

天许楼宴集,诵古诗为下酒物,欲各搜从来武人之能诗者,或纪

全篇,或采警句,亦吟坛胜事也。坐中陈求夏履端、杨次也守知、吴吉人
蔼、尹半槎颖慧、梁简臣天眷、王若士胧、吴谦侯邦亨、陈朗行缸、纪异三曾
撰、陆紫函大奇、费厚蕃锡琮、董甥起裕、大孙永钺、二孙永镳、三孙永锡,咸欣
然而应。有独诵一首者,有连记一人数首者,有诵其警句或警联者,
有能诵长篇偶忘一二句而他人补之者,有三四人共记一首,更有上下
讹错,别后检查改正补到者,皆附录之。以时代叙先后,独明诗为最
多。然一时兴会所至,亦不足以尽武人之诗也。梁曹景宗《华光殿宴
联句余韵》:"去时儿女悲,归来笳鼓竞。试问行路人,何如霍去病?"
唐洪州将军《题屈原祠》:"行客漫斟三酹酒,大夫原是独醒人。" 雁
门郡王王智兴《徐州使院》:"江南花柳从君咏,塞北烟尘独我知。"
宋左千牛上将军曹翰《内宴应制》:"三十年前学六韬,英名尝得预时
髦。曾因国难披金甲,不为家贫卖宝刀。臂健尚嫌弓力软,眼明犹识
阵云高。庭前昨夜秋风起,羞见团花旧战袍。" 岳武穆公飞《题齐山
翠微亭》:"经年尘土满征衣,得得寻芳上翠微。好水好山观未足,马
蹄催送月明归。" 明定襄伯郭登,武定侯英诸孙也,有《联珠集》。
《滇牙山》:"险瘴南来独滇牙,天分蛮獠与中华。万盘山绕一丝路,百
丈峰开千叶花。毒雾瘴烟相映霭,鸟声人语共咿呀。停骖每劳征南
士,莫听啼猿苦忆家。"《普安道中》:"竹暗藤荒路欲迷,一重山度一重
溪。枯槎偃蹇如人立,蛮语侏僮似鸟啼。花底雨晴飞蛱蝶,水边冬暖
见虹霓。只应风味堪题处,三寸黄柑压树低。"《入缅取贼早发金沙
江》:"征帆如箭鼓声齐,舟渡金沙更向西。石栈夜添蛮雨滑,晓江晴
压瘴云低。水边乌鬼迎人起,竹里青猿望客啼。又隔滇阳几千里,桐
花榕叶晚凄凄。"《军回》:"两行旌旆引鸣笳,万骑宵严不敢哗。隔岸
水声冲石响,罩山云脚受风斜。孤村月落时闻犬,古塞春残不见花。
归骑莫嫌征路滑,凉风吹雨洒尘沙。"《寄泾州守李宏》:"泾阳太守如
相问,更比来时白发多。"《蝇》:"苦不自量何种类,玉阶金殿也飞来。"
《梅子》:"莫倚调羹全待汝,世间还有皱眉人。"《塔顶》:"不知眼界高
多少,地上行人似冻蝇。" 参将汤引勋《题壁》:"战酣日落阵云开,
百骑难当万马来。血污游魂归不得,幽冥空筑望乡台。" 戚武毅公
继光《止止堂集》:《登石门驿新城眺望》:"万壑千山到此宽,城边极

目望长安。平居自许捐躯易,遥制从来报国难。尚有二毛惊岁变,偶闻百舌送春寒。庙堂只恐开边衅,疏草空教午夜看。"《盘山绝顶》:"霜角一声草木哀,云头对起石门开。朔风卤酒不成醉,落叶归鸦无数来。但使雕戈销杀气,未妨白发老边才。勒名峰上吾谁与,故李将军舞剑台。"《度梅岭》:"溪流百折绕青山,短发秋风夕照闲。身入玉门犹是梦,复从天末出梅关。"　俞武襄公大猷《正气堂集》:《挽薛养呆》:"伐木风不还,今古几心知。我与君结契,相期弱冠时。平生一然诺,盛衰永不移。我善君相助,我过君相规。嗟君忽奄逝,一老不慭遗。昔为暂离别,今作长相思。戚戚重戚戚,良朋今有谁。"　万都督表号鹿园居士《玩鹿亭稿》:《悯黎吟》三之一:"虎兕□来犹可奔,狼师一来人无存。大征纵杀玉石焚,昔人雕剿只一村。雕剿功成赏不厚,大征荫子还荫孙。杀一不辜尚勿为,何况万骨多冤魂。"《山亭纳凉》:"一亭梧竹里,迥出市尘间。石径缘萝入,江峰对座闲。海云朝屡变,山鸟暮双还。别去衡茅下,思君懒闭关。"《宫女叹》:"莫向云屏羡阿娇,暂将清泪度春宵。带围自此拼长减,待得君王爱细腰。"刘指挥使锐《春台集》:《和徐东滨》:"何处幽栖好,城西有茂林。山来当户翠,竹长隔墙阴。哺子飞梁燕,窥鱼下水禽。闭门无所事,赤日任流金。"　余参将承恩《鹤池集》:《感兴》:"白日沉西陆,返景流东岑。端居屏尘翳,欣然理鸣琴。大雅金不悦,驰情在郑音。违俗信靡合,安可同荒淫。达人宜止足,嘉遁我所谌。富贵苟非我,一唾麽千金。"《答草池约泛蓉溪》:"春来花鸟总关情,夜雨愁听不到明。怪杀主人犹病酒,晴江鼓柂放舟行。"《泛舟》:"芙蓉溪水三尺强,苍苍两岸花草香。若待长江新涨合,撑舟直上小茅堂。"《望忠州》:"高江落日片帆秋,岸上鱼罾次第收。无数峰峦云雾里,舟师指点认忠州。"张都督通《游西林庵》:"野寺萧条一径微,山僧相见语禅机。云深石洞玄猿伏,烟锁松林白鹤归。上界疏钟通碧落,边城鼓角送斜晖。浮生自觉浑无定,欲解鸣珂问钓矶。"　周京营都督于德《平乌剌江》:"春搜马迹遍南荒,彝獠新降罢画疆。绝壑危岩通鸟道,飞旌叠鼓绕羊肠。黔泸东下归辰浦,箐砦西来接夜郎。王化远行铜柱外,炎州万里尽梯航。"　张指挥元凯《伐檀集》:《春日游西苑》:"宣室临西苑,灵台对籍田。宫莺迷绿雨,厩马饮清川。柳引金堤直,松含玉殿圆。先皇受釐处,寂寞锁春烟。"《西苑宫词》:"九献不须歌旧曲,词臣昨已撰芝房。""大官不进麒麟脯,御馔惟供五色芝。""水旱恐烦祠后土,未央深处好祈年。""朱衣擎出高元殿,先赐分宜白发臣。""拜舞不同郊社礼,科仪一一圣人裁。""进来白鹿高于马,驯扰金阶不畏人。" 李千户元昭《峋嵝山房集》:《送周虚岩归吴》:"返棹岁将晏,离亭酒共斟。岛云寒没影,江日冻生阴。莫惜飘蓬迹,应伤折柳心。丘中别同调,聊复理鸣琴。" 黄参将乔栋《听秀上人弹琴》:"高僧理鸣琴,古调盈人耳。涛生松下风,龙起钵中水。听罢犹泠然,月出疏篁里。" 张右都督如兰《功狗集》:《吴门夜泊》:"帆影初抽落日斜,江桥风涌太湖沙。行人莫上苏台望,无复吴王苑里花。" 狄参将从夏《月夜同刘天山作》:"孤馆寒灯夜,相看听晚笳。清宵醒客梦,明月落梅花。碧海潮声急,清霜雁影斜。不堪怜岁暮,况复是天涯。" 袁守备应戡《郑司马入塞歌》:"十载筹边鬓欲秋,玉门生入未封侯。君王岂惜师中命,尚有山阴十六州。" 奚百户汝嘉《旅怀》:"十日雨初霁,一年春已残。苔痕蚀径滑,草色酿阴寒。昔悔从军易,今悲作客难。殊方有桃李,能得几回看。" 陈百户鹤《海樵集》:《夜坐见白发寄别朱仲开张瓯江》:"坐久北风起,江声带远沙。客愁初到鬓,乡梦不离家。林静无残叶,灯寒有落花。怀君夜难寐,别绪转如麻。"《高邮赠龚山人》:"近苦江东水,转怜淮北居。入秋尝白稻,留客脍青鱼。树栅春收筱,穿潮夜灌渠。期君结乡社,同著养生书。"《泊京口望金山寺》:"南徐一片石,千古柱中流。绕树开僧舍,缘空结梵楼。疏灯明水底,落月挂潮头。向晚禅钟起,风吹到客舟。"《题杨法部容闲阁》:"阁傍江城外,窗开云水间。只因尘境远,自觉主人闲。日落见归鸟,月明看远山。移船候潮至,相送野僧还。"《写山水》:"夜来风雨恶,落叶打柴关。晓起敞溪阁,乱云犹在山。"《题画赠姜明府》:"暮云春树路千重,雪后看山到处同。夜永灯寒无过客,月明江色满楼中。"《送张伯淳还关中》:"怜君独棹渡黄河,西北山川入雍多。料得到家春未至,马蹄半在雪中过。"《送王谏北上》:"东去春潮到驿门,半江风雨近黄昏。由来知己难为别,不是殷勤恋酒尊。"《吹笛怀友》:"玉笛横吹入

夜分,中天华月度流云。茗川两岸春风起,飞尽梅花不见君。"外摘佳
句如:"近海潮通郡,连山瘴入楼。""山川留别夜,风雪望乡人。""孤月
长随棹,寒潮自到门。""绕庐松叶暗,穿竹水声齐。""明月几家好,故
人今夜俱。""床下鸣蛩偏入夜,风前白苎不宜秋。""风尘会面犹难卜,
世事伤心只自知。""细雨残灯歧路酒,清江红叶寺门舟。""薄游两见
雁归塞,多病却憎花满楼。""高士远栖沧海曲,好山多近永嘉场。""山
深倦鹊犹依树,风定飞萤忽上楼。"　陈游击将军第《寄心集》:《岁暮
客居呈焦弱侯》:"仲尼本周流,忽发归与叹。意在就六经,匪为思乡
串。嗟我老无闻,托兴游汗漫。邈想古通人,反侧常宵半。秣陵一君
子,少小登道岸。嗜学自性成,羲易旦夕玩。近得从之谈,恍上中天
观。诗书数千载,立语穷真赝。欣然遂忘家,何知有岁晏。"《邵武舟
次》:"樵川泛轻舟,青山起当面。薄雾频往还,奇峰互隐见。滩滩若
峻坂,下下如飞箭。秋容西楚同,人语南方变。茂树杂村烟,澄溪胜
江练。始知溯洄艰,转喜随流便。对景持一杯,幔亭未足羡。"《禹碑
行》:"岳麓神禹碑,何年镌刻之。真迹虽莫窥,字体殊玮奇。俨如冠
冕之独立,矫若凤鸟之来仪。或盼而连目,或耸而并肩。或展而双
足,或握而两拳。神藏蕴蓄,意骋蹁跹。既非鸟迹之踏踏,亦非垂露
之涓涓。篆隶八分,抑又邈焉。计历年之既久,何点画之新妍。岂鬼
神之默护,故岁久而弥鲜。据译读之恍惚,未必当日之真传。余过长
沙弗觉,偶至湘潭返船。直肩舆而迅步,遂冒雨而陟巅。喜胸襟之豁
涤,独坐玩而弗旋。昔韩退之尝千搜而万索,至咨嗟而涕涟。予实迷
途之未远,无亦此生之宿缘。"《山中迓秋》:"春夏讵能几,凄凄白露
还。秋容先到草,客意未离山。石鼠窥禾去,清蝉抱树闲。人生衣食
外,焉用苦间关。"《江心寺除夜》:"偶过江心寺,何期又岁除。百年俱
逆旅,信宿即吾庐。岸隔遥呼酒,厨寒剩煮鱼。客游随处好,鬓发任
萧疏。"《客中立秋》:"蒸湿前朝雨,凄凉今夜风。秋声先蟋蟀,露气到
梧桐。顿觉绤衣薄,尤怜旅囊空。潞河问舟楫,明月向吴中。"《闽关
旅夜》:"已是吾乡土,离家尚十程。疏窗通野色,孤枕傍松声。摇落
秋难赋,悲歌夜不平。仆夫催晓发,烧烛待鸡鸣。"《维扬谒文信公
祠》:"万死艰难地,千秋伏腊新。山河终破国,天地已成仁。江橘南

中像，岩松雪后春。徘徊歌正气，不觉泪沾巾。"《过蓟州》："燕京八千里，复作蓟门行。剩有溪山兴，能忘沙塞情。朔风摧短草，寒月近长城。流涕二三策，何人似贾生。"《追怀宜黄大司马谭公》："昔年飘泊入燕京，制府怜才意不轻。献策独过司马署，分符旋赴蓟州营。只夸相国知韩信，无复功臣妒贾生。秋草春风今日泪，不堪回首楚江城。"《元夕宿泉州洛阳桥》："春风又渡洛阳桥，柳色青青伴寂寥。回首故园今夜月，满江灯火上寒潮。"《送戚都护》："辕门遗爱满幽燕，不见烽烟十六年。谁把旌旗移岭表，黄童白叟哭天边。"《塞外烧荒行有云》："年年至后罢防贼，出塞烧荒滦水北。枯根朽草纵火焚，来春突骑饥无食。"又云："隆庆二载谭戚来，文武调和费心力。从前弊政顿扫除，台城兵器重修饬。迄今一十五年间，闾阎鸡犬获宁息。谭今已死戚复南，边境危疑虑叵测。患难易共安乐难，念之壮士摧颜色。论者不引今昔观，纷纷搜摘臣滋惑。" 临淮侯李太保言恭《青运阁》、《贝叶斋》、《游燕》诸集：《花朝》："二月寒犹峭，燕山雪未消。春来无草色，病里又花朝。鸿雁乡书断，关河旅梦遥。武陵溪上约，今已负渔樵。"《赋得匡庐山》："匡庐凌碧落，青磴与尘分。湖海远还见，雷霆低不闻。石门鸣宿雨，瀑布湿流云。独有山人屐，常随飞鸟群。"《送仲弟南还兼怀老亲》："无限离愁匹马前，况多风雨断鸿边。板舆未得归潘岳，春草何堪送惠连。伏枕梦回沧海月，登临望极白云天。飘零若见高堂问，双鬓休言异昔年。"《李金宪招饮黄鹤楼》："胜地惭非作赋才，清尊今向大江开。当年黄鹤云中去，何处梅花笛里来。风卷潮声喧岛屿，日斜帆影上楼台。相逢俱是他乡客，衰草浔阳漫复哀。"《显灵宫》："先帝祈灵太乙祠，重来空忆翠华旗。殿中香火仪犹具，海上仙人事转疑。客与方书闲指画，老来诗律旧心思。调高身健惭时辈，杰阁凭阑眼故迟。" 沐定边伯昂《素轩集》："流水小桥杨柳绿，落花微雨鹧鸪啼。" 王总戎钺："金缕且歌新乐府，铁衣休话旧军功。"

聂晋人先，吴人，才学颇富，手眼亦高，但性情冷僻。吕文兆狂士犹呼之曰"聂怪"，其为人可知矣。己巳游武林，选刻《西湖三太守诗》。太守为谁？魏苍石麟徵、苏小眉良嗣，以予三摄杭州，亦滥厕名其中。二公才人也，予何敢并列焉？晋人行时，予适病中，赋诗话别云：

"拟共西湖放画船,锦塘秋水六桥烟。担囊竟去君何急,伏枕偏当我未痊。两地云山劳一梦,他时风雨忆今年。若逢同学人相问,酒胆诗肠近索然。"

周少司空蓉湖清原,毗陵旧家。素贫,攻苦力学,博极群书,不以窘迫自介,有拂意事处之淡如。曾祈梦于忠肃公祠,公延之上坐,礼甚恭,临别谓曰:"你的事在我,我的事在你。"己未召试博学鸿词,授检讨,纂修《明史》。及后督学浙江,道出毗陵。先是,内家官侍御,其连襟则进士中翰也。每司空至侍御宅,皆从左右门自为出入,独中翰至,则开中门迎送。今司空一旦登翰苑、典文衡,而侍御且郊迎不暇,何况中门?司空乃步行往谒,仍从侧门而入,侍御固请不从。其中翰、侍御皆随从侧门入焉。其不以贵自骄如此。抵浙,拜忠肃公祠,既悟优礼之不谬,益知"我的事在你"者,盖《明史》中《于传》出司空手笔也。丁卯典试山东,次日揭晓,元卷尚不惬意。隐几假寐,见一猴跳跃而前,司空遽以剑击之,猴入箱而没,大叫惊醒。同事者问之,遂详以告,乃自解曰:"猴者,猿也。猿、元同声。剑为金刀,明日为辰,今日卯日,毋乃姓刘者合中元乎?"启箱,果于落卷中检得刘瑛卷,大快心赏,遂定为元。榜出,山东省有知人之颂焉。

倪永清匡世选《诗最》四集,可为富矣。人各前一小传,后一小跋,意不重复,句不雷同,适如其人,洵一代高手也。惜其龙鱼溷淆,间亦有出于永清审易以代成其名者。盖名士多穷,借此卖文自给。为贫所使,情亦可原。然迩来比比皆然,抑不独一永清也。永清闲情逸韵,有林下风,多髯,善饮,人以"倪髯"称之,倪亦自呼曰"髯",与予交有年矣。戊子来浦上,相留盘桓者匝月。时表甥宛陵郡丞郭见斋遣人来迎,予送以诗曰:"华发苍髯古逸民,生平足迹半红尘。搜罗海内千秋叶,寄托杯中百岁身。帆挂大江风力劲,袂分小浦月痕新。敬亭山有吾甥在,好去相逢淡以亲。"未一年,忽闻作古人矣,不禁为之黯然。

壬辰冬大雪,友人数辈围炉小酌。客有惠以《说铃丛书》者。予曰:"此即古之所谓小说也。"小说至今日滥觞极矣,几与六经《史》《汉》相埒,但鄙秽不堪寓目者居多。盖小说之名虽同,而古今之别则相去天渊。自汉魏晋唐宋元明以来，不下数百家，皆文辞典雅。有纪其各代之帝略、官制、朝政、宫帏，上而天文，下而舆土，人物、岁时、禽鱼、花卉、边塞、外国、释道、神鬼、仙妖、怪异，或合或分，或详或略，或列传，或行纪，或举大纲，或陈琐细，或短章数语，或连篇成帙，用佐正史之未备，统曰"历朝小说"。读之可以索幽隐，考正误，助词藻之丽华，资谈锋之锐利，更可以畅行文之奇正，而得叙事之法焉。降而至于"四大奇书"，则专事稗官，取一人一事为主宰，旁及支引，累百卷或数十卷者。如《水浒》本施耐庵所著，一百八人，人各一传，性情面貌、装束举止，俨有一人跳跃纸上。天下最难写者英雄，而各传则各色英雄也。天下更难写者英雄、美人，而其中二三传则别样英雄、别样美人也。串插连贯，各具机杼，真是写生妙手。金圣叹加以句读字断，分评总批，觉成异样花团锦簇文字。以梁山泊一梦结局，不添蛇足，深得剪裁之妙。虽才大如海，然所尊尚者贼盗，未免与史迁《游侠列传》之意相同。再则《三国演义》。演义者，本有其事而添设敷演，非无中生有者比也。蜀、吴、魏三分鼎足，依年次序，虽不能体《春秋》正统之义，亦不肯效陈寿之徇私偏侧。中间叙述曲折，不乖正史，但桃园结义、战阵回合不脱稗官窠臼。杭永年一仿圣叹笔意批之，似属效颦，然亦有开生面处，较之《西游》，实处多于虚处。盖《西游》为证道之书。丘长春借说金丹奥旨，以心猿意马为根本，而五众以配五行，平空结构，是一蜃楼海市耳。此中妙理，可意会不可言传，所谓语言文字仅得其形似者也。乃汪憺漪从而刻画美人，唐突西子，其批注处大半摸索皮毛。即《通书》之"太极无极"，何能一语道破耶？若深切人情世务，无如《金瓶梅》，真称奇书。欲要止淫，以淫说法；欲要破迷，引迷入悟。其中家常日用、应酬世务，奸诈贪狡，诸恶皆作，果报昭然，而文心细如牛毛茧丝。凡写一人，始终口吻酷肖到底，掩卷读之，但道数语便能默会为何人。结构铺张，针线缜密，一字不漏，又岂寻常笔墨可到者哉？彭城张竹坡为之先总大纲，次则逐卷逐段分注批点，可以继武圣叹，是惩是劝，一目了然。惜其年不永，殁后将刊板抵偿夙逋于汪苍孚，苍孚举火焚之，故海内传者甚少。嗟乎！四书也，以言文字诚哉奇观，然亦在乎人之善读与不善读耳。不善读《水浒》者,狠戾悖逆之心生矣;不善读《三国》者,权谋狙诈之心生矣;不善读《西游》者,诡怪幻妄之心生矣。欲读《金瓶梅》,先须体认前序内云:"读此书而生怜悯心者,菩萨也;读此书而生效法心者,禽兽也。"然今读者多肯读七十九回以前,少肯读七十九回以后,岂非禽兽哉?近日之小说,若《平山冷燕》、《情梦柝》、《风流配》、《春柳莺》、《玉娇梨》等类,佳人才子慕色慕才已出之非正,犹不至于大伤风俗。若《玉楼春》、《宫花报》稍近淫佚,与《平妖传》之野,《封神传》之幻,《破梦史》之僻,皆堪捧腹。至《灯月圆》、《肉蒲团》、《野史》、《浪史》、《快史》、《媚史》、《河间传》、《痴婆子传》,则流毒无尽。更甚而下者,《宜春香质》、《弁而钗》、《龙阳逸史》,悉当斧碎枣梨,遍取已印行世者尽付祖龙一炬,庶快人心。然而作者本寓劝惩,读者每至流荡,岂非不善读书之过哉? 天下不善读书者百倍于善读书者。读而不善,不如不读。欲人不读,不如不存。康熙五十三年,礼臣钦奉上谕云:"朕惟治天下以人心风俗为本。而欲正人心,厚风俗,必崇尚经学而严绝非圣之书,此不易之理也。近见坊肆间多卖小说淫词,荒唐鄙俚,渎乱正理,不但诱惑愚民,即缙绅子弟未免游目而蛊心焉。败俗伤风,所系非细,应即通行严禁等。谕九卿议奏,通行直省各官,现在严查禁止。"大哉王言! 煌煌纶绰,臣下自当实力奉行,不独矫枉一时,洵可垂训万禩焉。

舜之母曰握登,而瞽瞍以继室生象。

许由,字武叔。

庄周,字子休。

妲己,姓钟,名妲,字己。

田文,字孟。尝,邑名。

孟母,仉氏。音掌。

孟子,周定王三十七年四月二日生,即今之二月二日。赧王二十六年正月十五日卒,即今之十一月十五日。寿八十四岁。

嫪毐,姓刘,名伯庄。嫪毐音涝霭。

汉太上皇名煓,字执嘉。煓音湍。

应制诗文内有应避字样,虽不必一概不用,亦须择其尤者避之。

考元时进贺表文，触忌讳者凡一百六十七字：极、尽、归、化、亡、播、晏、徂、哀、奄、昧、驾、遐、仙、死、病、苦、泯、没、灭、凶、祸、倾、颓、毁、偃、仆、坏、破、晦、刑、伤、孤、坠、隳、服、布、孝、短、夭、折、灾、困、危、乱、暴、虐、昏、迷、愚、老、迈、改、替、败、废、寝、杀、绝、忌、忧、切、患、衰、囚、枉、弃、丧、戾、空、陷、厄、艰、忽、除、扫、摈、缺、落、典、宪、法、奔、崩、摧、殄、陨、墓、槁、出、祭、奠、飨、享、鬼、狂、藏、怪、渐、愁、梦、幻、弊、疾、迁、尘、亢、蒙、隔、离、去、辞、追、考、板、荡、荒、古、迤、师、剥、革、暌、违、尸、叛、散、惨、怨、克、反、逆、害、戕、残、偏、枯、眇、灵、幽、沉、埋、挽、升、退、换、移、暗、了、休、罢、覆、吊、断、收、诛、厌、讳、恤、罪、辜、愆、土、别、逝、泉、陵。

卷三

词曲莫溯创始。近则考之《啸旨》,唐孙广谓某君授王母,母授南极真人,递至广成子、风后、啸父、务光、尧、舜、禹。其说甚诞。后晋孙登苏门一啸犹袭其传,登仙去,此道湮没,不复闻矣。虽有权舆正毕十五章十二法,徒具空文,心传无授,究何益哉?迨风雅变为骚赋、乐府、五言、七言,诗体化为诗余及南北词曲,而填词家犹名其谱曰《啸余》,亦存饩羊之义耳。

旧弋阳腔乃一人自行歌唱,原不用众人帮合,但较之昆腔则多带白,作曲以口滚唱为佳,而每段尾声仍自收结,不似今之后台众和作"哟哟啰啰"之声也。西江弋阳腔、海盐浙腔犹存古风,他处绝无矣。近今且变弋阳腔为四平腔、京腔、卫腔,甚且等而下之为梆子腔、乱弹腔、巫娘腔、琐哪腔、啰啰腔矣,愈趋愈卑,新奇叠出,终以昆腔为正音。

歌曲盛于唐之梨园,故今名伶人为梨园子弟。然当时所歌以绝句为乐府,而音律分别,乃有〔清平调〕、〔小秦王〕、〔竹枝〕、〔柳枝〕、〔雨淋铃〕、〔忆王孙〕、〔伊州〕、〔凉州〕、〔阳关〕各种之异。欲深考辨别,杳不可得。〔清平〕一调当时作者甚多,惟青莲合拍。此中妙解,即询诸填词与善歌老白相,亦莫一解。观《旗亭佳话歌》一绝句,而龟年、怀智辈以众器配之,六音皆叶,倾听之下,不知如何抑扬顿挫也。宋专事诗余,歌诗之道废。迨元作北曲,诗余遂为定场白之前引。明昆山魏良辅能喉转音声,始变弋阳、海盐故调为昆山腔,梁伯龙填《浣纱记》付之。王元美诗所云"吴阊白面冶游儿,争唱梁郎雪艳词",今之昆腔是已,即所谓南曲整本也。元北曲每本不过四五折,曲皆一人始终独唱,众以白间之;若南曲则不独人可一出,甚有一出几人分唱者。至后龙子犹辈出,以南北间错,故有北〔新水令〕、南〔步步娇〕一套,北〔醉花阴〕、南〔画眉序〕一套,如此不可枚举。后更碎割诸曲以成一曲,名曰"某犯";或串合佳名如〔金络索〕、〔挂梧桐〕之类,总曰“新增”，歌者不得不曲折以赴之，亦苦道也，久沿不觉，习而安矣。然今日人尽薄填词为容易，而尊诗词为上乘。黄九烟周星云：“诗降为词，词降为曲，愈趋愈下，愈趋愈难。尝为之语曰：‘三仄更须分上去，两平还要辨阴阳，诗与词曾有是乎？’”

何元朗评施君美《幽闺》出高则诚《琵琶》之上，王元美目为好奇之过。臧晋叔谓《琵琶》〔梁州序〕、〔念奴娇〕二曲不类则诚口吻，当是后人窜入。王元美大不以为然，津津称许不置。晋叔笑曰：“是乌知所谓《幽闺》者哉？”以予持衡而论，《琵琶》自高于《幽闺》。譬之于诗，《琵琶》，杜陵也，《幽闺》，义山也。比之时艺，《琵琶》，程墨也；《幽闺》，房书也。《琵琶》语语至情，天真一片，曲调合拍，皆极自然，真是天衣无缝。至于才人点染，浅深浓淡，何事不能？岂〔梁州序〕、〔念奴娇〕二曲遂谓各一手笔乎？观少陵诗，何法不备，何态不呈，乌可以一家之管见测之哉？

前人云郑若庸《玉玦》、张伯起《红拂》以类书为传奇，屠长卿《昙花》终折无一曲，梁伯龙《浣纱》、梅禹金《玉合》道白终本无一散语，皆非是。如此论曲，似觉太苛，安见类书不可填词乎？兴会所至，托以见意，何拘定式？若必泥焉，则彩笔无生花之梦矣。况文章幻变，体裁由人，《公》、《穀》短奥，《史》、《汉》冗长，各出己意，何难自我作古？所谓不可无一，不可有二也。《水浒》多用典故，未尝不与《荆》、《刘》、《杀》、《拜》四种白描者并传。又云汪伯玉南曲失之靡，徐文长北曲失之鄙，唯汤义仍庶几近之而失之疏。然三君已臻至妙，犹如此訾议，诚太刻矣。近今李笠翁渔《十种》填词、洪昉思昇《长生殿》亦大手笔，各有妙处，但李之宾白似多，洪之曲文似冗，又不知后人作何评论也。

古舞法几亡，今梨园舞西施者，初以袖舞即胡旋也，继以双手翻捧者，原本之于番乐，如法僧作焰口也。孔东塘曰：“舞者声之容，或象文德，或象武功。文则干羽揖让，武则戈盾进止。东阶西阶之舞，所以合堂上堂下之声也。”古者童子舞勺，盖以手作拍应其歌也；成人舞象，像其歌之情事也，即今里巷歌儿唱连像也。若杂剧扮演，则又踏而真之矣。惟《浣纱记》所演西子之舞犹存古意，然亦以美人盥手照面、梳妆坐卧之容以应歌拍耳。至于外国旋魔等舞，各像其风俗文武之容,亦非离声歌而别有所为舞也。

优孟衣冠,取其相似也。有绝不相似者,如"庆寿"之王母则凤冠霞珮,群仙则用蟒衣,"小逼"之卫律则补服,"大逼"之元帅亦用蟒衣,不可枚举。又如"追贤"之韩信,曲文内"一事无成两鬓斑,不觉得皓首苍颜,空落得鬓斑斑",至戏末赠金时犹不用须髯,何也?范少伯之"后访",曲文内"羞杀我,一事无成两鬓星",亦不用须髯,皆老梨园以讹传讹,失于检点之故也。至于副净、小丑宾白多用苏州乡谈,不知何本,始于何年,李笠翁亦深恶之,极力诋毁,无奈习焉不察。然而副净、小丑原取发科打浑以博听者之一笑,苏州近地人皆通晓,用之可也;施于他省外郡,语音尚然不解,亦何发笑之有?且副净、小丑所扮皆下品人物,独用苏州乡谈,而生、旦、外、末从无用之者,何苏人自甘于为副净、小丑也耶?亟宜改正,一大快事。

元人杂剧二百五十种,杨廉夫弹词有《仙游》、《梦游》、《侠游》、《冥游》等类,董解元弹词《西厢》,王实甫师其意作《北西厢传奇》。然董之弹词冗长太文,反不若王之传奇情文兼美,可歌可诵也。大抵弹词元时最上,一代风气使然。今则竞胜传奇,纵有好弦索者,亦不足悦人耳目。

唐张祜《悖拿儿舞》诗云:"春风南内百花时,道唱《梁州》急遍吹。揭手便拈金碗舞,上皇惊笑悖拿儿。"今有唎喇班,用小童以箸顶碗而转,升高复下,送葬之家亦有于前导作此戏者,想亦悖拿舞之遗意耶?小曲者,别于昆、弋大曲也。在南则始于〔挂枝儿〕,如贯华堂《西厢》所载:"送情人,直送到丹阳路。你也哭,我也哭,赶脚的也来哭。赶脚的他哭是因何故?去的不肯去,哭的只管哭,你两下里调情,我的驴儿受了苦。"一变为〔劈破玉〕,再变为〔陈垂调〕,再变为〔黄鹂调〕。始而字少句短,今则累数百字矣。在北则始于〔边关调〕,盖因明时远戍西边之人所唱。其辞雄迈,其调悲壮,本〔凉州〕、〔伊州〕之意,如云:"斗大黄金印,天高白玉堂,大丈夫豪气三千丈。百万雄兵腹内藏,要与皇家做个栋梁。男儿当自强,四海把名扬,姓名儿定标在凌烟阁上。"明诗云"三弦紧拨配边关"是也。今则尽儿女之私、靡靡之音矣。再变为〔呀呀优〕。呀呀优者,〔夜夜游〕也,或亦声之余韵。

〔呀呀哟〕，如〔倒扳桨〕、〔靛花开〕、〔跌落金钱〕，不一其类。又有〔节节高〕一种。〔节节高〕本曲牌名，取接接高之意，自宋时有之。《武林旧事》所载元宵节乘肩小女是也。今则小童立大人肩上，唱各种小曲，做连像，所驮之人以下应上，当旋即旋，当转即转，时其缓急而节凑之，想亦当时〔鹧鸪〕、〔柘枝〕之类也。今日诸舞失传，徒存其名，乌知后日之〔节节高〕不亦今日之〔鹧鸪〕、〔柘枝〕也哉？

廋词者，古所谓诗谜也，令人猜之以发一粲。本射覆之意，推而广之，遂因事立名，因名立格。如蔡中郎题曹娥碑曰"黄绢幼妇，外孙齑臼"，乃"绝妙好辞"四字，遂名曹娥格。后述其意作曰"单身机匠，难织龙袍"，乃"大红纱裙"四字，语句天然，顿觉后来居上。近且用三字叶韵矣。

苏黄格，本东坡、山谷戏作命名，如"猫儿尾遇鼠则摇"，鼠通暑，遇暑则摇乃扇也。"夫差兵遇越而围"，越通月，遇月而围乃风圈也。

问答格，问："韩信何处拜将？"曰："筑台。"筑台，烛台也。俗谓之调侃，《西厢》词曲曾用之。

增减格，一汤字，谜二古人名：曾点、成汤。一辵字，谜《四书》一句："修道以仁。"

像生格，画二隶对立堂下，谜《西厢》三句："一个儿这壁，一个儿那壁，一递一声长吁气。"

蒜辣格，皆鄙秽语也。

调声格，用诗四句，不拘四五六七言，如首句谜"东"字，次句谜"董"字，三句谜"冻"字，四句谜"读"字。

破损格，亦用诗四句。如谜废弓一张："争帝图王势已空，无靶。八千兵散楚歌声，无弦。乌江不是无船渡，无稍。羞向东吴再起兵。无面。"

大意包格，即各谜之长者。如谜桌子，云："观其面则方，察其色则赤而有光，量其身则仅二尺五寸以长，问诗书颇有分，问酒肉颇久尝，可以居方面之位而坐镇乎雅俗，可以当台臣之职而高登乎庙堂。虽相君之面不过平平耳，而相其大体，其中立而不倚者，殊足为四方之所拱向而不敢背立乎两旁。"如谜镜，云："色即是空，空即是色。是色是空，非空非色。四大部中，此方清洁。若非坚执定，本来面目从何得。"

小意包格，即各谜之小者。如谜古人名，黄香："不是桂花是菊花，梅莲兰蕙不如他。"宫之奇："寂寂长门有异人。"刘伶："汉家子弟做梨园。"弈秋："清簟疏帘方坐隐，不知一叶下银床。"李师师："童子六七人，复有友五人，只道三人中有一人，谁知还有二千五百人。"太史慈："翰林新造育婴堂。"申详："准备文书报上司。"展禽："自起开笼放白鹇。"公孙杵臼："三世春米营生，儿子不知去向。"谢安："落花满地无人扫，半夜敲门不吃惊。"米元章："民以食为天，通场第一篇。"百里奚："二十长亭行道半，小奴辛苦负诗囊。"张九龄："学挽强弓未十年。"南霁云："楚天雨后见明霞。"林逋："甲乙之乡，可以逃亡。"白乐天："囊中不费一文钱，赏尽清风与明月。"黄庭坚："右军写《道德经》，字字如金石。"晁错："眼底桃花惊半落，从前深悔念头差。"崔莺莺："一派峰峦无限好，幽禽相对更频啼。"冯京："两人并辔入皇都。"梁鸿："河桥有鸟独高飞。"冯妇："生在午年午月，如何不作男儿？"吕布："梁鸿配孟光，不着绮罗裳。"山涛："千岩竞秀，万壑争流。"岳飞："挟泰山以超北海。"第五伦："朋友之交也。"孟浩然："三宿而后出昼。"又一诗谜四人者，《少年行》云："绿柳阴中点绛红，杨朱。奔蹄叩角闹春风。司马牛。少年意气真堪托，季任。一诺何妨缟纻通。然友。"《隐居》云："垂杨枝上漏春光，泄柳。归去来兮独擅长。晋文。从此尘劳方尽歇，长息。素丝白马为谁忙。绵驹。"《老农》云："中男驱犊出前村，牧仲。长子摊钱送寺门。孟施舍。闲共儿曹相伴语，告子。今年齿落复生根。易牙。"近世盛作意包，知之者多，故倍于他格。

夹山格。夹海格。锦屏风。滑头禅。以上四格名"翻条子"。另有《管见》一书，以字三翻而成，译之殊无佳趣，不若前之各格可以生发智慧、快心爽目也，故止存其名而已。

灯谜本游戏小道，不过适兴而成。京师、淮扬于上元灯篷用纸条预先写成，悬一纸糊长棚，上粘各种，每格必具，名曰"灯社"，聚观多人，名曰"打灯虎"。凡难猜之格，其条下亦书打得者赠某物，如笔墨、息香、白扇之类。今此风已不炽矣。

酒令起于东汉,擒白波贼如席卷,故酒席言之,以快人心,是以名酒令曰"卷白波",又曰"快人心"。《蔡宽夫诗话》:唐人饮酒,必为令以佐欢,乐天诗云:"闲征雅令穷经史。"然细考唐人酒令,如沈亚之、令狐楚、顾非熊、张祜、卢发、姚岩杰、方干、李主簿、李昇、徐融辈,所行令非不佳,但皆寓诙谐讥刺,或片言投合,便结契好,一语忤意,重至杀伤性命,轻亦损害功名,有乖佐欢、快人心之旨,反为卷白波之争战杀伐矣。乌可乎!即宋东坡与客以《易》卦为令,犹有"牛僧孺父子犯罪,先斩大畜,后斩小畜"之太露,翻不如"半夜生孩儿,不知是亥时是子时;山上有明光,不知是日光是月光"之巧而佳也。考《谰言》所行,用古人一名一字,如纣名辛字受,伊尹名挚,屈原名平,曾晳名点,樊迟名须,刘季名邦,项羽名籍,枚叔名乘;又二名一字者,张九龄字寿,郑当时字庄;妇人名如男子者,蔡琰、薛涛、崔徽;美人连字名者,莺莺、好好、红红、赛赛之类。既有裨于风雅,复又与世无侮,取乐杯酒之间,何其适也。即"马援以马革裹尸,死而后已;李耳以李树为姓,生而知之","锄麑触槐,死作木边之鬼;豫让吞炭,终为山下之灰",仙才佳令,绝无仅有,然可为知者道耳,使在座有一才不能敏者即生忌嫉,而况才与不才者乎?犹记己丑春宵宴集,予有诗云:"两夜五更三点尽,一堂二十四人欢。"乃举一令,各说子字,俱切一人,如瘸子、瞎子、秃子、聋子、叔子、婶子、兄子、妹子、蛮子、倭子、表子、鸨子之类,惟先圣、先贤、先儒、帝王、后妃俱不许道,余无避忌。其时列座文武雅俗皆能应答如响,争奇角胜,至令将穷之际突出一意想不到者,举席大笑,诚快人心。次日又行食物以地得名者,因戒在座食素之人不许乱及荤味,犯者倍罚,惟荤则不忌素。如蒙山茶、松萝茶、武夷茶、湘潭茶、霍山茶、阳羡茶、潞酒、浔酒、惠泉酒、易酒、沧酒、高邮皮酒、涞酒、福橘、青饼、关东鱼、建莲、太和烧、固始米、龙猪、台鲞、徽州山药、安肃菜、天目笋、广鸭、莱鸡、滁鲫、溧鲫、固鹅、镇江醋、川椒、胶枣、高邮蛋、西宁桃、宣栗、羌桃、松江莼、闽姜、金华火腿之类,不一而足,人皆称快。及行食物以人得名者,如东坡肉、眉公饼、杨妃乳、西施舌、诸葛菜、杜酒、张梨、耿饼、董糖、唐蹄、毕肚、娄包、伍蛋、罗酒,仅得十余种。题目稍难,应者即少,遂不若前二令之欢快也。于此可见当合众心为乐,不当以才自恃,不独不能佐欢,且或因此生怨,皆不可知。若举座尽属文人,旗鼓相当,又不可加以俗令也。

西北人多强健,东南人多脆弱,地气使然,岂禽兽亦如是耶? 余守处八年,每民间送虎一只二只,远邑送虎皮虎骨者甚多,不闻某处某人为虎所伤。郡志有《日杀五虎记》,乃二大虎三小虎入城,尽遭营兵枪矢而毙。家人金寿曾于缙云县夜行,持红灯笼缓步山腰,远望若灯三四盏,就之颇近,方知为虎双目,惊倒山崖,人与红灯辗转滚下。两虎不知何物,咆哮一声,曳尾而奔。此不独力怯,更心虚矣。

东坡云:"养猫以捕鼠,不可以无鼠而养不捕之猫;蓄犬以防奸,不可以无奸而蓄不吠之犬。"庐陵罗景纶谓:"不捕犹可也,不捕鼠而捕鸡则甚矣;不吠犹可也,不吠盗而吠主则甚矣。疾视正人,必欲尽击去之,非捕鸡乎;委心权要,使天子孤立,非吠主乎?"予按:徐州产鼠一种,较鼠形差小,遇猫则以嘴扭其鼻,猫伏不能动,是以下犯上矣。大逆不道,可与枭獍同科。

壬午闱中监试,副者南赣徐副使㕛,中秋后无事闲谈,赣州有小人国之小人,急差人取到。其人高二尺六寸,耳目俱瘦小,假父仗此为生,往来看者给以钱米。呼其假父曰"爹",见官长即屈一膝曰"老爷安",此假父教之者。声音类鸟雀,不甚了了,一应水火饮食之类,假父能辨之。据云泛海商人带至者,今十二年矣。时主考侍御刘豹南子章睨视良久,曰:"一团阴气,信为外国人也。"

幼时闻前辈闲谈,蒙古中力大者无如把都鲁张。京师煤车一马前导,一骡驾辕,两马左右骖,盛行时,张于车后只手挽住,四骑步不能移。又与友人戏,友负檐柱而蹲,张拔檐柱,以足踏其襟塞柱脚下。友苦口乞求,仍将柱拔起,襟始出,屋瓦不为稍动,张亦不面赤气喘。又与力之稍次者戏,张只手挽次者之腰带,张前曳,次后却,带忽中断,两人俱跌,为之大笑。王府前石狮子少有歪邪,张左右摆设如持一砖块然,使正而后已。

扈护卫㳿从其至戚任所,携千金装归京师,为剽者觇知,四骑踪迹,或前或后,得隙便剽劫之。晚投客邸,店门相对,仅隔一街。护卫见四人诧异,心甚恐,谓其亲随王达官曰:"彼非善类,将不利于吾。"

盖知王勇而捷,足以了之也。王曰:"诺!当善驱之。"乃持银巨锭直入四人寓,呼其店主人曰:"吾寓中无大剪,敢借一用。"主人见其汹汹状,不敢不与。王以银付主人,剪逾时,不稍动。王笑曰:"何懦也!"以银入剪口,持向己胫骨上,两击而银开,眉不稍皱。四人吐舌,惊惧逸去。护卫闻汾阳有名妓,至其地欲一物色之。妓为豪者独霸,等闲不得出。护卫计略其鸨母,私载之来。妓方与护卫饮狎,豪者窃知之,纠此方素能斗者十数人入其寓,欲生夺妓而辱护卫,声哄户外。妓大泣曰:"奈何害我!"王曰:"无恐。吾视若辈如拉朽耳!"出户,诸来者棍棒交下,王先以左臂承之,皆辟易,其右臂亦然,既而以脚拨其下,众皆随脚而倒,尽披靡奔散。王亦不追,阖户而寝。妓谓护卫曰:"明晨必大兴复仇之举矣。"王笑而不答。诘旦,一妇年可廿七八,娉娉婷婷而入护卫之寓,曰:"昨者为谁,乃敢败吾诸弟子耶?"王视之,私行自忖:"此娘子军亦能复仇耶?"应声而出,曰:"惟某。"妇曰:"他不足怪,独此下一路乃吾家秘传,不轻示人,汝从何得之?汝师为谁?"王曰:"吾师某某。"妇闻大恸哭失声,既而曰:"此吾叔也。叔无嗣,恐失传,故传吾。昨诸弟子言其状,吾不信有此,今果然乎?"遂与王约比势,观者如堵。走数十回环,手足作势,各不相下,点首称善,乃互拜结为异姓兄妹而别。

　　漕运总督屈公进美前为广西抚军,先君谪南宁司马时曾为属下。后回京,先祖治席相邀。一到,先设猪首一、熟鹅一、馒首廿个,食完然后入席,诸客尚在拱让,而此公之十二器中已荡然无余矣。夜深复以方物侑酒,屈大言:"此物只可塞牙缝。"更进鸡子三十枚始散。

　　提学刘副使公琬琰,时同官豫章,招集僚友,见正席外旁列三几,皆陈列酒器,大小毕具,中有最大一瓢,可容十升。予笑曰:"此盛酒罌,非饮酒杯也。"公琬曰:"君未见饮此巨觥也耶?谚云'主不吃,客不饮',吾请先自饮,以博诸君一粲。"立呼酒至,满此瓢,两手捧饮,座客皆立视。时优人正演《西厢》杂剧,亦惊骇停拍。未几,徐徐而尽,其扮红娘者所持折叠扇不觉坠地,吹合诸人咸住箫管。公琬置瓢几上,无异未饮时。予曰:"君复能饮此瓢乎?"公琬曰:"吾今为主宴客,当留量相陪,乌可先醉?"予曰:"今日如此痛饮,明日尚能再饮,不作病酒状乎?"公琬曰:"君知千里马乎? 今日而千里矣,倘明日足茧不能千里,是乌得名千里马耶? 饮酒亦若是耳。"此言虽小,可以喻大。

孔子貌似阳虎,今人亦有面目相似者。湖北董开府_{国兴}与浙江赵藩司_{良璧}相似,俱旗籍人。西川王观察_瑛与松江芮别驾_钰相似,俱宝坻人。诸公与寒家俱有瓜葛,乍见颇觉恍惚,细认方知为某某。

先君与刘公_斗、曹公_邦同为部属,一日并马而行,曹向刘曰:"君马何其肥也,两股真如柳斗。"刘笑曰:"可恨他近来不食草料,只啃槽帮。"相与大笑,可为雅谑。刘后为浙闽总制,曹降阜城知县。

"善戏谑兮,不为虐兮",卫人美武公之诗也。戏谑上古已有,苟能善焉,斯不为虐耳。宗黄老者尚清谈,弄文翰者事滑稽,大率寓谑浪于风雅者居多,是亦一善也。逮至后世,有君命臣相谑者。长孙无忌嘲欧阳询曰:"耸膊成山字,埋肩不出头。谁令麟阁上,画此一狝猴。"询应声答曰:"缩头连背暖,漫裆畏肚寒。只缘心浑浑,所以面团团。"太宗笑曰:"询殊不畏皇后闻耶?"有以姓相谑者。尤延之为太常卿,杨诚斋为秘书监,一日尤诵一句属杨对,曰:"杨氏为我。"诚斋答曰:"尤物移人。"又狄梁公戏同官卢献曰:"足下配马乃作驴。"卢曰:"中劈明公乃成二犬。"狄曰:"狄字,犬旁火也。"卢曰:"犬边有火,是煮熟的狗。"有以身体形像相谑者。虞僧儒、许灵长、俞瞻白偶集,俞多髯,许秃头,时有"辣梨"之诮。许嘲俞曰:"胡子贩松毛,终朝卖嘴。"俞未及答,虞遽代应曰:"辣梨种芋艿,镇日埋头。"又两人一长一短,长嘲短曰:"居乌在? 方寸之木,足以有容也。或从其小体,必也射乎?"短嘲长曰:"死之日无所取材,工师得大木,以为能胜其任也。及至葬,壤地褊小,举而委之于壑,鱼鳖不可胜食也。"有以名相谑者。方千里与张更生共饮,方举令戏曰:"古人是刘更生,今人是张更生,手执一卷《金刚经》,问尔是胎生卵生湿生化生?"张答曰:"古人是马千里,今人是方千里,手执一卷《刑法志》,问尔是三千里二千里一千里?"有以集书缩脚嘲人者。嘲阙唇曰:"多闻疑,多见殆,吾犹及史之,君子于其所不知,盖。"嘲聋耳曰:"见在田,飞在天,时乘六以御天,确乎其不可拔,潜。"嘲一老翁绰号"土地"曰:"入其疆,辟,入其疆,芜,诸侯之宝三,狄人之所欲者,吾。"嘲一文士名"达"曰:"在邦必，在家必，小人下，不成章不。"皆用经书成语，而末句尤奇。有僧俗相谑者。东坡戏佛印曰："'时闻啄木鸟，疑是打门僧'，'鸟宿池边树，僧敲月下门'，古人以鸟对僧，自有深意。"佛印笑曰："所以老僧得对学士。"有兄弟相谑者。韩浦、韩泪能为文，泪常轻浦曰："吾兄为文，如绳枢草舍，聊蔽风雨而已。予之文，造五凤楼手也。"浦闻，作诗寄泪曰："十样鸾笺出益州，寄来新自浣花头。老兄得此全无用，助尔添修五凤楼。"有兄妹相谑者。东坡嘲小妹云："莲步未移香阁内，额头先到画堂前。"妹答云："满面不知口何处，忽听毛里一声雷。"有夫妇相戏者。秦少游乔妆戏小妹云："愿小姐身如药树，百病不生。"小妹答曰："任道人口吐莲花，半文无舍。"此皆戏谑之善者也。明时竟有父子戏谑者。一父进士，官太守，致仕家居。其子孝廉，谒选得某郡别驾，父诫之曰："尔素诙谐，利口伤人，今居官矣，须痛改焉。"子揖而对曰："堂翁吩咐得极是，晚生领教。"是子戏其父矣。更有父为宰辅，子尚诸生，一日父至书馆，子他出，问馆童，知子为狭邪之游，乃书其壁曰："昨日柳巷，今日花街，焚膏继晷，秀才秀才。"子归见之，即写一笺达其父："昨日暴雨，今日狂风，阴阳燮理，相公相公。"是子讽其父矣。又一老儒有二子，长诸生，次孝廉。父与次弈，长从旁观局。老儒曰："此非秀才家所为之事。"长惭甚，弃家入山寺读书二年，亦膺乡荐。榜下，其父已卒。归来一痛后，抚棺大言曰："何不少待，对坐下一盘棋也好？"是子诘其父矣。戏之与讽、与诘俱不可并，记之以为文人之戒。

明末浙东冯宦曾为某省抚军，予告家居，适遭国变，城破，登楼欲投缳尽节。其子及家人环绕而泣，遂偷生投顺。其后愧悔悲号，不食，三月而卒。倘死于三月之前，岂不完名全节？此子陷亲于不义，可为大不孝，家人亦不忠也。先岳李公迎春为广西方伯，同城孙延龄反，其妇孔四贞即定南王之女，逼李公使降。李公骂不绝口，欲拔佩刀自刎。家人邵六再三劝阻，且曰："阳为从顺，以待天兵可也。"李公为其所愚。后孙、孔夫妇疑公两端，遂被害。此邵六陷主不义，真为可恨。所以大丈夫临大节，贵能自决，不为人所移。

广平冀公冶如锡，年五十无子。夫人妒而有才，素不孕，不惟不容纳妾,即婢子必择奇丑者。公冶无奈,亦甘心听之矣。其弟如珪有三子,欲以一嗣,公冶悉以所析家产并历任宦囊,咸付其弟董理,而弟妇忻忻以为得计,更逆料兄嫂之无他也。初,公冶由司道内升京卿,便道抵家,将进都,治备仪物以足馈遗,属其弟检点,盖历任所得羡余久已续运于家矣。其弟与妇在室私语,夫人偶过窗外,闻弟妇詈其夫曰:"礼物何须过多。此皆已到我手之物,好留我的子孙受享,又与老绝户何为?"夫人骇然,自言:"老绝户一语,实伤我心。"泣暗下,隐而不发,趋公冶束装,先赴京卿任。行后,夫人乃诣村庄,遍觅女之丰厚强壮者得五人,亲送至京。公冶方与客叶戏,闻夫人至,大惊,叶半堕地。急见夫人,曰:"胡为乎来?"夫人曰:"吾为君送姿来也。此居湫隘,亟易之。"乃出金为税大宅而居。公冶喜出望外,不解其故,然亦不敢问也。夫人乃详审五女癸水之期,以次第侍寝,其不侍者留伴夫人。未期年,皆受孕。逾岁,生子二女三。又期年,生二子。未几,历进秩兵部左侍郎,夫人辞归,公冶苦留不得,乃曰:"君留二子一女以娱朝夕,吾携二子二女归家,且与二叔算帐耳!"始明言所以娶姿之故,为"老绝户"一语也。抵家,悉以囊寄如珪产业、宦橐,按籍取赵。如珪夫妇方悔失言。后如珪三子皆殇,竟绝嗣,转得公冶之子嗣之。信乎! 存心不善,神鬼共殛之。

四川己酉乡试后,孝廉数人结伴公车,过陕境,内一少年留宿狭邪,以假银给之。次日北上,自觉于心不安。入闱,恍惚见妓,不终场而罢。归途复经前处,邻人告曰:"自君行后,妓以银付鸨母。母识假银,怒而扑之,身无完肤。妓泣曰:'命薄至此,何以生为?'夜即投缳死矣。"孝廉闻之,不胜愧悔。后拣选县令,未任而殂,人以为薄幸之报云。

妓女无良,人尽知之。至其肆恶设骗,未闻有果报者。秦妓莺娇与一太学生狎,往来甚密。娇许盐商从良行有日矣,生尚未知。娇过生寓,绐曰:"有急需,贷君四两五钱,三日即偿,或荐寝或奉赵,决不愆期。"生即如数付之,不知娇之诓己也。越期不至,往询之,业已从商远扬,生付之一笑而已。年余,生夜梦娇衣红衣,腰系白巾,蹙容前拜曰:"来偿君债。"惊醒。天曙,家僮报曰:"栅中牛产一犊。"生心动,往视,犊浑身赤色,环腰白毛一线,生颔之。后生出游二年归,问犊何在,家人曰:"主母已售之矣。"问价若干,曰:"四两五钱。"生悚然,明告家人始末,传之远近,骇人听闻。可见设心诓骗,虽下贱如娼妓犹不可为,况其他乎?

某侍御乡居,一日赴友招,薄暮归家,遇市儿醉立中途,其从者令少避。市儿怒曰:"吾与若桑梓也,曷避为?"从者叱之。市儿大怒,秽言肆詈。侍御令舆者纤道速归,市儿随其舆,且行且詈。逮至门,侍御令阍者呕扃其户。市儿持瓦砾击门而詈,邻人见之,力劝始去。从者跪请于侍御曰:"彼小人敢犯若此,请送诸官,以法治之。"侍御曰:"彼非詈我也。"从者曰:"彼且直呼名焉。"侍御曰:"世岂无同名者乎?"一笑而罢。次日,遣其子若弟诣市儿家,曲致殷勤,为谢罪状。越日,复以酒肉遗之。未期年,市儿以殴人致罪,问死下狱,侍御复令人赍酒食于狱中视之。市儿大呼曰:"某公杀我!"狱吏及卒惊询其故。市儿曰:"曩者予以酒后犯公,公于是时以官法处我,我当知惧,惧而悔焉,岂有今日?公乃不加责,而反慰惠交至。予以公尚如此,他何惧哉,是以益肆无忌,殴人致死。则今日之死,谓非公之杀我而谁与?"噫!优容,盛德也。不加责而纵成其恶,则过矣。《传》曰"多行不义必自毙",又曰"无庸,将自及",故《书》曰"克诛其心"也。此市儿之死,侍御克之也。君子之待小人,优容可也,优容而克之不可也。

甘忠果公文焜,以云贵总督进京陛见,时吴逆反情已露,特命回滇。过邯郸,先君为广平太守,接见。其四公子随行,甘公云:"闻公有四女贤淑,与此子结为婚姻何如?"先君答曰:"俟定乱复命后议未迟也。"甘公谆恳再三,即取鱼袋中钦赐金镵一枝为定。先君归,向宾客曰:"此兵器也,乌可为聘? 恐儿女俱非佳兆。"后三桂反,甘公率四公子同尽节于吉祥寺,而四妹不久亦亡。人服先君先见之明云。

二孙永镇随其父母暂寓涿鹿,有贵公子求亲佟府者,拉之陪往。佟公夫妇一见永镇,曰:"此真吾婿也。"不愿贵公子,即商之垓儿夫妇。垓云:"上有尊长,未敢自专,且如贵公子何?"一日,垓妇他往,过佟府,佟夫人拥之入,拉谓其女曰:"此尔姑也,亟拜见!"垓妇见佟女端庄幽静,爱之,遂驰报老母。老母曰:"此天缘,非人谋,正俗云'爱亲作亲'者是也。"即烦亲友作合。今则夫妇和好,儿女成行矣。此事颇类传奇,附记之。

先外祖马勤僖公之先,以大司马大中丞总制三边陕川,居官清正严明,一时倚重。但性情稍偏,未免失之于刻。卒后,恩赐祭葬,荫一子入监。因乏嗣,有辜盛典,先后螟蛉二子,亦各无后,人以为奇。堪舆家言:"此必卜葬于绝地也。即如禅和家埋骨不吉,其门徒亦不能继,何况大人?"此说更属荒唐。然居官或刻,则有伤天和,亦所忌也。

张遂宁先生鹏翮,以宫保尚书总督河道,驻淮安清江浦。行署之西有大方池,莲最盛,忽开并蒂数茎,莲房颇大。先生宴集僚属,赋诗写图以纪其事。时封翁太先生在署,年正八旬,先生与夫人结发齐眉,介弟三人,二公子暨孙辈俱欢聚一堂,人以为佳兆云。先生为予荐师,其不称夫子而称先生者,先生教以当如是也。

遂宁先生平生极敬关夫子,极慕诸葛武侯之人品学问。《关帝集》有《志》、《书》二本,《武侯集》有《忠武志》八册,俱考订详明,可法可传。总河行署川堂后有厅事三楹,南面供奉关帝像,旁周将军持刀侍立。西面设几案,遂宁先生端坐办理公务。幕中无一友,一应案牍俱系亲裁。有时集僚属商略,稍有私曲,即拱手曰:"关夫子在上监察无遗,岂敢徇隐?"间有以密语干渎者,即曰:"周将军刀锋甚利,尔独不惧耶?"

江西观察韩敬一象起,署中牡丹九月上旬大放数朵,不减春时,惟叶不甚茂耳。同事诸公分韵赋诗宴集者十日。敬一性喜繁华而不能久,且暮年无子,人亦以为先兆云。

余守括州时,十二月下旬杂花作蕊,梅花盛开,《立春》诗有"插瓶花影一蜂过"之句。同人以为太蚤,岂知四方风气不同,无足为异。至温州,十月小春,桃花、杜鹃山凹如火,则蚤而又蚤矣。

武林梅花最盛,惟西溪更为幽绝。小河曲邃,仅容两小舟并行,舟可五六人,一坐宾客,一载酒具茶灶。深极处香风习习,落英沾人衣袂,所持酒盏茶瓯中飘入香雪,沁人齿颊,觉姑苏玄墓邓尉犹当让一头地也。种花人本为射利,而爱花人各具性情,春光成就,能两得之。抵岸有一道院,院中古梅二株,不知其几何年矣。一红一白,枝干交互,屈曲盘错,亦莫辨其何树为红,何树为白。横枝如磴,可以登陟。予上至颠,则树顶广阔平衍,上设竹榻一具。予乃跌坐高卧,清味透人肌骨,别是一番境界,真香国也。

绣球一名雪球,一名玉团,旧皆木本大树。近以通洋,自洋载至中国者,名洋绣球,草本也。其花初放,小蕊,黄色,成球始白,将败则紫,开最长久,惟畏日耳。截枝插地,避阴易活。

烟草名淡巴菰,见于《分甘余话》,而新城又本之姚旅《露书》。产吕宋。关外人相传本于高丽国,其妃死,国王哭之恸,夜梦妃告曰:"冢生一卉,名曰烟草。"细言其状,采之焙干,以火燃之而吸其烟,则可止悲,亦忘忧之类也。王如言采得,遂传其种。今则遍天下皆有矣。其在外国者名发丝,在闽者名建烟,最佳者名盖露,各因地得名。如石马、佘塘、浦城、济宁干丝油丝,有以香拌入者名香烟,以兰花子拌入者名兰花烟。至各州县本地无名者甚多。始犹间有吸之者,而此日之黄童白叟、闺帏妇女无不吸之,十居其八,且时刻不能离矣。谚云"开门七件事",今且增烟而八矣。更有鼻烟一种,以烟杂香物、花露研细末嗅入鼻中,可以驱寒冷,治头眩,开鼻塞,毋烦烟火,其品高逸,然不似烟草之广且众也。

门人尹半槎在商丘宋太宰座次,人有以宝石呈售者,太宰命别真赝。半槎取视,太宰哂曰:"辨琥珀用鼻,辨宝石用舌,盖宝原从石出,尚具锋棱,其性带凉,舌舔便觉,不似假者之温而滑也。"予旋命取试,信然。又大家闺阁欲试珠之真假,贯之以线,真者一泻无停,假者颇涩,迟迟方下,以真者质重而假则质轻耳。志之亦可为博古者一助。

京城西便门外二十里诸葛庄南,土人名姥姥坟,乃明朝葬宫人处也。冢固累累,碑亦林立,文皆奉皇太后或皇后懿旨,谕祭翼圣夫人或赞圣夫人、奉圣夫人之类,文更典雅,皆出司礼监太监手笔,守坟老妪尚能言其所以。每于风雨之夜,或现形或作声,幽魂不散。余题诗有"莫怨当时恩厚薄,十三陵上亦斜阳"之句。地震后碑俱倒仆,将来自化为乌有矣。

余守处郡,赴杭值季,时制府王公骘、廉使卞公永誉于十二月廿七日获海贼九十八名,即日审明入告。廉使传予同审。皋署即岳武穆王旧宅也，堂庑高峻威严。审至三鼓，未及一半。余觉寒甚，出换猞猁狲厚裘。回视廉使坐南面，旁设余座，灯烛辉辉，侍立之人类皆狰狞猛恶，大声喝呼，闻之悚然。阶下之人各各战栗，枷锁之声恐人心胆。因叹曰："所谓阴间森罗殿者，谁其见之哉？"会勘完，止坐为首六人，余以胁从宽之。后待罪西江，每每念及，多于死中求活，三年之久，庶于心无愧也。

西江臬署有揆道堂七间，高大轩厂，构自明季。余每于听讼后一更时独坐公案，默祝所审事件有冤否，已决人犯有屈否，或神明警戒我，或鬼物责备我，我坐此静候，胡不速至耶？漏三下，终寂然，余方退寝。

揆道堂西畔轰于雷，梁柱皆老楠木，想前朝旧物也。其下惟蜈蚣穴数处，然蜈蚣甚小，别无他异。

扬子江以北数百里平原，并无一山，而淮安府附郭名山阳县。考志书云"旧有地名山阳，因以名县"，然未详所以命名之故。询诸野老，参以己意，盖山以南为阳，县北有钵池山，为七十二福地之一，王子乔修仙处，地形较他处高数仞，非土非石，皆积砂所成，岂山阳以此得名耶？

洪泽湖心离堤三十里有洪泽村，秋深水落时，屋基石础隐隐犹在。东坡诗题《发洪泽中途遇风复还》，即此地也。明平江伯陈瑄筑堤百里，环抱湖水，令其出清口，以三分济运，七分敌黄。每水涨时，堤里之水较堤外之地已高数丈。谚所云"日费斗金，不抵西风一浪"者是也。至今一片汪洋，人亦不知有洪泽村矣。余初赴河工，总理高家堰，见长堤屹然巩固，宽八丈三尺，堤里俱层层石砌，纵有狂风巨浪，可保无虞也。

隋炀帝由河南幸扬州，开河行舟，今泗州之汴河即其故道。一日至破釜涧而雨，乃易名洪泽涧。《齐书》云"洪泽涧在淮阴镇之东"，淮阴镇即今之清江浦也。

予弃举子业，即耽吟咏，以逐年所得渐次成帙，名曰《葛庄编年诗》，盖存诗兼记事也。继以乐府、古风、五言七言律绝诸体，各从其类，加以删改，名曰《葛庄分类诗钞》，业已梓行。孔东塘南游返，相谓曰："君诗分体耳，非分类也。不见李杜有分体、分类各集乎？"予恍然若失，亟命梓人更正，而已印行者，悔无及矣。

后场用表判，明时旧制也。本朝崇尚风雅，特谕阁臣议去判增诗，以五言六韵为合格。予私念天下才人如星罗棋布，知者固多，但恐穷陬僻壤后生小子辈不能周知。且五言六韵，即宋金元明作此格者寥寥无几，昭代亦不多见。检予生平不过五首，而题合试帖者仅一。因与同志诸子先取唐人之可为楷法者选辑，名曰《花豫楼五言六韵唐诗》，豫梓以行。《提要录》："二月十五日为花朝。"予生后一日，故命名"花豫"。

老爷、奶奶之称，乃仕宦家儿女之呼其父母也。汤临川《还魂记》内《游园》一出，杜丽娘云："这般景致，俺老爷奶奶再不题起。"近俗称诸神道亦曰老爷、奶奶，玄天上帝曰真武老爷，关夫子曰关老爷，岳武穆王曰岳老爷，黄河金龙四大王之神，称神曰大王老爷，称河曰老爷河，泰山碧霞元君则曰顶上奶奶，清口之惠济祠曰奶奶庙，他处凡元君行宫皆以奶奶庙称之。在乡人妇女之愚意，盖尊之如显宦，亲之如父母也。近日士大夫称知县曰父母，称知府曰公祖，百姓称知县为大爷，知府为太爷，是县为父而府为祖也。等而上之，无可加矣，则为大老爷、太老爷。至于妇人之奶奶亦是通称，今且一概加称太太矣。等而上之，则为老太太、祖太太。明时巡按止称老爹，府县止称相公，命妇称安人、夫人，至老相公、老夫人而尽之矣。近总不闻此称，唯老爷太太竟成宦途通套，无分官品之大小、上下矣。明时巡抚称都爷，总兵称总爷，今一概大老爷。在督抚、提镇，国家大臣，受之允当，以下盐学、监督、司道等官亦居之不疑，宁不汗颜乎？予每闻此，甚觉不安，但比比皆然，未敢众醉而独醒也。

商丘宋公记任丘边长白为米脂令时，幕府檄掘闯贼李自成祖父坟，墓中有枯骨血润、白毛黄毛、白蛇之异，与吾闻于边别驾者不同。长白自叙其事曰《虎口余生》，而曹银台子清寅演为填词五十余出，悉载明季北京之变及鼎革颠末，极其详备，一以壮本朝兵威之强盛，一以感明末文武之忠义，一以暴闯贼行事之酷虐，一以恨从伪诸臣之卑污，游戏处皆示劝惩，以长白为始终，仍名曰《虎口余生》。构词排场清奇佳丽,亦大手笔也。复撰《后琵琶》一种,用证前《琵琶》之不经,故题词云"琵琶不是那琵琶",以便观者着眼。大意以蔡文姬之配偶为离合,备写中郎之应征而出,惊伤董死,并文姬被掳,作《胡笳十八拍》,及曹孟德追念中郎,义敦友道,命曹彰以兵临塞外胁赎而归,旁入铜爵大宴,祢衡击鼓,仍以文姬原配团圆。皆真实典故,驾出中郎女之上。乃用外扮孟德,不涂粉墨。说者以银台同姓,故为遮饰,不知古今来之大奸大恶,岂无一二嘉言善行足以动人兴感者? 由其罪恶重大,故小善不堪挂齿。然士君子衡量其生平,大恶固不胜诛,小善亦不忍灭,而于中有轻重区别之权焉。夫此一节,亦孟德笃念故友、怜才尚义豪举,银台表而出之,实寓劝惩微旨。虽恶如阿瞒而一善犹足改头换面,人胡不勉而为善哉? 若前《琵琶》,则高东嘉撰于处州郡城之西姜山上悬藜阁中。予守括苍,曾经其地,阁虽已圮而青山如故,不胜今昔词人之感。传言明太祖读《琵琶记》,极为称赏,但欲改易一二处,面语东嘉曰:"诚能改之,当赐以官。"东嘉唯唯,然竟不肯易一字,于此见其品行之高。记中宾白宏博,可以见其学问之大;词曲真切,可以见其才情之美。自古迄今,凡填词家咸以《琵琶》为祖,《西厢》为宗,更无有等而上之者。至于立名"琵琶",或云因指王四而言;赵五娘者,赵姓下第五为周氏;蔡邕者,取卖菜佣下二字同音也。皆不可考。既诸姓名假借,何独有取于伯喈中郎而加以不孝乎? 且汉世尚无状元之名,未有八旬父母,其子娶妇止两月者。况陈留距洛阳不远,焉有子登巍科、赘亲相府、官居议郎,不捷报于家并道路相传无一知之者? 陈留,洛阳属邑,如此饥荒,即使不归,何难拯救,乃忍听父母馁死而耳无闻者? 及至五娘上路,忽又有李旺接取家眷一差。种种疑窦,在东嘉或有别解,今后人曲为回护,终属牵强,恨不一起东嘉而问之。予题一绝云:"琵琶一曲写幽怀,自是千秋绝妙才。歌舞场中传故事,蔡邕真个状元来。"

　　近来词客稗官家,每见前人有书盛行于世,即袭其名著为后书副之,取其易行,竟成习套。有后以续前者,有后以证前者,甚有后与前绝不相类者,亦有狗尾续貂者。四大奇书,如《三国演义》名《三国志》,窃取陈寿史书之名;《东西晋演义》亦名《续三国志》;更有《后三国志》，与前绝不相俦。如《西游记》乃有《后西游记》、《续西游记》。《后西游》虽不能媲美于前，然嬉笑怒骂皆成文章，若《续西游》则诚狗尾矣。更有《东游记》、《南游记》、《北游记》，真堪喷饭耳。如《前水浒》一书，《后水浒》则二书。一为李俊立国海岛，花荣、徐宁之子共佐成业，应高宗"却上金鳌背上行"之谶，犹不失忠君爱国之旨；一为宋江转世杨幺，卢俊义转世王魔，一片邪污之谈，文词乖谬，尚狗尾之不若也。《金瓶梅》亦有续书，每回首载《太上感应篇》，道学不成道学，稗官不成稗官，且多背谬妄语，颠倒失伦，大伤风化，况有前本奇书压卷，而妄思续之，亦不自揣之甚矣。外而《禅真逸史》一书，《禅真后史》二书。一为三教觉世，一为薛举托生瞿家，皆大部文字，各有各趣，但终不脱稗官口吻耳。再有《前七国》、《后七国》。而传奇各种，《西厢》有《后西厢》，《寻亲》有《后寻亲》，《浣纱》有《后浣纱》，《白兔》有《后白兔》，《千金》有《翻千金》，《精忠》有《翻精忠》，亦名《如是观》。凡此不胜枚举，姑以人所习见习闻者笔而志之。总之，作书命意，创始者倍极精神，后此纵佳，自有崖岸，不独不能加于其上，即求媲美并观亦不可得，何况续以狗尾自出下下耶？演义，小说之别名，非出正道，自当凛遵谕旨，永行禁绝。

　　属对虽曰小技，然有绝不能对者，有对而勉强者。如"泥土地"对"铁金刚"，刚字从侧刀，非金傍也，即"石城隍"亦不合格。至"一二三"，则绝不能对矣。"烟锁池塘柳"，对以"波焰锦堤梅"，殊无意味。"梅香春意动"，连符苍司马对以"月老夜情多"，仍欠自然。"棘棘为柴，砍断劈开成四束"，何等真切，对以"闾门造屋，移多就少作双间"，何其谬也。又"荷盖水珠，柳线松针穿不过"，纯用假事，更难属对。惟"蝉以翼鸣，不啻若自其口出；龙因角听，毋乃不足于耳欤"，巧合天然。偶过山阳学明伦堂，见一联云："黄河水滚滚而来，文应如是；韩信兵多多益善，学亦宜然。"颇称爽贴。明嘉靖时以青词幸进者甚多，惟袁慈溪相国炜醮坛一联，不独在诸青词之上，亦在相国青词之上。联云："洛水元龟初献瑞，阳数九，阴数九，九九八十一，数数原于道，道通元始天尊，一诚有感；岐山威凤两呈祥，雄声六，雌声六，六六三十六，声声闻于天，天生嘉靖皇帝，万寿无疆。"

予守括苍时过青田，青田有南田山者，诚意伯刘伯温先生故家也。先生为明开国元勋，功业文章铭诸政府，昭之史册，传之艺苑，脍炙人口。虽天文历数之学，何尝不为寓意，然不专属乎此。自胡惟庸进谗，以谈洋司有天子气，谋为葬地，先生忧愤成疾。惟庸以医来，饮药，腹中积块如石。疾革，太祖遣使送归，还乡月余而薨。后世专以鬼怪附会矣。乃谓先生未遇时得天书于白猿看守之石壁，壁裂得书一匣，书中语句多不得解，遍访无知者。幸遇周颠仙于山寺，拜为师，指示精习，始知天文地理、未来过去。其佐明兴国者，天书、颠仙之功也。故凡事前知，言无不验。一日，太祖微行，适勋戚家造屋，正上中梁，过其门，见门后一人身服齐衰，状貌丑恶，一瞬而灭。太祖回问曰："今日上梁，触犯凶星，是何人选择者？"刘伯温答曰："是日虽犯丧门神煞，喜遇紫微冲破，能化凶成吉耳。"太祖暗惊。又一夕，宿民家，无物枕首，乃以量斗为枕，窃听邻家聚饮。忽一人出外小遗，大呼曰："不好！·今夜天子私行，吾辈当仔细。'荧惑入南斗，天子下殿走'。"太祖急推斗而起。又闻饮者群出言曰："离斗口尚远，即当归位也。"太祖回告伯温，伯温曰："臣观天象，亦如此。"遂下诏，不许民间私习天文。其事类此者颇多，太祖心久疑之，因惟庸之谗，外示保全，心益猜嫉。闻其死，乃遣人将其殓棺前锯一尺，意欲断其首也。及锯，乃是空棺，内贮《大明律》一部，而独揭"发冢"一条："开棺见尸者斩。"盖伯温已先知之，故预造此长棺，空前一段，以待其锯也。遣人回奏，并以《律》呈。太祖见而惊叹曰："《律》为吾造，吾自犯之耶？"遣令安葬而止。迩年，后裔贫困异常，至本朝仅有诸生数人，昔年所赐田土山陇俱编入，与齐民一体办课矣。每有山崖洞壑被人掘启者，必讹传曰："刘伯温当年留下藏埋，迨子孙穷困至急则发露令掘用耳。"嗟乎！此亦何常之有，不过因其神异而附会之。予守括八载，知之甚悉。读太祖所赐手书诏旨，称曰"老先生"，其隆重倍于侯伯勋臣。凡此怪异，不一而足，皆齐东语也。予有《过青田怀先生》诗云："谁识西湖一片云，公尝游西湖，见异云起西北，众以为庆云，公乃大言曰：'此天子气也！有王者起，吾当辅之。'万山堆里出元勋。当时共比明良会，后世偏将鬼怪闻。丞相无端穷地脉，胡惟庸以旧忿使人陷公欲谈洋司为墓地。先生有意秘天文。临终，以天文书授其子琏进上,且戒之曰:'勿令后人习也。'晚年不辟留侯谷,岂为明君异汉君?"

青田县有混元峰,在城之北一里青田山上,为《道书》第三十六洞天,唐人刻崖上"混元峰"三大字,即试剑石。相传叶法善炼丹此山,以神剑纵横试斫之,石分为四,高百余尺,相距各三尺许,类截肪。予曾题一绝云:"块然一石四分离,传说仙家伎俩奇。山路崎岖行不得,更烦此剑亦平之。"此诗竟逸其稿,《分体》、《编年》俱未登梓,偶检《括苍府志》得之,附记于此。

章奏、文移、告谕前列曰官衔,各随品级之大小而署之。明武宗复议北巡,实事游幸,自称"威武大将军、太师镇国公朱寿巡边",命内阁草敕,杨廷和等上疏力陈不可。疏上不省,廷和称疾不出。武宗手剑立命梁储曰:"不草敕,齿此剑!"储免冠解衣带,伏地流涕曰:"草敕以臣名君,死不敢奉命。"遂止。予以为官衔从无此尊崇者,然不过游戏耳,未尝实有其事。本朝相国图海督师秦中,予见其檄文及告谕衔云"抚远大将军一等公都统文华殿大学士吏部尚书图",位列五等,皆系极品,亦可谓尊崇之至矣。

温处观察驻扎,定以温州府城。城之北有松台山,上有望阙亭,傍山下有宝纶阁,为前明赠太师张文忠孚敬之相府也。孚敬初名璁,以议礼迎合世宗,与桂萼、方献夫一同骤贵。璁更善伺人主意,不期年,由南京刑部主事超升翰林学士,后遂登政府,赐名孚敬。今子孙虽式微,其府第犹存。家藏遗像二轴,予亲见之,一为张公坐像,戴纱帽而两翅尖锐,服大红纻丝仙鹤背胸,腰围玉带。一画世宗皇帝像,上坐,两旁各画太监十数人,窄袖软带,牵马而立。张公远来朝谒,戴长扁翅纱帽,如今戏中扮官长所戴者,服蟒衣、玉带、皂靴,全不似今戏中所戴丞相襆头,上面皆方而两翅扁方曲长以向上者。蟒衣系长领,非如戏上之圆领。予甚讶其不同,及见《草木子》所载"蝉冠朱衣,汉制也;襆头大袍,隋制也;今用蝉冠朱衣、方心曲领、玉珮朱履,是革隋而用汉也。此则公裳。纱帽圆领,唐服也,仕者用之;巾笠襕衫,宋服也;巾环襻领,金服也,帽子系腰,元服也;方巾团领,明服也,庶民用之。朝服,一品二品用犀玉带,大团花紫罗袍;三品至五品用金带,紫罗袍；六品七品用绯袍；八品九品用绿袍，皆以罗。流外授省札，则用檀褐，其幞头、皂靴，自上至下皆同也"。阅此，想明时尚沿前制，未尽改欤？幞头始于后周，而画汉时之像竟有用幞头者，又不知何解也。

张璁以议礼干进，怙恩作奸，固非善类，然其改奉孔子为先师，易像为主，此千古卓识，最得大体者，不可因其素行而没之。

网巾之制，历代所无。此物起于明止于明，诚一代之制也。因明太祖微行至神乐观，见一道士灯下用马尾结成小兜，太祖问为何物，对曰："此网巾也。用裹头上，万发皆齐矣。"明日召道士，并取所结网巾，遂为定制。

吾友申符孟涵光、张越千彪、王紫诠瑛，其壮年名字皆具超达飞腾之气。符孟以世家门荫，越千以博学茂才，紫诠以部郎出守，历仕观察。及其后也，符孟不乐仕进，改字曰凫盟，号曰聪山；越千绝志场屋，改名曰澐，改字曰月阡，号曰曼持；紫诠罢职闲游，改名曰婴，改字曰紫谷，号曰能如。名与字音同体别，不独寄兴林麓，放情鱼鸟，而取号之义，实出有心玩世。逃禅入道，不复营营人事，非好骛高远，耽寂静也，盖亦无可如何者耳。文人暮年多事仙佛，太白游仙，香山偕老道场，二公犹然，况三君乎？

尝言营造房屋时，不宜呵斥木瓦工匠，恐其魇镇，则祸福不测。《野记》记莫姓家每夜分闻室中角力声不已，缘知为怪，屡禳弗验。他日转售拆毁，梁间有木刻二人裸体披发相角。又皋桥韩氏从事营造，丧服不绝者四十余年。后为风雨所败，其壁中藏一孝巾，以砖弁之，其意以为专戴孝也。又常熟某氏建一新室，后生女多不贞，二三世皆然。一日脊敝而缉之，于椽间得一木刻女子任三四男淫亵，急去之，帷薄方始清白。所载明悉，历历如绘，予犹疑信相半。待罪处州太守时，其大堂五楹虽极轩敞壮丽，但造自嘉靖，未免年深，少有欹侧。窥其梁柱有朽者，命匠人以斧头敲响，以定其中空实。敲至正中西柱，匠人睨而笑曰："此中有物。"竭力一击，乃开大穴，内藏木刻人，头耳目毕具，如碗口大。予不以为怪，亟投诸火。其时康熙三十一年岁壬申。予举卓异，随迁江西九江观察副使，代予者为刘起龙，今亦十余年矣,安然无恙。历考府志,自嘉靖至今,太守能循资而升者绝少。岂真营造时果为木工所魇镇耶?殊不可解。

俗以官吏不参正、五、九,其谓官长莅任不宜用此三月者。此说起于宋。宋以火德兴,盖火生于寅,正月为寅;旺于午,五月为午;墓于戌,九月为戌。谓此三月为灾月,当避也。予自筮仕以来,虽历任五迁,而摄篆署理不下十余次,凡一接印即赴视事,弗少迟延,不独不拘正、五、九月,抑并不选择日期,是以不为横惑胸中。然每见此三月亦有亲友莅任者,未见主何吉凶也。

谚云:"初五十四二十三,太上老君不出庵。"又云:"太上老君不炼丹。"谓此三日为月忌,凡事必避,不可用也。《野语》云:卫道夫闻前辈说此三日即河图数之中宫五数耳,五为君象,民庶不可用。予为解之,月忌之说太诞,君象之说太腐,皆非也。日辰各有所犯,生克之理随时变化,未有以此三日遂为万古不刊之典,不较年岁,不拘干支,不论节序,而一概论之也。予任浙东观察时,于十四日远接制府,归得痁疾,家人辈皆以犯月忌所致。予笑曰:"此日文武官属同行者甚众,岂人人尽患痁疾耶?"众亦失笑。

今称父曰严。《易·家人·象》曰:"家人有严君焉,父母之谓也。"则是母亦称严。今称母曰慈,而每称人父子曰父慈子孝,则是父亦称慈。《尔雅》:"妇谓夫之弟曰叔。"《曲礼》:"叔嫂不通问。"后世亦有称夫之弟为小郎者,见于唐宣宗责万寿公主曰:"岂有小郎病不往视,乃观戏乎?"王衍妻郭氏怒衍弟澄曰:"太夫人以小郎嘱新妇。"谢道韫遣婢白献之为小郎解围。两家缔姻,相称曰亲家,见《唐·萧嵩传》,皆平声,今北方以亲字为去声。按卢纶《驸马花烛》诗云:"人主人臣是亲家。"则去声有所本矣。近又呼曰亲家公、亲家母。

江南督标、中军副将,衔大者升总戎。顺治间,一李副将升福建总戎,时先祖为江南方伯,约诸同僚公饯,让李首坐,李云"不敢"。先祖曰:"公升总镇,今非昔比矣,应如此坐。"李作局蹐不安状,曰:"老爷们原是金子,小弟到底是块锡。"众官为之捧腹。

四川一参戎升广东协将,到汛最迟,郡守郊迎,云:"望公已非一日,何迟迟至今?想因蜀道难行耶?"协将答曰:"家口众多就难行了,倒也论不得熟道儿生道儿。"

一守备由小军出身，见上官仍称"小的"。上官曰："尔今官矣，犹如此称，殊不雅，可易之。"备曰："将如何？"上官曰："称卑职。"备切记之。一日，队伍中有年长者获罪于备，盖自恃为备之前辈，未免骄纵。备大怒曰："卑职今是尔之本官，如此放肆，难道卑职不敢责尔耶？"众兵哄堂，益轻之。

材官健儿辈，每遇督抚、提镇赏赉优待，必曰"大老爷的恩典"。一游击年将望五始生一子，制府闻之，贺曰："恭喜尔得一子矣！"游击急趋跪谢曰："大老爷的恩典。"两旁听者笑几失声。可与南唐宫中赐洗儿果，有近臣谢表云："猥蒙宠赐，深愧无功。"李主曰："此事卿安得有功？"此语同堪绝倒。

本朝初年，江宁叶某者曾任明末太守，有宗室触其怒，既难加刑，怒又莫解，乃使人曳于赤日中而曝之。鼎革后隐于医，时人戏赠一联云："一败一成，郡守改为国手；九蒸九晒，天潢变作地黄。"其妾张介瑶能诗善画，先大父任江藩时，介瑶以扇献先大母，上画官舫，岸人曳纤，题云："舟中人被利名牵，岸上人牵名利船。江水悠悠浑不断，问君辛苦到何年？"诗句超脱，但不似女子口吻耳。

卷四

　　壬子癸丑冬春间,有浙东单友游京师,能为扶乩之技。余适无事,延之书斋者数月。顷刻画沙诗词不下数百,颇多佳句,有出人意表者。为时已久,散失居多,今就其仅存箧笥者数十首钞之。

李青莲

　　人生过隙,一夕千秋。徘徊诗酒,与子淹留。云分半榻,月到十洲。剪玉为韵,分金结俦。乘车戴笠,白鹤青牛。飞觞把臂,弄玉鸣鸠。能为道合,指尔良谋。

花睡

　　春来月落兴初浓,结蝶联莺点翠重。无语欲眠芳露冷,琼楼深锁态从容。

鸟梦

　　晚林归去抹遥天,高卧南枝隐碧烟。不许飞云惊睡觉,且将毛羽寄林泉。

　　望后一日,社集诸友,此夕吕纯阳、王方平、李青莲、云英、丁令威五仙赴坛。

回道人

　　弱水三千里,凭虚一问君。开樽休说剑,剪烛好论文。春意含梅萼,风威锁冻云。从今与子约,慎莫暂相分。

乩批：马子拈韵与青莲 多字

　　梅意书香韵自多,月来云静水无波。三千酒国随吾啸,九十春光奈尔何。有鹤欲眠天汉碧,将诗送恼海山歌。从来花里传经济,何必披云老薜萝。

许子拈韵与令威 雄字

化鹤空将城郭朦,白云无续晚霞红。千秋事业梨花梦,百代笙歌梵宇钟。樽前有句情深浅,身外无尘任淡浓。放得脚跟天地阔,浮鸥沙鸟吊英雄。

刘子拈韵与云英 余云:"欲得一诗余,限小字。"

梅魄冰心青黛小。渔棹才来,惊醒溪边鸟。桃花红片春多少。流到人间仍未晓。 阮郎不见壶天杳。宋玉多情,吟得回文巧。琼楼深闭埋芳草。对个婵娟情自好。

单子拈韵与方平 仙字

人生如朝露,邂逅好相怜。汉苑春风后,秦疆烟草前。和歌酬浊世,把酒问青天。能以葫芦里,敲枰第几仙。

俚句呈青莲大仙求和

梅有清芬月有华,敢将诗酒动仙槎。逍遥天上来青鸟,游戏人间走白沙。一语才成摇海岳,千瓢微醉卧烟霞。风流百世仍如许,愿掷凡夫枣似瓜。

和

寒云锁月镜飞花,瀛海尘寰过尔家。千叠玉箫吹紫凤,九还金液炼丹砂。东君有意催春雨,北海开樽听暮笳。今古一宵诗酒客,归来长啸问胡麻。

青莲乩批:刘子进一大觥,联句可也,即以花豫楼为题。花豫者,二月十五为花朝,予生于十六,故名。

瑶池昨夜祝群芳,今日天台谪阮郎。月里参差铺锦绣,人间迤逦琢圭璋。鸟歌初度南飞曲,蝶板先敲宿雨香。青莲云:"方是两日光景。"方平结:"他日南宫仪凤翥,始知云影映清光。"云英云:"方平结句不佳,改之。"笑吐玉壶春十二,一帘云影接蟾光。

青莲云:"可称全璧。花豫楼从此不朽矣。再作一小引何如?"云英代之。

侬来上苑,时际嘉平。碧岫停云,红波挂月。萧楼人寂,冰壶夜寒。敲金戛玉,百叠千回。把觥吟风,千秋一日。问刘郎之凤馆,春半瑶台;啸阮籍之苏门,月中琼宇。祝花神于宿雨,介眉寿于芳晨。所谓借花生意,听鸟天机。梦游八极,群英引领春风;星映连朝,烟玉飘摇皓魄。故楼名花豫,人列仙班,聊以八言,惟希一粲。

武陵老人徐福 又批:"今日有诸仙来,当备佳酿,各自留题。"

半亩逃秦地,千秋避世人。闲调蟾窟曲,静看茂陵春。壶里天原小,囊中剑有神。沙棠载琴鹤,终日卧渔津。

弄玉

寒事将了了,梅音有分晓。明月何多情,轻云忽淡扫。醉卧石床飞,高吟过蓬岛。流水抚松枝,凭虚逐归鸟。邂逅李端端,企仰苏小小。而以相思琴,报得同人好。极目眺平芜,青门尽芳草。愿寄长干行,绿云人未老。

王乔 赋得爱月夜眠迟

夜将花起,云影翻流水。婵女多情情不已,伴风中待露里。西窗欲落,消魂无端。冰魄梅痕,这样清光。错过人生、几个黄昏。

谢灵运 咏花睡、鸟梦,调用《如梦令》,花睡限"梦"字,鸟梦限"睡"字。

春夜云深露重,醉倚雕栏乘兴。抱蝶气婵娟,笑尔孤零谁并。休动!休动!正做红妆好梦。　花睡
归去哑哑队队,共觅华胥良会。枕月卧云巢,相抱松风鹤

唉。惶愧，惶愧，博得南枝稳睡。　　　乌梦

青莲

乘月凭虚来，又为织女约。停梭相劝酒，星河代洗脚。我道玉衡邀，织女则不乐。昔日张骞槎，怪他匆匆过。青莲尔多才，有诗待子和。下我珊瑚床，悬我明珠络。与子结千秋，莫学牛郎薄。青莲笑不然，玉衡颇清脱。弄玉擅吹箫，开樽待同酌。吟咏即归来，与子慰寂寞。云汉白茫茫，婵娟青灼灼。愿得醉翁情，千秋为好合。愿得玉衡情，采兰赠芳药。听得鸟嘤嘤，慎莫气盘礴。诗胆破重霄，飞上通明阁。

张骞

云敛香消日影斜，春风欲到上林花。千江碧浪穿明月，万壑青萝锁绛霞。傲骨嶙峋天共老，襟怀浩渺海同赊。自与赤松游汉苑，至今犹犯斗牛槎。

回道人

水云游遍乾坤小，花落花开人易老。闲来飞过洞庭秋，铁笛一声天淡扫。

刘海蟾问："世有戏蟾像，是大仙否？"批："吾乃先朝宰相，得道后化一戏蟾疯子，笑游尘市，以度世人。"

几宵灯火结层氤，采药人归报属君。赤舄不穿忙跨鹤，黄冠倒戴细论文。花枝簇簇婵娟影，粉蝶翩翩玉女裙。今日联盟留好句，向卢高卧九皋云。

青莲乩批：共飞仙而把臂，同明月以传杯。不以联吟，罚依金谷。咏梅花联句四首。

六桥寒玉散空江，驴背春风酒一缸。嚼碎冰魂香片片，含痴皓魄影双双。香随蝶梦罗浮远，余云："此句微妙不能联，愿罚三杯。"月入

林莺琴韵降。李云："对不过上句,大仙亦当罚以巨觥。"批:"呵呵。果然不佳,异日再改。"自是清芳余傲骨,不教桃李影横窗。青莲

二子起句了

俏立风前态自奇,撩人幽韵两三枝。半壑轻烟笼玉屑,一帘清影映瑶池。芳心古道甘凉薄,傲骨衷情学醉痴。卧石眠云慵不起,美人无力枕微支。

云长过此,即补梅花一首。

忠报东君孝报寒,灵根恬淡玉肌干。留芳百世人还易,立节千秋道所难。心彻冰壶霜雪冷,骨凌松雨水云宽。高吟醉卧江南曲,疑是孤舟晏兴阑。

又批:梅花诗,青莲续完可也。

淡玉凝妆拂碧枝,空濛山影笼寒迟。轻云剪雪团衣袂,冷月裁诗醉竹篱。琴鹤多情聊韵耳,烟霜着意好吟之。春来无限芳菲事,独尔精神逗素姿。

青莲题钟馗嫁妹图赞

这是钟馗,果然古怪。骑着驴儿,看他自在。为甚么袅袅婷婷,又把青罗盖?小鬼头张彩摇旗,老进士簪花耸带。嫁得檀郎,定是才高德迈。决不学牛女银河,决不学镜台凤债。愿玉树相偎,红楼恩爱。咦!我晓得了,最怜你阿妹多情,怕杀你舅爷无赖。

咏灯花得烛字联句

一点芳心嗏蝶宿,刘海蟾倒喜飞蛾乱向花心触。青莲有春光无香露霏霏,玉蕊伴尔寒窗读。青莲枝叶无依月作根,风来摇落方知烛。海蟾

王方平渔樵野调

疏疏懒懒夜深。诗兴浅、短剑长歌，光阴可奈何。襟期诗酒，问天而搔首。笑傲烟霞，许我结丹砂。炼石归来月正华。冻云高拂凤凰车，到处是吾家。

白玉蟾游渔唉花影

一湾清水，沉醉风前蕊。清光掩映，波痕游鱼，争欲相吞。只知有色散南溟，不道空清碧鉴明。春意皆如此，水底飞来不已。

回道人

风风风雨，雪洒长空。世界妆成天外景，君家促我下瑶宫。计颂古今谁是伴，独留芳躅在崆峒。

云翘

云姨月黛小红儿，三个仙鬟去采芝。我欲梳头朝上帝，洞门不锁等多时。

刘晨次玉衡韵

天地虽留我，才华欲属君。客酣千日酒，鹤下半潭云。明镜英雄鉴，长河世业闻。等闲沧海梦，拂尘不堪论。

问：阮郎何在，当日桃源故事肯一见示否？

阮子桃源去已迷，落花流水任东西。山川剩有春风在，留与诗人作笑题。

青莲

诗分严令酒为兵，战退寒威万籁清。灯火既留天上侣，襟怀岂是世闲情。文光照耀三千丈，道德高超九万程。记得清平歌未罢，满庭红玉带云生。

青莲：吾有一题，尔等联之，小窗鹤梦。

掠舟西去下空庭，既白东方睡未醒。漫拂羽裳抟北溟，带来琴韵到南汀。松龛冷月酬孤啸，瓮牖寒云护晓星。渡海觉来看世界，一声烟雨九皋青。

花花草草，吊热闹之英雄；雨雨风风，醒伶仃之客梦。海筹十屋，桃核千春，到底归来，亦同泡影。神仙玉棺，轻风蝉脱，今夕何夕，与子徘徊。同分半榻寒云，共悟三生旧果。慎勿蹉跎岁月，顿负枕上羲皇，徒令婆心尔尔。

又次韵二首

风流不碍旧青衫，天上骊龙袖里探。道骨自随湖海大，雄风肯与世情含。孤踪野鹤何妨老，长啸苍梧漫尔惭。最是玉华春事茂，一帘琴韵诵江南。

风流不碍旧青衫，丹鼎盐梅袖里探。半榻闲云留鹤梦，一帘香雨润鸡含。文章老去犹生色，冠冕归来不用惭。试看宛陵山泽好，满天星斗映江南。

睡松

抱鹤卧长天，剪轻云，锁碧烟。虬龙夜夜随展转。吼风云醉眠，挺雄襟笑颠。任他沧海桑田变。最堪怜，蜉蝣朝菌，敢说岁三千。

老梅

瘦骨偏飞雪里花，一帘寒影映奇葩。罗浮梦逗千年月，汉苑魂消午夜槎。断岸香云长结侣，孤山明玉自为家。披襟已许冰霜劲，长啸松涛玩物华。

白月浮钟

蟾光如练絮瑶台，远韵拈云取次来。疏雨沉音敲断壑，淡烟传呗响莓苔。听残寒渚天犹老，唤醒空林梦亦回。想像婵娟歌未罢,蕊珠戛玉夜徘徊。

题燕台八景

一抹轻烟万缕霞,裁来片片絮寒沙。林迷野墅千重碧,鸟度斜阳九极赊。春想衣裳香露冷,风来帏幔暗罘罳斜。连朝砑碿何堪似,楚楚青螺衬绛纱。　　琼岛春云　青莲

静谷寒波挂碧峰,万山雨后一天红。飘摇欲卷旗旌午,汗漫长飞海岳空。玉柱有光擎大地,石潭无影动游龙。丈夫极目争长啸,剑气铮铮贯九重。　　玉泉垂虹　云长

芙蓉池水碧于烟,秋梦偏长最可怜。红镜欲飞鸳黛懒,翠翘深锁凤台悬。相思镂月酬团扇,冷韵敲风泣暮蝉。放下水晶端正绮,轻描莲幕唤飞仙。　　太液澄波　云英

塞草沙风不胜春,万林晴霭上枫宸。东来已望层云薄,西去犹知远黛陈。看尽古今余壮气,磨来日月倍精神。自与凤城相对好,参差青影接嶙峋。　　蓟门烟树　刘晨

欲上关前眺玉都,岚烟不碍白云孤。层波汗漫天风碧,苍黛嶙峋王气扶。浓淡远铺千树锦,参差遥接百花图。何须羌笛悲春事,今古兴亡若是夫。　　居庸叠翠　萧史

洪涛西去镜孤飞,送老燕山客路危。杨柳断桥千里梦,莺花长店十年非。利名场上英雄锁,今古愁中岁月围。多少五陵豪贵客,苍然芦荻吊轻肥。　　卢沟晓月　王方平

郭隗功业几春秋,驻马斜阳燕水流。骏骨不枯声价重,雄襟未托意相投。云光远护秦关杳,剑气高飞帝阙浮。最是荆轲知己恨,天涯老去任虚舟。　　金台夕照　刘安

一壶天地一瓢诗,极目晴岚任所之。林暮欲明烟澹澹,峰回才转树差差。镜含绛玉人依鹤,天锁琼台月浸池。不避晴辉酬世眼,万巅招饮映琪枝。　　西山霁雪　刘海蟾

铜雀台怀古 刘海蟾

汉家功业已萧萧,禾黍秋风历世朝。东去烟岚飞劫火,南来

赤水拂鸣条。千年流瓦堪为砚，二月春风想阿娇。寄语机关名利客，空余芳草卧云霄。

空潭泛月青莲

　　烟霞知己木兰舟，相伴婵娟任去留。短棹穿来菱镜冷，长风摇破碧天秋。波光潋滟沉星斗，沙鸟空濛啄泡沤。一片清辉何所似，玉壶冰雪映瀛洲。

　　仙凡不隔，意气相孚。诸子不豪，吾侪亦寂。倾大斗以呼天，放长歌而寄傲。问婵娟消息，怜孤鹤之飞鸣；惜牛女殷勤，度寒梭而放浪。天知吾老，存诗骨于人间；酒纵君才，飞霓裳于阙下。平原愧兵火之情，秦汉埋是非之口。乐哉今日，尽属忘机；永矣他年，不堪重订。牛羊衰草，悲歧路之风烟；鸾凤箫台，看英雄之事业。但将肝胆酬人，不愧乾坤生我。叮咛告诫，诸子何如？

斋中虽有数友，而成章之速令人应接不暇，因以一题难之：第一句用春夏秋冬，二句用喜怒哀乐，三句用琴棋书画，四句用风花雪月，即以风花雪月为韵，索绝句四首。方出题限韵而运乩如飞，顷刻立就，亦异事也。

　　海棠帘外露娇容春，含笑桃花半面红喜。一奏虞弦消永昼琴，不知庭院欲薰风风。

　　斗柄回南乳燕斜夏，漫将蒲剑斩青蛇怒。槐阴深处楸枰午棋，敲落蔷薇一树花花。

　　淡烟衰柳残蝉咽秋，瘦马斜阳独悲切哀。一行雁字写长空书，不堪鬓上江湖雪雪。

　　阵阵朔风沙草白冬，浅斟画阁红炉热乐。卷帘闲看小江山画，梅梢挂个多情月月。

古乩仙诗传者固少，佳者亦不多见。兹十中存一，首首见奇，句句标新。抑且每命一题，言才脱口，业已运乩如飞，诗词序跋应手告成矣。即使宿构抄誉，亦不应其速乃尔。虽神仙游戏，自异尘凡，然当萧史、弄玉、徐福时五言未创，淮南王、关夫子时何来近体？岂谢康乐亦解作〔如梦令〕耶？心窃疑之，恐非神非仙也。或才鬼遇符而至，托以示幻，亦未可知。偶谒大司空朱公之弼，一见即询："君近何为？"答曰："闭户读书，为应试地耳。"朱公曰："是大不然。吾人读圣贤书，正大光明，必体气充裕，今君满面阴气，何也？"予惊惧，诺诺而退。遂毁其乩坛，止志其诗词之佳者。

赐第在西华厂南门，近东空地一区，每夜犬吠不止。家人杨骚达子梯墙而视，火光荧然，以为财也，急告先君。初犹未信，后往视之，叱曰："此青磷也，何怪焉？"家人默然。三更后潜率其子逾墙而往，掘地三尺，果得枯骨一具。先君知之大笑，即令买棺盛之，移瘗野外，后遂寂然。先君出征闽中，贼平后入山搜捕余党，轻身前进，从人行李仍留营内。有俸饷银数百两，内元宝一，余俱小锭，藏瓮中。家人连二，每夜见一母鸡带雏数百飞立屋瓦之上。先君回军，前项散给兵丁，遂无所见。岂小人福薄，不能压此物耶？

先君在闽，闻先慈马太君丧，亦效世俗延僧诵佛书，于郊外放焰口。夜将半，见红灯前导，从者数骑冉冉而来，意谓必参领李某探望耳。久待不至，差人飞马往迎，忽不见。

先四叔光耀为泾州牧，出城过一旅店门首，大旋风围绕不散，即下马入店。店主之妻蹑家人田二足云："凡事遮盖，当有重报。"盖误认为衙役也。田二以告，愈疑之，遍搜内外，毫无形迹。忽闻灶下一声如爆竹然，其旁有干马通一堆，掘之得死尸、银百两、布百四十匹，是其谋财杀命者。其夫方在后园掘窖，盖欲于夜间掩埋其尸耳。战栗不能动，一询即服，夫妇伏诛。

陆佃云："鱼满三千六百，则蛟龙引之而飞，纳鳖守之，故鳖名'神守'。"鹅亦有能飞者。湖南李方伯畜鹅成百，一日连翅御风而飞，不知去向。幕友曰："此不祥兆也。"未几，方伯卒。又江南天长县铜城镇，镇为吴王濞铸钱之地。有姚姓家巨万，畜鹅数百。鹅夜见人，群惊而鸣，其声哄然，有惊则觉。既可畜以取利，又可防盗守更。突然衔尾群飞如白鹭横空，众多不解。期月，奸人诬以助饷谋叛，伏诛，家产籍没。谚云"水净鹅飞"，几先见矣。

妹倩董副使绍孔昔任西安太守，为余言：秦中有商于外者归，挈一犬以行。抵黄河,行囊在船,候人满乃渡。偶腹痛欲泻,亟上岸,犬随往。有布袋里银五十两,解置地,戏向犬曰:"看好!"少顷,舟子以人满风顺连催登舟,帆已满张,一瞬而开矣。关中黄河水如建瓴,对渡二十里许方达。商入舟,方悔忘银与犬,然日暮不能再渡,明晨纵往,安得前银尚在?遂归。越明年,渡河,复经前地,慨然曰:"银已无存,犬何归乎?"往寻,见狗皮覆地,检之,白骨一堆耳。商悯焉,掘地埋其骨,骨尽则前银尚在,盖犬守银不离,甘饿死覆尸银上耳。商泣瘗之,为立冢。谚云"宁畜有义犬",旨哉言乎!

先外祖母家蠢仆窦三锄园,露一巨坛。三喜曰:"此财物也。"亟卖棉衣质银,买牲楮祭拜。及开坛,惟满坛白水,下有银一小锭,秤之适偿其办祭之数。

扬州之宝应县运河内有红船二,泊甚稳,忽被暴风飘起,一送向东岸野田内,一送向西泛光湖中。离河下坂一家方祀先,下拜毕,起视所居房风飘云际如纸鸢状,而祖先前之香火仍荧荧然。康熙壬午七月十五日事也。

乙酉五月,阅看河道形势,驻盱眙县之玻璃亭。数日大雨如注,稍霁,扬帆赴龟山淮渎庙。庙在水中,即大禹时命大将庚辰锁水怪无支祁处。返棹时风雨大作,雨点大如茶盂。见四龙挂空中,最近者可一箭及之,然皆不露头角。止见大水四股倒流上天,如旱地之大旋风,声势俱恶,历数十刻渐次消完,完时犹若有余波自上而下者。据土人云,年年有之,无足怪。王新城《渔洋集》亦载《纪异行》:"壬寅七年海东啸,崇川化作鼋鼍乡。今年雨雹杀禾稼,雉皋民徙龙为殃。"注有"龙见如皋境内,挟巨舰飞空中",则龙见亦寻常事也。

乡人有马生驹,驹已长可乘,母马又将受孕,乡人惜费,即欲以驹与交。百计道之,驹弗肯,虽畜类亦知伦理。其邻教以物蔽马与驹之目,驹不知,遂交。交毕,去其蔽物,驹见其母,咆哮奔跃,触树而死。里之长鸣于官,官曰:"尔愚民也!为省小费,爰丧其马。马不群母,尔知之乎?尔真禽兽之不如也!"重责之,令瘗其驹。康笔帖式曰:"诚然。口外马群以数千百计,然溷杂难辨,久而忘焉,亦不识孰为何马之驹,孰为何驹之母。偶为检查,见有驹而盲者、目病者。阿敦大曰：'此必自群其母也。'"阿敦大，司马者之官名。

余昔守括苍兼摄杭郡，于藩库见一草楦麒麟皮，系牛产于萧山民家。首肖牛，小角崭然，遍身鳞甲，鳞大于钱而色黑，及踵皆有。尾似纨扇而圆小，鳞甲砌满。又大石块分而为二，中有穴，光润滑泽，绝无斧凿痕。吏人曰："此空青壳也。其穴即盛空青者。"俗云"石有空青，人无瞖目"，果其然乎？

广平赵进士昌龄云：明崇祯末年，京师一痴汉能变美人。初延痴汉于家，使之醉饱，卧于室内，遮藏甚密，不许人见，设镜台衣服之类。少顷，装成绝色女子，冉冉而至。坐南面，设香烛供奉，自言名申生，已登仙箓，不食人间烟火，惟啖果而已。人稍稍近之，便觉昏闷。一日，诸恶少置数大爆竹于香炉内，香尽，竹响如霹雳声，出其不意。美人大惊，卸去衣饰，乃现真形如犬大猕猴，跳跃升屋而去。始悟申者，猴也；不食烟火、爱啖果者，猴性然也。回视痴汉，欠伸喜曰："我半年在醉梦中，今日方醒。"

先中丞为江南方伯时，衙署即明朝徐国公达故宅也。旁有瞻园，山洞、池馆无一不备。一日，有长随马化者，膂力过人，心粗胆壮，向池边闲步。时已薄暮，见一女子，色殊艳丽，先则反接徘徊，后即倚栏小憩。马心异之，因思主翁眷属尽系满妆，今此汉妆，必怪物也。趋向前，双手关抱。彼惊，一跃，马已昏倒在地。少顷，马之寓处飞沙走石，门窗儿榻为之荡然。有时饭熟，釜内尽是马矢，有时家人溺器无一存者，有时清晨夫妇衣帽俱不见，寻至粪窖中，悉被污秽。如此旬日，不堪其苦。告之先中丞，亦无法可治。幕友徐子乾代为筹画，取黄纸书词状，令马于城隍庙焚之，如此三。夕闻人马金戈之声纷驰屋上，次蚤于院内得一死狐皮而无毛，一家遂得安然。徐子乾每夜闻窗外哭泣声，心恶之，移出署外，卧病一月方瘥。

东昌曹宅与寒舍稍有瓜葛，先世颇富。其致富之由，后人历历言之。始有一老者造谒，身短貌陋，自言姓白，别号餐霞老人，称曹为善人，欲借宅同居。曹曰："院宇湫隘，未敢相许。"白曰："不须房屋，止尔东园草垛足矣。"曹唯唯。次日于屋之承尘内有声，不复见形，曰："吾已挈眷属迁至尊府矣，幸勿令闲人往来，群犬更须驱遣，勿使擅至东园。"曹欲设席以尽居停，白曰："何烦重费主人耶？止鸡子数百、火酒二尊足矣。"一日晨，主妇见灶下一白物，似犬而小，熟睡，惊之，踉跄而去。少顷，承尘内云："今日甚觉无颜，未曾衣冠，被主母遇见，不及一揖。幸恕之！"一夕，曹会饮亲友。白曰："吾当游戏为诸君侑觞，可乎？"曹曰："善。"遂令门窗俱闭，灯火尽灭，诸人于窗隙中见一物如鹅卵大，光灿照耀，吐上半空，仍复吞入。吐则亮，吞则黑，如此者十余次。座客曰："此即所谓媚珠也。"曹偶向白戏曰："老人来去无踪，可能取金帛助我乎？"白曰："吾辈修炼多年，上则成仙，次则望得人身。若行损人利己之事，有犯天条，祸且不测。但主人肯听吾言，致富亦易易耳。"嗣后每向曹曰，某粮米当屯，某豆谷当积，后果腾贵，获利无算；某药物应贩，某币帛应置，某夏当旱，某秋当涝，每得风气之先，遂成巨富。一日，白忽云："当于百里外治一大宅，家资移去为上。"曹从之。又曰："我亦当挈眷向山中去矣。"迟一月，匆匆而言："速搬！速搬！"十日后流寇果至，焚掠无遗，其旧宅尽为灰烬矣。

　　阴曹所差遣曰"疾脚"，犹阳官所役之快手也。凡阳世生人应役阴司者曰"走无常"。第不解阴司何以多用生人，岂阴司事务浩繁，偶不足用欤？抑借生人以显其灵异欤？若以理考，尽属幻渺，而又言之确有可据，关系生死之大，使人不得不信，不敢有疑贰于其间者。如浚县李某，其岳曾为司李，相离四百余里。李之邻有为疾脚者，忽向李曰："令岳如夫人于今日午前暴亡矣。"李曰："何以知之？"曰："吾奉差往勾也。"李不之信，曰："彼素无病，何至暴死？"疾脚曰："彼于楼上梳头刚毕，被吾脑后一击，即吐川搭地气绝耳。吾勾至冥司，候王升殿。曾私问判司：'彼年少艾，何至暴死？父母、夫妻皆未一诀，是犯何罪？'判曰：'其夫主司李，莅任后接取家眷，彼以卑妾冒为正妻，公然摆列执事，受属官之跪拜，以微贱而僭上越分，是以损寿暴亡耳。'"李曰："此事诚有之。"四日后讣至，讯死状，与疾脚之言吻合。

　　走解本军营演习便捷之法，晋曰"猨骑"，明曰"走骠骑"，皆于马上呈艺，上下左右，超腾蹻捷。近则男子较少，咸以妇女习之，为射利之场、奸污之技矣。须演马极熟，马疾如飞，妇女乃于鞍上逞弄解数，有名"秦王大撒马"、"小撒马"、"单鞭势"、"左右插花"、"蹬里藏身"、

"童子拜观音"、"秦王大立碑"之类。或马首,或马尾,坐卧偃仰,变态百出。抑且倒竖踢星,名"朝天一炷香";疾驰不稍攲侧,两马对面相交,能于马上互换相坐,统曰"走马卖解",俗所谓"卦子"也。又有戏幻之术,器物可以隐藏,饮食可以取致,见者无不讶异。若《西京赋》所云:"易貌分形,吞刀吐火,云雾杳冥,画地成川。"是幻法也,久已不传,近今所见,不过手法快便,眩乱人目而已。诚若《帝京景物略》云:"捷耳,非幻也。"有弄猴为戏者,教习极熟,登场跳舞皆合拍;或更挈一犬,猴乘犬背,若人驰马,近惟丐者为之。更有妇女走索者,梁名高縆。伎以两木架大绳,相去数丈,一女行其上;或二女各从一头上,对舞而前。手持一竿,缚米囊于两头以权轻重之平,前却疾徐,如履平地,相逢比肩而不倾。又有妇女仰卧,以两足承巨缸,颠播上下,无不如意;或立一幼女于足底,且拜且舞;更复向空立一小梯,幼女层递撺上复下,故作倾跌状,观者惊骇,卒安然无恙。至于三槌打鼓,手转三刀,以头承丸,又其余事矣。凡此皆失业贫民不得已而为之,借以聚众醵钱以资衣食,然奸盗诈伪亦从此生。当作戏术时,虽众目环视,在在眩乱,何难乘机一作掏摸伎俩乎? 至走索卖解者流,身轻足疾、飞檐走壁之技固所优为,因系妇女,或宦衙演戏,大户传唤,深闺内宅,皆能得入,窥探门户出入之路,日所经行,夜如熟径矣。何况鞍马之上便捷轻利,抢夺剽掠无不可为,亦谁得而御之? 余观察西江时,有走索者以男装女,自幼弓足、留发、穿耳,无赖挟之往来,甚为叵测。余访拿重处,递解回籍。康熙五十一年,部覆陕西提督潘育龙因陈四等一案题奉谕旨,将走马卖解踩索之人尽行查拿安插,并定文武失察处分之例甚严,而游手之徒并为敛迹矣。

　　附陕西提都潘原疏　　窃照陈四等率领妻子游走于外,凭其走马卖解踩索算卦为生,俗名之曰"卦子"。大抵江北各省皆有此类,惟山陕两省此辈尤多。其父祖子孙,辈辈相习,以为生活之计,不务耕织,游手好闲,寡廉丧耻之顽民也。臣窃思,以为除匪类须穷源除根。今臣所属各营已经陆续拿获卦子二十八起,合计男妇大小五百八十九名口,并马骡牛驴猪羊共六百一十四头只,俱移咨督抚,交送有司审理在案。但虑秦省各府州县犹有卦子尚多,若尽行拿获,未有行凶恶迹;若不行查拿,恐将来此辈难保不行走于外。现今遵奉查拿,若不行安插,恐此辈畏罪潜逃他方,聚众成群,妄生事端,亦未可定。在彼所犯固王法难宥,岂不有负我皇上好生之德? 以臣管见,莫若通行各省督抚,责令各府州县卫所在于乡村堡寨细查,如有卦子之徒,令其男妇痛改不善之艺,或就编入现住地方里甲为民,或拨给绝户田地,抑或令开垦荒地,将现有骡马牲畜变为牛种,载入赋役册内,按季取乡约、地方、里长、邻佑甘结存查。如再有违禁出外游走,令里长、邻佑、乡约、地方举报,地方官严加重处。如本地方官不行严查,纵容此辈行走,被别处地方文武官员拿获,议定处分,载入例内。如是则渐皆化为务本之良民矣。

"门前一阵骤车过,灰扬! 那里有踏花归去马蹄香。棉袄棉裙棉裤子,膀胀! 那里有佳人新试薄罗裳。生葱生蒜生韭菜,腌臜! 那里有夜深私语口脂香。开口便唱冤家的,歪腔! 那里有春风一曲杜韦娘。开筵便是烧刀子,难当! 那里有兰陵美酒郁金香。头上鬏髻高尺二,村娘! 那里有雾鬟云鬓宫样妆。行云行雨在何方,土坑! 那里有鸳鸯夜宿芙蓉帐。五钱一两戥头昂,便忘! 那里有嫁得刘郎胜阮郎"。右金陵陈大声嘲北妓也,名曰《南嘲北》。"几层薄板为家业,穷蛮! 那里有鸡犬桑麻二顷田。出门便坐竹兜子,斜颠! 那里有公子王孙压绣鞍。惰民婆子村庄悄,情牵! 那里有十二红楼人似仙。黄橙梅子充佳味,牙酸! 那里有云枣哀梨蜜比甜。竹篱茅舍几多高,一钻! 那里有甲第连云粉画垣。八搭草鞋精脚上,难穿! 那里有门迎珠履客三千。低头不敢偷睛看,皇天! 那里有赵女燕姬玉笋尖。广法苏麻弄机关,骗钱! 那里有千金一掷胆如天"。右顺德乔文衣作,名《北嘲南》,所以答大声也。《南嘲》虽少蕴藉,然不过讪笑翠馆红楼中粗鄙之甚者耳,词旨分明,原无涉于北方人士,引诗既雅,亦足解颐。《北嘲》则肆声谩骂,尽人为仇,俨然平分南北,反置南妓于不问,不独有伤忠厚,且词意上下不能贯串,殊无足取。更有《南北解嘲》八则,不知出自何人,以南北之方言方物比合较量,权得其平,如此之某某也配得过彼之某某,此之这般也配得过彼之那般,俚句聱牙,更堪捧腹，又出《北嘲》之下，词不足存，故未附入。

南北谚有"冬至数九，一九至九九"云云，亦犹《月令》中一月六候，以验节气寒暖也。四方之说各异。若夏至后止分初伏、中伏、末伏，并无数九之说。偶阅明人田汝成《委巷丛谈》，杭人夏至后亦有数九，谚语云："一九二九，扇子不离手；三九二十七，冰水甜如蜜；四九三十六，拭汗如出浴；五九四十五，头戴秋叶舞；六九五十四，乘凉入佛寺；七九六十三，床头寻被单；八九七十二，思量盖夹被；九九八十一，家家打炭墼。"各处节候、方言之不同有如此。

磁器始于柴世宗，迄今将近千年，徒传"柴窑片"之名，所谓"雨过天青"者，已不可问矣。嗣后惟官、哥、汝、定，其价甚昂，间亦有之，然而不易多得。若成窑，五彩暗花而体薄者，鸡缸一对，价值百金，亦难轻购，本无多也。再之宣窑最佳，一时称盛，而真者固少，以其嘉、万之间，本朝便仿本朝，极易溷淆。至国朝御窑一出，超越前代，其款式规模，造作精巧，多出于秋官主政伴阮兄之监制焉。近复郎窑为贵，紫垣中丞公开府西江时所造也，仿古暗合，与真无二，其摹成、宣黝水颜色，橘皮棕眼，款字酷肖，极难辨别。予初得描金五爪双龙酒杯一只，欣以为旧，后饶州司马许玠以十杯见贻，与前杯同，讯知乃郎窑也。又于董妹倩斋头见青花白地盘一面，以为真宣也，次日董妹倩复惠其八。曹织部子清始买得脱胎极薄白碗三只，甚为赏鉴，费价百二十金。后有人送四只，云是郎窑，与真成毫发不爽，诚可谓巧夺天工矣。磁器之在国朝，洵足凌驾成、宣，可与官、哥、汝、定媲美。更有熊窑，亦不多让。至于磁床、磁灯，又近日之新兴也。

服饰器用有一时之好尚，即戏弄小物，亦因时制宜而穷工极巧者。明时内官家以斗促织为能事，其养促织之盆稍小于斗促织之盆，一盆皆价值十数金。又喜畜猫，各编以美名，如纯白者名"一块玉"，身黑而腹白者名"乌云罩雪"，黄尾白身者名"金钩挂玉瓶"之类，甚有染色大红者。其饲猫之器皿用上号铜质制造，今宣炉内有名"猫食盆"者是也，价更重于促织小盆。即养画眉翎毛笼内所用食水小磁罐，亦价值数金。近今惟尚斗鹌鹑，鹌鹑口袋有用旧锦蟒缎、妆花刻丝猩毡、哆啰呢，而结口之束子有汉玉、碧玉、玛瑙、砗磲、琥珀、珐琅、金银、犀象。而所用烟袋、荷包,更复式样更新,光彩炫耀。迩来更尚鼻烟,其装鼻烟者名曰"鼻烟壶",有用玉玛瑙、水晶、珊瑚、玻璃、缕金、珐琅、象牙、伽楠各种,雕镂纤奇,款式各别,千奇百怪,价不一等。物虽极小,而好事者愿倍其价购之以自炫。然转眼间所好更变,又不知何如矣。

昔陕西有以汤驴作方物远贻馈人者,据云味最佳美。考其制法,备极惨酷:先以厚板铺地稍高,多钉坚实,而凿四眼,仿驴身、驴蹄之大小。拉驴上板,纳四蹄于眼中,不容稍为展转。乃以多沸热汤浇之,自头至尾,遍体淋漓,以毛尽脱为度,竟成雪白一驴,而命已绝,肉已熟。其死甚于一刀,恼楚为何如耶? 继为取出开膛,剖去肠脏,分割其肉,量大小成块,悬之风处风干。犹嫌其肉太松,将肉用芦簟上下夹好,置诸通衢,任车马往来践踏,久之方行收好。不啻珍错之藏,非大筵席不轻用,本地极贵重之,故远致方物也。又天津卫有小鸟,黑爪,故名"铁脚",烹炒为下酒物,味鲜爽口。其鸟群飞,以网罗之,一网可得若干。其捋毛之法则大奇:掘地作一坑,用火炽红,将鸟从网倾入,以物覆之,彼于内乱飞相触,热气交加,互相扑打,毛自尽脱,不假人力,诚火攻也。又前朝内监性嗜鹅掌,嫌其不甚肥厚,乃以砖砌火坑,烧之近赤,置鹅于上。砖热,鹅立脚不住,自行踯躅,一身血脉尽注于掌,其掌愈踯愈厚,鹅受炙不过而死。适于口,忍于心矣。僧谦光曾云:"老僧无他愿,鹅增四脚、鳖著两裙足矣。"迩者江淮僧人嗜鳖之法甚于俗家:釜水微温,置鳖于内,将锅盖预凿数孔如所置鳖之数,盖定以重物压之。然后以薪燃灶,令水渐次而热。鳖觉水热,沿盖得孔,以头探伸而出。先以姜汁、椒末、酱油、酒、醋调和匀好,乘其热极口张,以匙挑而灌之,五味尽入腑脏,遍身骨肉皆香而死,奇惨异苦。僧见其状,向之合掌曰:"阿弥陀佛。再忍片时,便不痛矣。"真所谓"不秃不毒,不毒不秃"者耶。嗟乎! 口腹之奉,谁不欲之? 即孔子圣人犹云"食不厌精,脍不厌细",亦未尝教人甘为粗粝腐儒餐也。近日有全羊设馔者,以羊之全身制为十六器或十二器,而汤点皆用羊。又有以全鹅二三只制十二器或十六器者,汤点亦皆用鹅,不杂他物,可谓穷工极巧矣。然不过烹炮精美,未有戕生害命如前驴鳖之甚者。即何曾日食万钱犹云无下箸处,赵嵓一饮食必费万钱,何赵一日之供以费钱二万为限,亦不过备四方之珍异耳,何尝著其酷烈杀生哉?但食品丰俭,各随人之性情。晏婴为相,尚食脱粟;公孙弘以丞相封平津侯,犹脱粟布被,世皆贤之。万钱之奉,是不为也,非不能也。乃更有少年纵恣者,欲食牛羊诸牲之肉,一呼即得,不能待其宰杀,乃生割其肉而烹炮之。吾不知其是何心也!裴晋公每语人曰:"鸡猪鱼蒜,逢着便吃。"予服其天然,不设色相,是真学问。国朝初年,扈侍御申忠巡按陕西,访知汤驴一事,严饬禁止,一有犯者罹以重法,此风稍戢。至鹅掌、铁脚、炰鳖、生割之惨,间有为之者,安得复见扈侍御其人,遍行禁绝乎?

　　京师馈遗,必开南酒为贵重,如惠泉、芜湖、四美瓶头、绍兴、金华诸品,言方物也。然惠泉甜而绍兴酸,金华浊酿,均非佳酝。唯四美瓶头与涞酒兑半相和,则美甚矣。但其价过昂,杖头每苦不足。若煮涞清雪相和,名曰"兑酒",京师所常用者,味亦不多让也。虽有易水、沧州竹叶青、梨花春等类,总不如涞水苦冽。予在淮南,每岁于粮艘回空,附寄十余坛而来,止供冬雪春花之用,不能过夏。盖南酒不畏北方之寒,而北酒则畏南方之热也。淮安有腊黄、苦蒿,镇江有百花,德州有罗酒,俱可用。近来浙西粮艘北上,多带浔酒,陈者果佳。宿迁之砂仁、豆酒、薏苡,陈者亦佳。若扬州古称"十千一斗金盘露",而扬州不闻产酒,想谓属邑高邮之五加皮、木瓜、藕苓,泰州之秋露白、宝应之乔家白耳。至于邳、徐一带,俱是稀熬,较烧酒醨而薄,饮者谓淡而无味曰"稀",无可奈何曰"熬"。相传起自希夷,笃恐华山处士必非如此造法也。太原之桑落酒,峻易醉人,小瓶潞酒,亦曰"人参酒",在西边亦平常无奇,至南方则醇美,所云"胭脂红滴潞州鲜",人多艳称之,岂真物离乡贵耶?近日玻璃瓶盛红毛酒多入中国,然其中有香料、茴椒,止宜于冬月及病寒者,若弱脆之体未可轻饮。在各地方,土人俱能制造,如刁酒、洺酒、汾酒、羊羔酒之类,止宜本处,不著名于四方者甚多。大约因水取名,大半皆是即用黄河水,亦曰"昆仑觞"。倘能多加曲米,陈窨数年,未有不佳者。若本质太薄太新,如东坡所云"甜如蜜汁,酸如齑浆"者,则无可奈何矣。

陕西有以坛盛酿酒干料，留小穴，旋加滚水灌入即成酒者。不识其所名二字当作何写，询之范侍讲谈一曰："君世家于秦，必知其解。韩湘云解造逡巡酒，此岂是耶？"侍讲曰："是酒渭以北名曰'罐子'，渭以南名曰'坛子'，又曰'花坛'，京师名曰'嗻妈'，未闻有所谓'逡巡'者。然其名甚雅，吾当归告乡人，请以'逡巡'易之。"究竟"嗻妈"二字，不得命名之义，终难求解。座有俗人，强作解事曰："吾能解之。北方小儿呼其母曰'妈妈'，呼其母之乳亦曰'妈妈'，小儿吸乳母之乳曰'吃嗻嗻'，亦曰'咂妈妈'。此酒用管吸之，如小儿之嗻妈也。"举坐绝倒。嗻，俗作咂。妈，读平声。

历载"酉不会客"，会者，宴会也。杜康卒于酉日，酒为杜造，故是日不忍饮酒。

明宫中小葫芦耳坠乃真葫芦结就者，取其轻也。内监于葫芦初有形时，即用金银打成两半边小葫芦形，将葫芦夹住缚好，不许长大，俟其结老，取其端正者以珠翠饰之，上奉嫔妃。然百不得一二焉。因其难得，所以为贵也。

有奸人取乌贼鱼墨汁为伪券以脱骗人者，经年墨消，但较之真墨，其色淡而无彩。昔有人以无可奈何事必欲一谒权要，又知权要之必败，恐投束刺于其家，日后查取株连。客进龟尿写字之法，遂书刺进见。及权要事败，检之则楮朽无迹矣。二事相类。

与老圃闲语树艺之法，圃曰："凡种茄欲其子繁，俟花时摘叶，布于通路，以灰规之，人践叶灰则子必繁，名曰'嫁茄'。若种匏瓠，其苗一经牛践则子便苦。又杏树结子不繁，以处女所系之裙围之，则花盛多子，亦曰'嫁杏'。"闽中诸花树种类繁多，独杏树绝少，见《闽部疏》。

妇人弓足，上古未闻。《墨庄漫录》云"书传皆无所自"，故诗云"玉柱插银河"，又云"两足白如霜"，止言白，不言小。而金莲之名，始于齐东昏侯为潘妃凿金为莲花贴地，令妃行其上，曰："此步步生莲花。"即各诗中形容美人，亦止言其杏脸桃腮、柳眉樱口、雾鬓云鬟、冰肌雪腕，并未言及宫鞋三寸、新月半弯。惟《道山新闻》云：李后主宫嫔窅娘，纤丽善舞，后主作金莲，高六尺，饰以宝物，命窅娘以帛缠足，令纤小屈上作新月状，素袜舞云中，回旋有凌云之态。唐镐诗曰"莲中花更好,云里月常新",因宵娘作也。是妇人缠足自五代以来方有之。元曲云"翠裙鸳绣金莲小",后世皆效之矣。旧时妇人皆穿袜,即宵娘亦著素袜而舞。袜制与男子相同,有底,但瘦小耳。自缠足之后,女子所穿有弓鞋、绣鞋、凤头鞋,而于鞋之后跟,铲木圆小,垫高,名曰"高底",令足尖自高而下,著地愈显弓小,遂不用有底之袜,易以无底直桶,名曰"褶衣",亦曰"凌波小袜",以罩其上。盖妇人多以布缠足,而上口未免参差不齐,故须以褶衣覆之,然亦有平底者,至睡鞋则用软底。今称褶衣,即膝裤也。予少赴友人之招,坐间有以小鞋擎杯送酒者促予咏之。予有句云:"灯前注流霞,掌中擎新月。"虽一时狂兴,后呕为删去。

雨点著水最易起泡,旋起旋灭,所谓梦幻泡影者是也。小儿作戏,亦有以灰淋水,曰"灰汤",入松香,量灰汤之多少而入。用篾扎成小圈,安于直篾上,调松香和汤极细而稠,以圈蘸汤向空一绕,则成元泡如琉璃状,大而碗口,中而如拳、如茶盂,更有极小者,随风荡漾,顷刻方灭。若汤经日晒而浓,则一绕可成十余泡,宜从楼上台上高处多人绕放,轻飘错落,殊令人眼花撩乱也。

俗云"南桥北寺"。北方之寺多出于明时太监创建,有一寺费至数万者,穷工极巧,而在顺天之西山更盛。每春三月,太监斋僧,在平常习套,不过蔬食果饼而已,而太监辈甚有用腥肴,潜佐以酒,斯已奇矣。更有甚者,于远近构寻娼妓多人,量道里远近,以苇席为圈棚,纳妓于中,任诸僧人淫媾,名曰"大布施",岂非亘古奇闻耶?毋惑乎元僧有妻,呼曰"梵嫂",曰"房老",原非怪事。

闻之先外祖母云,吾家仓房甚多,其极边一间封闭藏贮者一年有余。一日开仓易米,见梁上一人,头垂向下,赤身倒挂。审视之,半截藏于梁内。大惊,呼众入看,则彼紧闭双眼,及人稍出避,彼又开眼看人,两臂在外,两手尚在梁内。举家仓惶,里邻咸睹,以为怪无疑矣。聚观,间巷填塞。众不敢隐,鸣诸长官。官遣巡检带弓兵携械至,先试以枪刺之,声如婴儿,血出如注。遂命以刀斫之,血肉淋漓,凝积遍地,血下数斗,首及两臂、胸、背全无寸骨,尽血肉也。旋命将仓房拆毁,斧碎其梁。梁已内空,皆盛血块而已。家人在旁白巡检曰:"昔造此房时，一匠举斧误伤他匠，足面几断，血流不止，尽淌此梁木上，木原有瘿，血注瘿内。彼时急于救人，遂不留心，及后上梁仍用此木。日久想成此怪耶?"噫! 犹幸发之尚早，倘下截尽变人形，又未知作何妖孽耳。

　　羽而两足者曰禽，俗呼为扁毛畜生是也；毛而四足者曰兽，俗呼为圆毛畜生是也。禽卵生，兽胎生，胎生者九窍，卵生者八窍。卵而陆生者，目能开闭；卵而湿生者，眼无胞也，常不瞑也。胎生者，眼胞开闭自上而下；卵生者，眼胞开闭自下而上。惟鹦鹉两睑俱动如人目。胎生九窍，与人相同。人顺生，草木倒生，禽兽横生。人则女丽而艳，禽则雄彩而文，兽则不甚相较也。《家语》云：七主虎，虎七月乃生；三主狗，狗三月而生；四主豕，故豕四月生；五主猿，故猿五月生；六为鹿，故鹿六月生。诸禽兽无蛰。禽惟黄莺、紫燕，兽惟黄鼠、诸熊，蛰与虫同。阴鸟之飞也，头缩而足伸；阳鸟之飞也，头伸而足缩。马蹄圆为阳，牛蹄拆为阴。马之卧也，起自前足；牛之卧也，起自后足。是阴阳、禽兽之各别也。然《月令》"雀入大水为蛤"，是禽化为甲虫也；"田鼠化为鴽"，是兽类化为禽也；"鹰化为鸠"，是禽化禽，强化弱也。他如牛哀化虎、王妇化鼋、马生人取名马异，此又禽兽、阴阳、人物之变而理有不可推者矣。

　　禽之味美于兽，俗云："宁吃飞禽四两，不吃走兽半斤。"

　　鹤之膝后曲，雀之足双行。

　　有羊产羔人首羊身者，众以为异，达之朝。朝臣曰："此无足为怪，不过牧童春兴耳。"予曾见鸡有四足两尾者，猪有四肘之外更生四肘，肥大异常，生时猪母几死。此亦无足怪者，不过重胎，与双黄蛋之类已耳。

　　治喉闭，用鸭嘴、胆矾研细，以酽醋调灌，去胶痰即愈。

　　治目障翳，用熊胆少许，净水略调开，尽去筋膜、尘土，入冰片一二片。或泪痒，则加生姜汁些少，以铜箸点之，绝奇。赤眼可用。

　　凡咽喉初觉壅塞，一时无药，以纸绞探鼻中，或嗅皂角末，喷嚏数次，可散热毒。

　　凡风狗毒蛇咬伤者，只以人粪涂伤处，极妙，新粪尤佳，诸药不及此。治发背，用干人粪，阴阳瓦焙存性，研细，用醋调敷肿处即消。

病痔者，用苦蘵菜或鲜者或干者煮汤，以熟烂为度，和汤置器中，阁一版其上，坐以熏之。候汤可下手，撩苦蘵频频澡洗，汤冷即止。日洗数次，数日即愈。蘵一作苴，北方甚多，南方亦有之。

金吾，其形首似女人，鱼尾，有两翼，性通灵，不睡，故取作巡警将军之号。

群鸟养羞。羞者，食也。养羞者，藏之以备冬月之养也。

镜听咒曰："并光类俪，终逢协吉。"

两腋狐气名"愠羜"。

骰子亦名"琼畟"。音测，亦音塞，俗呼塞儿。

义嘴笛，唢呐之名也。身本是笛，嘴则另具，故曰义嘴，即今假子称义子之意。弹筝用银甲，或以象牙、玳瑁为之，总名义甲。

自西洋人入中华，其制造之奇、心思之巧，不独见所未见，亦并闻所未闻。如风琴、日规、水轮、自鸣钟、千里眼、顺风耳、显微镜、雀笼之音乐、聚散之画像等类，不一而足。其最妙通行适用者，莫如眼镜。上古未闻眼昏而能治者。杜陵老年，花似雾中看，唯听之而已。自有眼镜，令昏者视之明，小者视之大，远者视之近，虽老年之人，尚可灯下蝇头，且制时能按其年岁以十二时相配合，则更奇矣。黑晶者价昂难得，白晶者亦贵，惟白玻璃之佳者不过数星，今上下贵贱男女无不可用，真宝物也。人人得用，竟成布帛菽粟矣。至于算法，又超出寻常之外，远近高低、大小多寡，顷刻而知，燎如指掌，更上古所未有者也。

溺器名虎子。亵器原谓之兽子，古贵嫔家制以铜形，鬣尾皆具，而背为大穴，用距之以便溺。兽子为马形，取登距时如跨马之状，意便于坐，备雅观也。今溺器多用铜、锡，若亵器尽以木为之，名为马子，或本乎兽子而变通之耶？

淮南司马吴孝阶顺以吕纪翎毛大画见遗。细玩，果系锦衣真迹。题曰"五伦图"，上画太阳一轮，中立五彩鸣凤，取《毛诗》"凤凰鸣矣，于彼高冈；梧桐生矣，于彼朝阳"之意，盖言盛世君臣相合也。森阴之下写二鹤，取《中孚》爻词"鹤鸣子和"之意。至于嘤鸣之鸟以兴友朋，戢翼鸳鸯以兴夫妇,在原脊令以兴兄弟,亦皆见于《诗》,人所共晓。以丹青小技而拟极正大之题,故可珍而可重也。

画像繇来久矣。笔墨之妙,所谓"传神在阿堵中",未闻以泥可捏成者。惟神鬼之像塑者最多,盖神鬼尽属虚幻,谁见其真?谁辨其伪?近有高手,能以团泥极熟,对人手捏而成,与生人之面貌肥瘦、赤白苍黄、须发痣点、瘢痕光麻,无不酷肖,俨然如生,觉画工笔墨仍有未到之处。相传其法起于虎丘老僧,又云虎丘市泥美人之家夜梦吕真人教之者,讹不可考。姑苏、维扬皆有其人。寻常者每像数星,身体皆活动者倍之。若宰官则因人而施,所谓君子自重也。阅数年,仍可增换。此从前所未见者,见之方三十余年耳。

昔人所持惟纨扇最古,宫中名为合欢扇,班婕妤歌曰:"新制齐纨素,皎洁如霜雪。裁为合欢扇,团团似明月。"后呼白团扇,王珉嫂婢歌曰:"团扇复团扇,许君自障面。"诸葛武侯纶巾白羽扇,指挥三军。谢安为乡人捉蒲葵扇,唐诗云:"南风不用蒲葵扇,纱帽闲眠对水鸥。"若今人所用,多金白纸扇矣。其扇本名摺叠,亦谓之撒扇,取收则摺叠、展则撒舒之义。明永乐中,朝鲜国入贡,成祖喜其卷舒之便,命工如式为之,自内传出,遂遍天下。其始不过竹骨、茧纸、薄面而已。迨后定制每年多造重金者进御,一面命待诏书写端楷,一面命画苑绘画工致,预于五月一日进呈,以备午日颁赐嫔妃、宫女。其钉铰眼钱皆用精金,每扇价值五金。至本朝三百余年,日盛一日。其扇骨有用象牙者、玳瑁者、檀香者、沉香者、棕竹者、各种木者、罗甸者、雕漆者、漆上洒金退光洋漆者;有镂空边骨,内藏极小牙牌三十二者;有镂空通身,填以异香者。扇头钉铰眼钱,有镶嵌象牙、金银、玳瑁、玛瑙、蜜蜡、各种异香者;且有空圆钉铰,内藏极小骰子者,刻各种花样,备极奇巧;甚有仿拟燕尾;更有藏钉铰于内,而外无痕迹者。其便面有白纸三矾者,有五色缤纷者,有糊香涂面者,有捶金者,洒金者。命名不一,其骨多而轻细者名曰春扇、秋扇;以香涂面者曰香扇;可藏于靴中以事行旅者曰靴扇;更有以各色漏地纱为面,可以隔扇窥人者曰瞧郎扇;且有左右可开,制为三面,暗藏其中画横陈像者曰三面扇。有制样各别、因地因人得名者,曰黄扇、川扇、曹扇、潘扇、青阳扇。而相传最久远者，无如杭州之芳风馆。其家世以售扇为业，遂致素封。城内构一别墅，花木竹石，颇极清幽。予兼摄杭州府篆时曾过其园，题以诗曰："非不在城市，寂然花竹间。池成凹处雨，石叠意中山。为惜三春老，来偷半日闲。凭栏待飞鸟，薄暮亦知还。"座间询及主人制扇之法，乃出一扇曰"百骨扇"，传已几世矣。数之，果有百骨。初不以骨多而厚大，其色古润苍细，洵旧物也。据云今亦不能仿造，即强造亦不佳矣。此予生平一见者。若古之纨扇、羽扇、蒲葵扇，亦间有用之者，不甚多也。

扇有摺叠，因而有坠。伴阮兄曰："扇器以蜜结、迦南为第一，其次则宋做旧玉之小者；即虎斑、金丝、各色玉之新做者亦佳。若琥珀、蜜蜡之类，品斯下矣。近有以合香、桂花制成，及玉枢、丹紫、金锭，其价颇廉，尽堪适用。"

《琅嬛记》云：砚神曰淬妃。考砚之制，古今不一，而唐人呼曰砚瓦，盖谓砚形凸起如瓦，非以瓦为砚也。用久则平，又久则凹矣。剑南诗："古砚微凹聚墨多。"今人呼砚曰砚台，亦曰砚瓦。

阳支子鼠、寅虎、辰龙、午马、申猴、戌犬，足趾皆单；阴支丑牛、卯兔、未羊、酉鸡、亥猪，足趾皆双；惟蛇巳则无足耳。

跋

　　忆辛酉壬戌间,履端随先君子检讨公官京师时,观察公方仿佛陆生入洛之岁、仲华拜衮之年,常过邸舍与先君子论诗,称忘年交。记先君子曾语履端曰:"当今诗人接踵新城、商丘者,必以刘中翰在园为最。"谨识不敢忘。今未刻《簏衍集》中,先君子手钞葛庄诸诗尚在。履端自壬午冬备员山阳校官,职卑务闲,时追随观察公学诗。回想当年京邸趋庭绪语,忽忽若前日事。观察公喜著书,一日,出《在园杂志》示履端,曰:"《杂志》上下卷,不过就余耳之所闻、目之所见、身之所阅历随笔志之,积久成帙,非有成见,作文字观,窃附《兔园册子》,藉供水天闲话已耳。"履端受而读之,不禁悚然曰:"是书也,核事物之原流,贯天人之同异,称名迩,寄意远,可以发人忠孝之思,动人劝惩之志,令人随事谨饬,不敢放佚。取其绪余,亦足以资多识、助谈柄,岂如《虞初》、《诺皋》,仅同丛言脞史、一二津逮及之也哉?"尝考唐时虞世南钞经史百家之书曰《北堂书钞》;白乐天取凡书精语,各以门目类粹,名为《六帖》;《后六帖》者,宋知抚州孔傅所纂,以续乐天之后,傅袭封"衍圣公"。履端又尝读观察公《年谱》。公少工举子业,值旗籍停科,以门荫需次通籍,历仕三十余年。虽膺簪黻而铅椠随身,藩溷侧理,不殊儒素,以故大而军国典要,细而虫鱼琐碎,靡不留心手辑。乙未春,孔东塘先生从曲阜来淮,与观察公剪烛联吟。暇读《杂志》,先生轩渠拍手,为公作序,自言亦有《稗海》汇辑,卷帙浩繁,渐次成书,如孔傅所纂。今《在园杂志》堪比《六帖》,并驾《北堂》。近日《渔洋集》中有《分甘余话》,西陂卷内有《筠廊偶笔》,俱脍炙人口。《在园杂志》洵足肩随二书,称鼎足焉。则齐驱王、宋者,又不独葛庄诗也。乙未立秋后三日,陈履端百拜敬跋于袁浦学舍。

历代笔记小说大观总目

汉魏六朝

西京杂记(外五种) 〔汉〕刘歆 等撰 王根林 校点

博物志(外七种) 〔晋〕张华 等撰 王根林 等校点

拾遗记(外三种) 〔前秦〕王嘉 等撰 王根林 等校点

搜神记·搜神后记 〔晋〕干宝 陶潜 撰 曹光甫 王根林 校点

世说新语 〔南朝宋〕刘义庆 撰 〔梁〕刘孝标注 王根林 标点

唐五代

朝野佥载·云溪友议 〔唐〕张鷟 范摅 撰 恒鹤 阳羡生 校点

教坊记(外七种) 〔唐〕崔令钦 等撰 曹中孚 等校点

大唐新语(外五种) 〔唐〕刘肃 等撰 恒鹤 等校点

玄怪录·续玄怪录 〔唐〕牛僧孺 李复言 撰 田松青 校点

次柳氏旧闻(外七种) 〔唐〕李德裕 等撰 丁如明 等校点

酉阳杂俎 〔唐〕段成式 撰 曹中孚 校点

宣室志·裴铏传奇 〔唐〕张读 裴铏 撰 萧逸 田松青 校点

唐摭言 〔五代〕王定保 撰 阳羡生 校点

开元天宝遗事(外七种) 〔五代〕王仁裕 等撰 丁如明 等校点

北梦琐言 〔五代〕孙光宪 撰 林艾园 校点

宋元

清异录·江淮异人录 〔宋〕陶穀 吴淑 撰 孔一 校点

稽神录·睽车志 〔宋〕徐铉 郭彖 撰 傅成 李梦生 校点

困学纪闻 〔宋〕王应麟 撰 栾保群 田松青 校点

齐东野语 〔宋〕周密 撰 黄益元 校点

癸辛杂识 〔宋〕周密 撰 王根林 校点

归潜志·乐郊私语 〔金〕刘祁 〔元〕姚桐寿 撰 黄益元 李梦生
　　校点

山居新语·至正直记 〔元〕杨瑀 孔齐 撰 李梦生 庄葳 郭群一
　　校点

南村辍耕录 〔元〕陶宗仪 撰 李梦生 校点

明代

草木子(外三种) 〔明〕叶子奇 等撰 吴东昆 等校点

双槐岁钞 〔明〕黄瑜 撰 王岚 校点

菽园杂记 〔明〕陆容 撰 李健莉 校点

庚巳编·今言类编 〔明〕陆粲 郑晓 撰 马镛 杨晓波 校点

四友斋丛说 〔明〕何良俊 撰 李剑雄 校点

客座赘语 〔明〕顾起元 撰 孔一 校点

五杂组 〔明〕谢肇淛 撰 傅成 校点

万历野获编 〔明〕沈德符 撰 杨万里 校点

涌幢小品 〔明〕朱国祯 撰 王根林 校点

清代

筠廊偶笔 二笔·在园杂志 〔清〕宋荦 刘廷玑 撰 蒋文仙 吴法源
　　校点

虞初新志 〔清〕张潮 辑 王根林 校点

坚瓠集 〔清〕褚人获 辑撰 李梦生 校点

柳南随笔 续笔 〔清〕王应奎 撰 以柔 校点

子不语 〔清〕袁枚 撰 申孟 甘林 校点

阅微草堂笔记 〔清〕纪昀 撰 汪贤度 校点

茶余客话 〔清〕阮葵生 撰 李保民 校点